迷樓：詩與慾望的迷宮

MI-LOU：POETRY AND THE LABYRINTH OF DESIRE

宇文所安（Stephen Owen） 著

程章燦 譯

中文版序

宇文所安

我從未想到《迷樓》會被譯成中文。我以爲它是一部格外難譯的書。當我看到譯文，看到多少時間精力花在它身上，我更加清楚地認識到這種困難的性質，也更加清楚地認識到文化交流存在的問題。這些問題值得我們深思。

中國讀者大概都對漢語的文化縱深和微妙的層次感到自豪：在漢語裡，某一字詞，某一典故，可以引起豐富的聯想。漢語的語言風格範圍寬廣，變化多端，「大白話」只不過是其中一種極端的可能性而已。與此同時，中國讀者似乎很容易就把英文視爲意義透明的語言，認爲這些意義可以輕而易舉地在一部字典中查找出來。事實上，英語也存在同樣寬廣的變化範圍，它可以充分利用悠久的歐洲文化傳統，就和某些漢語寫作利用中國文化傳統一模一樣。一般來說，當我就中國文學進行寫作時，我並不期待我的讀者會理解或者欣賞那樣的英語文字，因此，我很少使用歐洲文學和文化故實。不過，當我寫作《迷樓》一書的時候，我所期待的讀者是熟知歐洲傳統的，因此我感到我可以自由地引用這一傳統，盡情遊戲於這一傳統。在把中文翻譯成英語的時候，註解往往是必須的；有時，我簡直懷疑是否《迷樓》也應該有一些中文的箋註。

第二個問題是關於論述或者論辯的性質。田曉菲和王宇根在校對譯文時，都曾評論說很多論述在英文中非常清楚，但是一旦譯成漢語，就好像作者在從一個話題跳到另一個話題，其間的邏輯關聯並不明顯。我聽了這番議論，不由得微笑起來，因爲我想到在我翻譯漢語作品的時候，常常不得不在腳註中作出解釋，指出這些論述在漢語原文裡十分通達，但如果直譯爲英文，就變得不知所云。當然，存在這樣一種語言，它可以由中譯英或者由英譯中，其論述脈絡仍然可以十分明晰，不至於在理解方面引起困難，但只要其中任何一種文化——中或英——訴諸自己的歷史，那個「共同語言」就會立刻分崩瓦解。在英文中，《迷樓》可以遊戲筆墨，可以充滿跳躍性，可是這種跳躍性並不會給讀者帶來太大的困難；在漢語裡，效果則非常不同。英語是高度隱喻性的語言，追溯一個隱喻的種種變形並不是特別的難題（比如說，女人作爲石頭，在歐洲詩歌裡有很長的歷史）。而在漢語裡，也許就會顯得有些奇怪。

當約翰・多恩（John Donne）要求他的妻子脫衣的時候，他在遊戲：遊戲於理念、慾望和文字。詩歌和遊戲在歐洲傳統裡總是緊密相連。如我在書的前言裡所說，詩的遊戲使思考困難的問題成爲可能，也使我們得以說出在「嚴肅」話語裡無法言說的東西。「嚴肅」語言的種種習慣迫使我們把事物歸納進熟悉的範疇，作出司空見慣的尋常區分；詩歌則允許我們看到在「嚴肅」話語裡被壓抑的各種關係。在西方傳統中，詩歌有時被視爲「嚴肅的遊戲」。

《迷樓》一書，旨在成爲「嚴肅的遊戲」。這部書來源於我對比較文學現狀進行的長期思考，特別是針對在比較語境裡閱讀中國古典詩歌所帶來的種種問題。我發現，當我閱讀在它們各自的文學歷史語境中對一首中文詩或者英文詩作出的詮釋時，我往往能學到一些東西；有時，它使我從全新的眼光看待這首詩。但是與此同時，我也發現，當我閱讀一篇比較中文詩和英文詩(或者其他歐洲詩)的文章時，我常常對於其中任何一個傳統都一無所獲。問題之一，在於如何建構比較的範疇。舉例來說，華茲華斯是「浪漫主義詩人」，拜倫也是「浪漫主義詩人」。每個讀過華茲華斯和拜倫的人都知道，他們被視爲「浪漫主義的」這一事實，除了告訴我們這兩位詩人以非常不同也非常複雜的方式和十九世紀初期英國以及歐洲的思潮具有某種關聯之外，對理解和詮釋他們的詩歌毫無用處。當我們稱李白爲「浪漫主義詩人」時，我們把這一範疇變成了一個普遍的範疇，從而放棄了它的特殊歷史語境。這樣一個寬泛的「浪漫主義詩歌」範疇也許可以指出華茲華斯、拜倫、李白的一些共同點，但是這些共同點太概括，對閱讀具體詩歌沒有什麼幫助。這些過於寬廣的範疇，其弊病不僅在於對中國詩人（如李白）和英國詩人（華茲華斯和拜倫）進行比較；在這個層次上，即使我們只是比較華茲華斯和拜倫，也還是一樣的有問題。這種比較文學什麼也沒有告訴我們，甚至忽視了具體詩歌的微妙之處，而正是這些微妙之處，使那些詩歌值得我們一讀再讀。

關鍵是：有沒有什麼途徑，使我們可以把中國詩和其他國家的詩歌放在一起閱讀，對它們一視同仁地欣賞，同時也從新的角度看待每一首個別的詩？

有一種思考比較文學的常見方式，那就是使用建築的比喻：中心語詞都來自歐洲傳統，圍繞這些中心語詞，建立一個井然有序的結構，好似在一棟層次分明、結構清晰的房屋裡，一個人總是知道他在房屋的哪一個部位。大的體裁包括史詩、抒情詩、戲劇——小說是後加上去的。如果中國文人就詩和詞作出深刻的區分，這種區分在這樣一棟房子裡沒有地位，因爲詩和詞都是「抒情詩歌」。

這使我想到一座與此相反的建築物：隋煬帝的迷樓。在迷樓中，一個人不知道自己到底置身何處，他從一個房間漫遊到另一個房間，每個房間都給他帶來不同的樂趣。這和歐洲傳統裡關於迷宮的神話有相似之處，但是也存在著深刻的差異：在迷宮裡，一個人總是想要走出去；在迷樓裡，這個人卻盡情享受留在裡面的經歷。

其實我本可以把上述觀點換一種方式重新加以闡述，使用複雜精緻的理論語言，討論學術界存在的西方概念霸權，並把來自中國傳統的迷樓，作爲抵抗這一霸權的工具。但是一旦想到迷樓的隱喻，我就必須放棄那種理論性論述，因爲它正好會重新生產出它所要抵抗的霸權話語。迷樓需要樂趣和驚喜。我們可以滿懷樂趣地閱讀中國詩和英語詩以及其他歐洲詩。來自不同傳統的詩歌可以被彼此交談，只要我們不把它們分派到一個正式的宴會上，每首詩面前放一個小牌子，上標它們應該「代表」哪一傳統。如果我們不去麻煩這些詩，不迫使它們代表「中國詩」、「英國詩」、「希臘詩」，它們其實有很多「共同語言」。

不用擔心。明天，你就會把這部書看完。然後，一切都會復歸本位。「迷」不會持久。留下的也許只是這樣一種模糊的感覺：把這些詩分開的東西，內在於我們自己，而不是內在於這些詩。

最後，我要感謝程章燦教授，承擔起翻譯這部書的困難任務；感謝田曉菲，也感謝王宇根，付出很多努力，解決其中的困難。我相信寫這部書要比翻譯這部書更有樂趣，但是我希望對於讀者來說，它可以再次成爲樂趣的源泉。

田曉菲譯

喜怒哀樂，慮嘆慹變，姚佚啓態——樂出虛，蒸成菌。日夜相代乎前，而莫知其所萌。已乎，已乎！旦暮得此，其所由以生乎！非彼無我，非我無所取。是亦近矣，而不知其所爲使。若有眞宰，而特不得其眹。可行已信，而不見其形，有情而無形。

《莊子・齊物論》

何謂人情？喜、怒、哀、懼、愛、惡、欲，七者弗學而能。

《禮記・禮運》

迷樓：使人迷失的宮殿

煬帝(五六九—六一八)晚年，尤深迷女色，他日顧謂近侍曰：

「人主享天下之富，亦欲極當年之樂，自快其意。今天下安富，外內無事，此吾得以遂其樂也。今宮殿雖壯麗顯敞，苦無曲房小室，幽軒短楹。若得此，則吾期老於其間也。」

近侍高昌奏曰：「臣有友項升，浙人也，自言能構宮室。」帝翌日召見問之。項升曰：「臣乞先奏圖本。」後數日進圖。帝覽大悅，即日 詔有司供具材木，凡役夫數萬，經歲而成。

樓閣高下，軒窗掩映，幽窗曲室，玉欄朱楯，互相連屬，迴環四合，曲屋自通，千門萬牖，上下金碧，金 伏於棟下，玉獸蹲於戶傍，壁砌生光，瑣窗射日，工巧之極，自古無有也。費用金玉，帑庫爲之一虛。人誤入者，雖終日不能出。

帝幸之，大喜，顧左右曰：「使眞仙遊其中，亦當自迷也。可目之曰『迷樓』。」詔以五品官賜項升，仍給內庫帛千匹賞之。詔選內宮良家女數千以居樓中，每一幸，有經月而不出者。

唐無名氏，〈迷樓記〉

目次

緒論

我們可以進而讓她的辯護者中那些熱愛歌然而並不是詩人的人，允許他們用無韻的散文爲她作辯護：讓他們證明詩歌不僅令人愉悅，而且對城邦和人類生活有益。我們會懷著友善的心情傾聽，因爲如果這一點能夠被證明，我們將理所當然地成爲受益者——我的意思是，如果詩歌既有某種用處，又令人愉悅……

如果這些人爲她所作的辯護失敗，那麼，我親愛的朋友，就像其他一些人曾經對某些事物情有獨鍾，當他們認識到其慾望與其利益背道而馳時就反過來自我克制一樣，我們也應該追步這類有情人的作風，將她棄置不顧，儘管這樣做未必不要經過一場掙扎。熱愛詩歌，這是高貴的城邦向我們灌輸的教育，我們也曾從中深受激勵，因此，我們要讓她以最美好、最眞實的面容出現。但是，只要她不能夠很好地自我辯護，我們的這種看法對我們便總是一句咒語，當我們聆聽她的音調時，就會反覆念起這句咒語，這樣我們不會像被她俘獲的芸芸眾生一樣，墜入那種幼稚的愛戀之中。無論如何，我們很清楚地意識到，詩歌如我們前所描述的，不能當眞認爲是能獲得眞理的，聆聽詩歌的人，如果憂念其心中的城邦的安危，就應該提高警惕，抵禦她的誘惑，並且把我們的話當成他的信條。

柏拉圖，《理想國》第十卷

正是從荷馬史詩中，城邦中的孩子們接受了柏拉圖在這裡談到的那種教育和哺養（希臘文作trophe，意爲「哺養」）。然而，課程的內容是什麼呢？儘管史詩道貌岸然地、老生常談似的傳授了一些實用的知識，儘管史詩以寓言式的智謀揭示了隱藏在專斷、溺愛、脾氣暴躁的諸神的行爲之後的嚴肅眞理，事實上，第一部史詩《伊利亞特》仍然是一部關於暴力以及暴力的狂喜的詩篇；是一部關於一座城邦的毀滅的詩篇，是一部關於個人榮譽、關於驕傲、關於慾望的詩篇，凡此種種情感，都違背了群體的利益，並將其推向毀滅或接近毀滅。它是一部關於那些即使通過最好的哺養和教育也無法控制的力量的詩篇：它把諸神毫無理智的感情衝動和一時的心血來潮描寫得絢麗　赫，而嘲弄了凡夫俗子們合情合理的決斷。

那兒有情，還有慾望，

和那迷人的親暱話語
甚至偷走了
最賢明的人的才智。

《伊利亞特》，卷十四，行二一六—二一七

對人和神的這些危險的衝動補偏救弊的是史詩《奧德賽》，這一部英雄傳奇描寫一個詭計多端、善於僞裝的人，靠接二連三的計謀，總算爲自己找到了一個軟弱無力的控制感情衝動的措施。

這些詩歌應該以某種方式讓一個年輕人做好準備參與polis即城邦的生活，並且在經過適當考慮之後，爲群體的共同利益作出合情合理的判斷。這樣的群體在軍事上的象徵就是盾牌陣，即軍士方陣，在陣列中，個人向前衝鋒時的榮譽或往後撤退時的安全，必須服從於整個集體的榮譽與安全，二者都只有靠每一個個體在陣列中各就各位可以得到保證。單兵擅自行動，衝到陣列的前頭或者逃到陣列的後頭，就在堅不可摧的盾牌陣表面留下一道裂縫，留下一個敞開的缺口，暴露在這個小小的裂口之下，每一個人都變得軟弱無力，不堪一擊。然而，《伊利亞特》中的英雄阿基琉斯不知何故總是要麼衝到陣列的前頭，要麼落在陣列的後頭。

當柏拉圖對應該如何最成功地造就年輕人為社會服務進行認眞思考的時候，迷人的荷馬世界與城邦的價値取向之間這種奇特而不合情理的關係，並沒有逃脫他的理性的關注。柏拉圖並且以敗壞對年輕人的教育爲理由，傳喚詩歌來進行一場公開的審判，正像他的老師蘇格拉底曾經被審判一樣。擁護詩歌的人必須爲詩歌提供辯護，不要滔滔不絕的雄辯，而是合情合理的辯護。

在這場審判中，公認的智者和那些爲公眾利益作了深思熟慮的決斷的人都坐在權威的席位上，法官宣布：「在這裡被審判的不是我們。」來到審判席前，就是默認接受其程序、其證據的認定標準及其論辯方式。詩歌的辯護人被迫遵照法官制訂的規則辯護，他們只能靠最機智的花言巧語和隱瞞眞相來爲詩歌辯解。如果說在這場仍在持續的審判中，爲詩歌的辯護從未徹底失敗過，詩歌也從未最終被逐黜出理想國，那可能是因爲從來沒有一個社會理智清明到不願意相信那些既有吸引力、從情理上說也似乎不無道理的謊言——這既包括詩歌本身所撒的謊言，也包括我們這些擁護詩歌的人所撒的謊言。我們有成堆的作證誓言，成堆的被收買的說好話的證人，企圖證明詩歌是高雅可敬的。正是由於詩歌甘願委曲求全戴上一副謹小愼微的道德面具，才使它得以在社會教育中保留了次要的一席之地。

但是詩歌確實會引導公民誤入歧途。它可以說一些甜蜜的、誘人的話語，打動我們，讓我們潛移默化。在正規情況下，我們稱諸如此類的事件爲迷失，我們能夠隱約認識到這種迷失中包含著從令人厭倦、老生常談式的社會價值觀中越軌而出的快感，而當有人問起我們，我們總是大聲重申我們對那些價值觀是信守不移的。不要誤解：我們肯定那些價值觀，是因爲它們就是我們自己的價值觀。每當有二三人相聚相處的時候，這些價值觀似乎就會不期而至地表現出來。它們恰恰就是我們一致贊成、並且是我們作爲一個群體賴以生存的那些至理名言。然而，我們每一個人都擁有慾望的自由，我們什麼都不願意放棄，什麼都想要獲取。我們厭煩美德加在我們身上的枷鎖，我們如飢似渴。偉大的詩歌中可能有某些東西，與我們自認爲應當恪守的那些價值觀相背離，儘管這些東西外表僞裝得風平浪靜，實際上卻是最爲危險的；這些詩歌中可能有某些東西破壞人類的共同利益，卻對人心中的野獸禮敬有加。

雖然詩歌會暗中破壞社會的根基，侵蝕其高尚正義的價值觀，但是詩歌沒有提供另一種烏托邦秩序的前景：這場革命從來不允許獲得成功——因爲如果那樣，我們就要被迫放棄我們的慾望自由。詩歌設想不出哪怕一個理想國；它無法從許許多多可能的、彼此衝突的利益中選定一個。而且，在日常情況下，外在於詩歌的那個現實世界將羞恥感和屈從心之類的清規戒律強加在人心中的野獸身上，詩歌頂著這些清規戒律逆流而上，並從中汲取力量。社會用言詞束縛我們，而詩歌也用言詞迎頭反擊：用無懈可擊的言詞，模稜兩可的言詞，與通常被社會驅使得單調乏味的言詞相對抗的言詞。詩歌用這些言詞對我們訴說，並且不動聲色地試圖侵蝕所有不小心聽它訴說的人。危險的狀態會被我們看成理所當然，而不理智的激情一時間可能會變成我們自己的激動。這些言詞能在某些形象周圍灑下一縷慾望之光，而讓其他形象去面對憤怒與厭惡。尤其重要的是，詩歌可以用反抗的自由來誘惑我們，從而使所有彼此矛盾的、未曾實現的可能性集合在一起，形成一股強烈的對抗運動。

我們在詩歌中所經歷的精神實驗，對社會並不造成立竿見影的或實實在在的危害，但是，它們可以使人類心靈潛移默化；它們以飼料餵養那隻野獸，使之不致死於社會習俗之手。我們生活在清規戒律當中，無情的自然與人類社會將這些限制強加於我們，而這個人類社會總是千方百計地渴望與自然的必然性分庭抗禮。但是，我們每一個心中都有一隻野獸，它不喜歡身上的枷鎖。詩歌用言詞餵養這隻野獸，唆使它恢復反抗和慾望的本性。

自然對我們心中被喚醒的反抗意識漠不關心，這顯得有些莫名其妙；雖然我們對它的法則這麼深惡痛絕，發現這些法則很不公正，它也並不因此而懲治我們。但是，社會卻為此心懷不安，憂心忡忡。對這些憂懼，詩歌會立即作出回應；對公眾信仰的神祇大唱讚美詩，對帝王歌功頌德，寫一些詩體的箴言，加上其他一些無聊乏味的眞理以及精心構撰的謊言，以此來擾慰坐在審判席上的社會。

柏拉圖已經清楚地看到，為詩歌辯護勢必引出關於教育的問題，而教育意味著我們的可塑性。詩人與詩歌的擁護者曾聲稱詩歌能培育出更好的公民，詩歌能傳播「文化」，並將他們的辯護建立在這一基礎上；但是，這個一開始只是為了應急而編造的謊言（這樣隨隨便便就被拖到法官席前，除了將全部指控抵賴得一乾二淨之外，我們還能有什麼別的作爲呢？）實在顯得太過厚顏無恥，不能一勞永逸地用下去。這第一個彌天大謊破產之後，又出現了一個新的、更有冒險性的辯護：我們繼而聲稱詩歌是絕對安全的，無關緊要的，聲稱藝術與所有事物的實際後果之間是有距離的，聲稱那隻野獸聽了詩歌的花言巧語也不會醒來。「每個人都必須承認，」康德在《判斷力批判》中說（假設我們當中至少有三個人在場），「任何對於美的判斷力，只要攙雜了哪怕最微不足道的一點個人利益，都將變成非常不公正、不純粹的趣味判斷。」他由此向社會證明，不管我們在藝術的核心發現的是哪一種美麗，它都不能觸動我們的動物性慾望。

有關詩歌的公共話語傳統再三保證詩歌的讀者有一塊既安全又保險的立足之地。藝術作品是一件東西，審美距離將我們與之隔開，這種觀念既是失之片面的眞理，又是權宜應付的欺騙，是當著仍在開庭的柏拉圖的陪審團的面臨時拼湊出來的。任何一個有過藝術體驗的人，從通俗音樂引起的大眾迷狂到古老詩篇帶來的更加深費思量和更爲博學多聞的快感，都知道藝術鑑賞和闡釋中刻意保持的距離，並不是我們與一篇詩作或一首歌曲發生聯繫的首要條件。然而，當我們回過頭來向社會報告情況時，我們卻常常重申這樣的距離，向法官保證我們已經處於藝術危險的包圍圈之外。我們說我們並未改變，說我們每一個善良正直的公民並沒有因詩歌而蒙羞受恥，說我們並沒有發現詩歌中的聲音變成了我們自己的聲音。

私下裡，我們可能就不那麼自信了。有時候，那些詩句不停地向我們反逼過來，默默地嘲笑那種兢兢業業地履行社會職責的平庸乏味的生活，抑或在平凡的邂逅中激發慾望，這慾望是如此伸手可觸，讓人如飢似渴。當我們站在盾牌陣中，這些言詞在我們耳邊喃喃低語，慫恿我們大膽地向前猛衝，或者扔掉盾牌，逃之夭夭。在另外的時候，並沒有什麼特別的言詞，只是隱隱約約意識到，置身於藝術世界的另一些地方，不知爲什麼我們就不再是從前的我們。詩歌可以喚起我們心中渴望迷失的那一部分。作爲一次眞正的迷失，當它不僅僅是某些可以預見的對日常規範的越軌，或者僅僅使某些已經存在於我們心中的陰暗面變本加厲時，它是最強有力的。當我們屈服於這種迷失，就會遭遇一個不期而至的他者；而它成爲了我們的一部分。

也許社會的憂懼是有道理的：我們發現公民的「自我」可能是柔順的，容易受外界的影響，而其穩定性則可能是靠不住的；自我也可能只是由常規言詞和公共言詞守護的一方淨土。靠這些言詞，我們才能與他人和睦相處；靠這些言詞，我們相互間的言行舉止才變得可以預期；我們服從社會，隱匿眞心，克制自我，將種族的風俗習慣視爲理所當然。而其他那些言詞，那些詩歌的言詞，則打亂重排了人際關係，瓦解了風俗習慣，並且對什麼都放言無忌。

反方的聲音

不要擔憂，——其實這並不是眞的——詩歌就是我們對它的闡釋，如此而已，而那些闡釋是讀者隔著一段不可摧毀的距離來考察詩歌時作出的。我向你保證：這都發生在很久以前，發生在別的國家。是我們在作觀察和判斷；我們覺得是我們自己反過來被詩歌所觀察，這種感覺是不對的。不要擔憂——我們通過閱讀詩歌來「學習」，我們從這一經歷中「獲益」；它純粹是一種閱讀的收穫，是一種文明的擁有，而對我們一無所求。它既安全又好玩，——它只是藝術。

現在看來，這種熟悉的反方的聲音也許是對的，也許我們確實已經從詩歌身邊眞正安全地離開。沒有一場爭論會永遠陷在僵局裡，而在這場延續逾兩千年的審判中，爲詩歌的辯護可能已經蛻變成一場太過成功的反對詩歌的辯護。就像奧德修斯的槳手一樣，我們的耳朵由於塞了蠟而聽力遲鈍，我們能夠從塞壬旁邊航行而過，不僅安然無恙，而且甚至全然不知逆風航行的危險。這種危險使這段航程値得一敘。社會對此表示同意：它所有的願意就是要擁有素質良好的槳手，從頭到尾使航船平安順利地涉險而過，——在這一件事以及所有的事中。

如果情況是這樣的話，應該由擁護詩歌的人考慮是否我們本來可以不作某些致命的讓步。我們可以發覺，在十八世紀晚期，在美學與現代歷史觀念雙雙誕生的過程中，有過這樣的一次讓步。我們自身不僅提出過藝術要完全隔絕的要求，我們也曾允許引入一種歷史井然有序地變化的觀念，而沒有任何質疑；只有現在，我們才能夠看清它的負面影響力，看清它那種取而代之廢而棄之的法則，看清被迫喝下的那些忘川水。在歷史的結構中，社會找到了一種途徑以擴張其最珍視的力量，擴張其將我們支配控制並畫地以限之的能力。新的版圖畫出來了，新的邊界勾畫好了，我們被一一告知我們屬於哪裡。我們已經得到通知：我們根本上「從屬於」我們這個年齡、這個文化、這個性別、這個階級，而不從屬於另一個。我們只能以觀光客、文化窺視癖者的身分到別處遊歷。如果我們相信這樣的說法，我們就要接受給我們指定的位置，服從加在我們身上的種種清規戒律，我們希望回到原先的位置，或者待在我們想待的地方，或者甚至改變自我，變為他者，卻只能抑制著，除非我們被歷史的慣性機器無助地驅趕向前。社會關於「我們」的古老的神話，在其許多分類與再分類中，已經擴展到包括了一個同樣神話式的「現在」，與所有的他者隔離開來。來自他時他地和來自任何未經認可的人的言詞，都被以一種安全的方式來「理解」，被賦予一個上下文背景，處理成迷人的稀奇古怪或異國風情，對此我們可以聽而不聞。那些言詞無關緊要，那些他者不會影響我們。在此時此地的淺水中，藝術的顛覆力已經縮減到只有電影與通俗歌曲等幾個文藝樣式，它們依然在崇高地奮力拚搏，儘管只靠有限的一點資源，以引導個人迷失。然而，不知何故，它們的這種顚覆卻早已被扭曲成了爲社會服務的馴服工具。

這是一段不愉快的故事。讓我們改變故事的結局。也許新近這次最危險的爲詩歌作的辯護，僅僅是我們掩耳盜鈴的傑作。法官們投票，宣判詩歌無罪。我們譏笑他們：他們被欺騙了；詩歌犯了他們所能想像的最惡的罪。詩歌總是最陰險狡猾的敵人。現在，我們可以貪婪地盯著詩歌看，拔掉塞在槳手們耳中的蠟。詩歌企圖引導你迷途而不知返，它的意圖是以言詞慫恿你，是讓你爲自己沈悶呆滯的生活感到羞愧，是引誘你變成另一個人，是讓你反抗對社會的每一次屈從，是讓你做非分之想，並因爲得不到滿足而飽受痛苦。

我們困倦地打著呵欠，於是放棄了柏拉圖要求爲詩歌辯護時可以正當使用的散文。我們承認，我們從不信任歷史，也從不信任在各個時代、文化以及語言之間精心劃出來的那些界限，我們可以到處爲家。我們不再遵守那些法則，它們告誡我們無論怎麼合理適當都不能把這一首詩放在那一首旁邊。我們打算騰空博物館中所有的抽屜，將碎塊斷片全都攤在地板上，然後以令人愉快的組合方式將它們重新拼接，從中創造出奇妙的故事。

不，我們一點也不會這樣做。我們將循規蹈矩地，正如我們應該做的，以博物館中最古老的抒情詩片斷之一，以最早出現的詩人訴說自身情況的詩作之一，來作爲我們的起點。

有個色雷斯部落的人正在貪婪地盯著

我的那面盾牌，
我儘管不情願，我丟掉盾牌
丟在灌木叢邊——它一點事
也沒有。就我來說，
我已經獲救，那我還管什麼
盾牌——隨它去吧。
我會再買一面同樣好的。

阿耳喀羅科斯（Archilochols）①

即使在我們這些後代人不動聲色、老於世故的臉上，這段詩也仍然能引起一層淺淺的蔑視的笑容。我們要發掘這層笑容的根源，追蹤牽動肌腱扭動皮肉的脈動力量的來源。

這幾行詩保存於希臘羅馬時代的傳記家與散文家普魯塔克所寫的關於斯巴達城邦制度的一則軼事中。他告訴我們，當阿耳喀羅科斯來斯巴達訪問的時候，由於他是這幾行詩的作者，他被當即趕出了城邦。至少，斯巴達人明白這個詩人應該眞正對他寫的那些詩句負責，

① 阿耳喀羅科斯，古希臘詩人，約生活於西元前六八〇—前六四〇，以創作諷刺短詩著名。——譯注

明白他還不能聲稱詩歌有一種隱藏的審美距離：這些詩句就是一種言詞的行爲。即使這幾行詩是嵌於一首長詩之中，並因此得到一些緩衝，人們對整首也充耳不聞。

堅守自己在盾牌陣中的位置，決不讓盾牌失落，這是公民榮譽的本質。另外有一則也是普魯塔克記敘的著名的軼事，說的是一位斯巴達母親叮囑即將奔赴戰場的兒子：要麼帶著盾牌回家，要麼死在盾牌上。如果你的盾牌被繳獲了，你的敵人就有機會喝斥你，你萬分羞辱，敵人則喜歡雀躍。盾牌就是個人榮譽的象徵，而個人榮譽取決於對城邦的服從。

但是在這裡，在我們抒情詩傳統的神話式源頭上，在最早出現的一首詩人訴說自身情況的詩中，我們發現阿耳喀羅科斯向所有人宣布自己在戰場上丟棄了盾牌。沒有任何藉口。有個半開化的色雷斯人正高興得手舞足蹈，正在自吹自擂，正在嘲笑他，在他落荒而逃的時候，也許還指著他，引起了他所有同伴的注意。我們不得不納悶爲什麼竟然有人願意公開承認這樣的事，更要納悶爲什麼他公開承認時還要採用詩的形式。由於採用詩體，這件事才會被一字不落地記下來，被一遍又一遍反覆提起，流傳開來，以致他後來在斯巴達蒙受羞辱，甚至一直流傳到今天，還在展示他的古老的羞辱，讓我們獲得愉悅。

我們禁不住要注意到，這個抒情的聲音，這個以一種與荷馬和赫西俄德之類的職業化的和受神權認可的聲音截然不同的方式訴說「我」的聲音，通過明確表示自己反對社會及其價值觀而發現了自我。這個聲音爲陳說者宣布了價值觀，那是與社會的價值觀背道而馳的。社會，甚至一個人的父母（就像那個斯巴達母親一樣），寧願看到他爲了捍衛個人服從於集體利益、服從於盾牌陣的原則而戰死。在這種盾牌陣中，個人只是他人與他人之間的一個位置，一個有待填充的位置。爲他自己考慮，阿耳喀羅科斯可以站在盾牌陣外，保全性命是更重要的——他可以弄到另一面盾牌。

這件事發生在很久的另一個國家，甚至比柏拉圖召集詩人以及詩歌的辯護者開庭審判還要早（雖然在被趕出斯巴達之時，阿耳喀羅科斯可能已經猜測到這場審判有朝一日終會降臨）。自那個時代以來，很少有詩人能夠這樣簡潔明瞭這樣驕傲自豪地訴說「我」，能夠爲他自己開闢一個空間，並誠摯地爲那種公然與集體智慧相違背的價值觀陳辭辯說。後來的聲音被迫變得躲躲藏藏，不得不做些隱瞞欺騙，當他們爲自己陳說之時，我們感到了來自社會的灼灼目光的壓力：我們聽到了被根深柢固的社會價值觀糾纏不休的自我坦白的聲音，或者憤怒咆哮的諷刺的聲音，或者急不可待地爲自己辯解的聲音，或者和諧悅耳的誘惑的聲音。

這首詩拋棄了社會價值觀，這樣做使詩人容易招致社會的憤慨。最爲奇怪的是，這樣一首自我揭發的詩居然談到了盾牌以及丟失盾牌和失去掩護。在這幾行詩裡，阿耳喀羅科斯訴說了他的眞實感受，而希臘文中表示「眞實」的詞語恰好就是*aletheia*，意即「揭露」或「揭發」。

追根溯源，我們找到了這樣一首抒情詩：它的價值觀違犯了社會禁忌，它的詞句中訴說了我的「眞實」感受，這種眞實感受與社會教導我應當產生的感受背道而馳；這首抒情詩宣布將個人和個體生命的價值凌駕於城邦的意識形態之上；這首抒情詩暴露了詩人，說出了那種意味著揭露或揭發的眞話，而說這些眞話正是他丟失了盾牌的時候。

至此爲此，我們所發現的還只是詩歌的堅硬的外殼。要「揭發」詩歌並說出其中的眞相，我們必須意識到爲什麼阿耳喀羅科斯的實話實說是一種抒情詩的行爲。因爲這首抒情詩大膽地說出了眞情實感，並且它的那種說話方式，讓我們大家都頷首微笑，並且暗中承認這不僅是他的眞情實感，同時也是我們的眞情實感：躲過了同伴們的注意，我們每一個人都會選擇生存；我們每一個人都清楚地知道，「寧死不受恥辱」只不過是社會中所有其他人似乎會信以爲眞的一個原則——但不包括我在內（雖然我也經常像其他人一樣大都信誓旦旦，那只是不想被人看破眞心罷了）。斯巴達城邦的公民們被阿耳喀羅科斯的詩激怒了，因爲他們察覺到了一種威脅，這威脅只來自眞情實感，來自這種他們必須壓制、必須防範的東西。那些看起來是個人化的自我表態的詞句，其實是一個當著全體希臘人和將來的人、當著最廣大的公眾的面完成的行爲。正是這種對個人價值觀或另類價值觀的公開宣揚，使斯巴達的廣大民眾極爲不安，以致城邦公民們將阿耳喀羅科斯逐出了斯巴達，也將所有的詩人（除了那些最馴服的爲公眾作讚美詩的人）逐出了柏拉圖的理想國。

如果阿耳喀羅科斯在某些方面不曾被社會及其價值觀束縛過，他是寫不出這首詩來的。

通過這首詩，他建立了新的價值觀，建造了一種新的言詞的盾牌，以此進行作戰，抵禦那一套既定的社會價值觀的攻擊——甚至當社會發現自身也有同樣的價值觀時，也可能戰而勝之。這種魯莽滅裂的詩歌行爲認識到了社會公眾的憤慨，卻敢於冒犯到底。作爲一次個人價值觀的公開宣揚，這首抒情詩填補了某些空白，迎合了某些需要，彌補了丟失盾牌的損失。

沒有一首詩是純粹個人的行爲：它是個人對公眾的回應。宣稱自己與社會格格不入的詩人，同時也正是以一種最特別的姿態重新融入社會。仔細讀這首詩：他不是說他不願再與他們並肩作戰；他也沒有拒絕進一步去冒生命的危險；他告訴他們他要去拿一面新的盾牌，然後再回到盾牌陣中歸位就列。

正是這個雙向運動，使得這一片斷成爲一個偉大的開始：第一次公開宣布自己遊離於社會之外並反對社會，但與此同時又尋求重新融入社會，或者回歸疆場上的盾牌陣列，或者融入一個新的、由個體組成的顛覆性的群體中，這些個體很不情願地發現自己身上也有他公開宣布的那種價值觀。這些個體可能還站在盾牌陣中，最想炫耀自己「寧死不受恥辱」的表現，然而他們是在撒謊，他們是在扮演一個並不自在的角色，時時刻刻害怕被人揭露而被逐出這個社會群體。

詩歌，散落在博物館地板上的碎片，是在某種人類交流中使用的古老的符號。拾起這些碎片，我們就陷入了這種交流。這些交流，像人類的所有交流一樣，是兩面性的：它們是揭露，是赤裸裸的眞實，是丟失盾牌而迫使詩人剖白自己；與此同時，它們又以言詞塡補了空白，取代那些已經失去並正在渴求的東西——失去的榮譽，在丟失盾牌的過程中失去的社會地位。抒情時，因其承受暴露和隱瞞的壓力與焦慮，比史詩或戲劇詩與我們的生活情境更直接相關。當詩人向社會剖白自我的時候，這一行爲已經不自覺地攙入了所有這些壓力和焦慮。在我們心中有某個東西在微笑，它已被這些言詞所吸引，並作出了回應。

但是，我已經讓你迷路了。阿耳喀羅科斯是西元前七世紀的一位職業戰士，這時，城邦的價值觀與盾牌陣正處於形成階段。阿耳喀羅科斯被逐出斯巴達的故事也許是無稽之談，也許只是由這些詩句(如果它們確實是阿耳喀羅科斯所作)與盾牌陣時代的價值觀之間的緊張關係而引發的一段虛構故事。這些詩句幸而流傳到盾牌陣時代。我們永遠不會知道這些詩最初的滋味是怎樣的，但這些詩即使在社會變化之時也一直在述說著。它們不會作爲被更精深成熟的城邦倫理所取代的某種原始抒情許可的一個範例，輕易在歷史語境下磨去鋒芒。

毫無疑問，這些詩句，甚至在第一次被表達出來之時，在某些方面公然蔑視社會，蔑視英勇的價值觀，蔑視陽剛的社會習俗。但是，也許在阿耳喀羅科斯的時代，他的同伴們能夠更容易地加入這種並不自在的笑聲的行列。幾個世紀之後，在盾牌陣的時代，這種公然蔑視的聲音變得更能擾亂人心。在普魯塔克的時代，它又變得迥然不同。普魯塔克充滿渴望地從希臘羅馬的世界回眸神話般的斯巴達城邦。這個城邦社會堅守自己的價值觀，毫不遲疑地唾棄任何膽敢說出這類危險言詞的人。這是最後的一層，也是最令人不安最具諷刺性的：我們最早的抒情之聲，雖然那麼大膽地自我遊離於群體之外，卻可以輕而易舉地流傳下來，其所以能如此，僅僅是因爲它對這則有教育意義的軼事和公開提倡美德的散文來說是必要的，而散文以讚許的態度來闡釋那個不贊成詩歌並試圖使詩歌緘默不語的社會。

吟遊詩人托馬斯之歌

關於受到吸引、第三條路徑的發現、吃禁果以及令詩人難堪的報酬。

誠實的托馬斯躺在韓特利河邊；
　舉目四望看見了一條小路；
小路上一位夫人亮麗明豔
　正騎馬經過那棵愛爾頓樹。

她的絲裙如芳草碧綠，

她的天鵝絨斗篷質料精細；
在每一撮馬鬃毛上，
掛著銀鈴五十又九只。

誠實的托馬斯脫下帽子，
鞠躬俯身直到自己的雙膝：
「向您致意，天國女王瑪利亞！
地球上沒有人甚與您相比。」

「噢，不，噢，不，托馬斯，」她說道，
「那不是我的名字；
我只是美麗的小精靈國的女王
來到這裡爲了看看你。

「彈唱起來，托馬斯，」她說道，
「和我一起彈唱起來；

假如你敢吻一吻我的嘴唇，
　我一定甘心做你的所愛。
「不管幸福降臨，還是災禍發生，
　厄運也決不會讓我驚嚇。」
隨後他吻了她玫瑰色的唇，
　就在那棵愛爾頓樹下。

「現在你必須跟我走，」她說道，
　「誠實的托馬斯，你必須跟我來；
你必須服侍我七個年頭，
　無論碰到的是幸福還是禍災。」

她騎上了那匹奶白色的駿馬，
　她帶上誠實的托馬斯坐在後面；
每當轡頭上的鈴鐺搖響，

那駿馬奔馳賽過疾風閃電。

噢，他們騎著馬越走越遠，
那駿馬奔馳賽過疾風閃電。
一直遠行到一片開闊的荒野，
人世煙塵被拋在了後邊。
「下馬吧，現在下馬，誠實的托馬斯，
把你的頭靠在我的膝上休整；
你在這兒等待片刻，
我要向你指示三條路徑：

「噢，你可看見那邊有一條狹窄的小路，
路上布滿了重重荊棘？
這就是那條正義之路。
可是很少有人問起。

「你可看見那裡有一條寬闊的道路
　路上縈繞著百合的芳香？
這就是那條邪惡之路，
　可是有人稱它通往天堂。

「你可看見那裡有一條美麗的路
　繞過那片長滿蕨草的山坡？
這條路通往美麗的小精靈國，
　我與你今夜就要經過。

「但是，托馬斯，你要管好自己的舌頭，
　無論你聽到或看到什麼；
只要在小精靈國說一句話，
　你就再也回不了你的祖國。」

噢，他們騎著馬越走越遠，

他們蹚過了過膝的河流；
看不到太陽也見不到月亮，
只聽到大海在咆哮怒吼。

那是黑漆漆的夜晚，毫無星光，
他們在沒膝的鮮血中跋涉，
所有的血都流淌到地上，
流淌過這個國家的泉水清澈。

隨後他們來到一座青翠的花園，
從樹上她摘下了一粒蘋果：
「拿這去做你的報酬，誠實的托馬斯；
它會讓你的舌頭再不撒謊胡說。」

「舌頭是我自己的，」誠實的托馬斯說：
「你給我的可眞是件好禮品！

我從此再不能做什麼買賣，
　即使我經過市場集鎮。

「我既不能跟王公貴族交談，
也不能再乞求美麗夫人的恩典。」——
「現在你閉口莫言，托馬斯，」她說，
　「我已經說過，你必須緘默不言。」

他得到布面平滑的大衣一件，
　和綠色天鵝絨的鞋子一雙；
直到七個年頭已經消逝，
　誠實的托馬斯才又露面在世上。

第一章　誘惑／招引

物色相召，人誰獲安？

劉勰，《文心雕龍・物色》（約西元五〇〇年）

招引出去

有一些古老的詩篇，常常也是最簡單的詩篇，我們要返回到這些詩篇。閱讀中的每一次返回重讀，就像是重複著舞步，帶著一種特別的欣喜，貫穿一連串同樣的、最爲簡單的舞蹈動作。不管這舞蹈是簡單還是繁複，初學之時，我們總是費勁而笨拙地模仿著舞者的姿勢，動作蹣跚，學到終了，那優美的旋轉和優雅的舞姿化成了我們的一部分，每一次重複動作，彷彿恰巧都是發自我們的內心深處。這其中就有一種功夫，也許值得花七個年頭：一開始，是一個遙遠的東西在發出誘惑，召喚我們進入舞蹈者的圈子，接著在第一個動作中表現出笨拙的興奮，隨後越來越得心應手，舒展自如，再後來，厭倦、疏忽和遺忘以及返回的欣喜，都接踵而至。

我們可以細細考量一個人是怎樣被吸附到舞蹈上，以及在這種吸附中，舞蹈和跳舞的人各自發生了怎樣的變化。從某種方面來說，每一段舞蹈都被我們的舞姿篡改了，而所有其他舞者原來那一套看不見摸不著的標準也因爲被篡改，並根據新舞者獨具特色的動作來重新設計舞姿。這時候，我們喜歡說我們已經掌握了舞蹈，似乎我們已經以某種方面使舞蹈服從了我們的意願。但是，我們知道，實際上是我們讓自己在這段舞蹈的陌生感的壓力下潛移默化。我們很納悶爲什麼我們應該這樣做。這裡必定存在有某種誘惑，某種招引，使我們渴望經歷這些變化，從而使優美的舞蹈動作成爲我們自己的動作。

我來自愛爾蘭，
來自這個神聖的地方
愛爾蘭國。
好心的大人，我祈求您
出於聖潔的慈愛，
來與我一起跳舞

在愛爾蘭。

我們猜測這是一首歌謠，就像通常的歌謠一樣，它一定已通過重複獲得了許多力量。也許它是那些從周知的抒情詩之一，無論人們在什麼時候聽到它，臉上會浮起一絲笑容，彷彿在聆聽一個老朋友說話，它變得熟悉親近，變成了親屬。像親屬一樣，我們時常被迫靠近它，也時常對它漠然視之，有時覺得它親切溫和，有時對它厭煩至極，忍無可忍，但即使在我們厭煩它的時候，它依然是一種聲音，決不會在重複中完全放棄對我們的要求。

但是，這是一種奇怪的親屬關係：這熟悉親近的聲音總是以自我介紹開始，宣稱它在我們這兒是個異鄉人，是從別的地方來的聲音。在十四世紀初，在這首歌謠被寫下來的時候，愛爾蘭是說蓋爾語的。歌中大聲宣布「我來自愛爾蘭」（Ich am of Irlaunde），已經經過了某種翻譯，企圖對我們言說，這種言說的企圖總是來自別處。在我們的時代，這熟悉親近的聲音聲明它來自別處，通過其古典用法的代詞、詞語拼法以及優雅的談吐，這聲明得到了更強有力的確認。舞蹈著的愛爾蘭融入了遙遠的過去，在那裡人們一定總是在跳舞。

但是，且讓我們假設這是一首通俗歌曲。那個站在我們面前歌唱著「我來自愛爾蘭」的人根本不是異鄉人，而是我們當中的一個，是這個社會群體中的一員。然而，當她向人發出邀請的時候，這個女人（大多數情況上，我們估計邀請一個「好心的大人」跳舞的聲音必出於這個性別）在歌曲開頭就把自己裝扮成一個來自遙遠地方的「我」。如果我們不是已經處於那個地方，那麼，我們必定會被召喚去跳舞，這召喚總是來自別處，來自另外一種地方。

「我來自愛爾蘭白：以目前這種聲音來看，她不是來自此地的我們都熟悉的人，她的家在別處，那是，／來自這種神聖的地方／愛爾蘭國。」詩人重複說著她的來歷，借以確認我們已經明個「神聖的地方」。我們從未去過那個地方，但是對這一類神聖的地方我們略有所知，比如沃爾特・羅利爵士（Sir Walter Raleigh）那篇著名的詩歌中寫到的沃爾辛漢（Walsingham）聖殿①：

「你來自那個神聖的地方
　沃爾辛漢，
難道沒有遇見我忠實的愛人
　在你來時的路上？」
「我怎樣才能認出你忠實的愛人？

---

① 沃爾特・羅利爵士（一五五二—一六一八），英國政治家、文人，伊麗莎白女王寵臣，文學創作以詩歌爲主，沃爾辛漢，在英格蘭諾福克有著名的沃爾辛漢教堂，是中世紀英格蘭最大的神殿之一。——譯注

我遇見過許多人
我來自那個神聖的地方，
有的人來到這裡，有的人去向遠方。」

「我怎樣才能認出你忠實的愛人？」行人回答問話者，要求他提示一些可以辨認的特徵。第一個問題——「難道沒有遇見我忠實的愛人？」——顯得幼稚無知，這說話者似乎不明白：在朝聖的過程中，行人放棄了他或她在其所熟悉的社會中的位置。在這個社會中，每個人都爲他人所知，每個人都認得他忠實的愛人。而在朝聖途上，所有人都是陌路人，需要貼近觀察與彼此介紹。

這首伊麗莎白時代的詩歌提到「神聖的地方」，這就指明了行人的朝聖者的身分，像其他朝聖者一樣，他來了又走了，並不眞正屬於這個神聖的地方。但是，那個宣稱「我來自愛爾蘭」的聲音卻只來不走，遠離她那個神聖的地方，而進入我們這個普普通通的世界，以便從我們之間挑中一個，招引他與她一同歸去。

這個熟悉的人唱著一首熟悉的歌，宣布她自己是一個外來者，是從一個神聖的地方來的遊客。接著她轉而向我們當中的某個人說話，由此建立一種關係，並吸引這個人脫離他所熟悉的世界，而回到她的家園，回到舞蹈那迷人的圈子裡。

好心的大人，我祈求您
出於聖潔的慈愛，
來與我一起跳舞
在愛爾蘭。

這聲音是恭恭敬敬和彬彬有禮的，這是一個進入我們這個社會群體並向我們當中的某個人說話的異鄉人應有的口吻。這個異鄉人向我們要某些東西——異鄉人往往如此——並且優雅地表達了她的請求。「好心的大人，我祈求您」——給一筆錢？接納我成爲你們的一員？但是，這個異鄉人並沒有提什麼司空見慣的要求；她要讓我們當中的一個成爲她的慾望對象。

這首詩歌我們以前聽過好多遍。我們樂意受震驚，受奉承，受誘惑。這個異鄉人要乞求的是異鄉人通常不會乞求的東西：她要我們當中的一員，要我們做她的陪伴與搭檔，帶我們遠離那個有著彬彬有禮的社會關係和文質彬彬的語言的平凡世界（「好心的大人，我祈求您，出於聖潔的慈愛」），回到愛爾蘭，回到舞蹈，詩人號稱她的家就在那裡。這一要求奇怪異常，這個女人出其不意的聲音也證實了這一點。這個女人將自己置身於我們這個社會的通常角色之外，她不讓自己被我們當中的某一位引誘，那樣她就要被迫與我們共享我們那個單調乏味、過分熟悉的世界；相反，她選中了我們之中的一位，招引他回到她那個充滿魔力的家中。不管跳舞的地方在哪裡，它肯定不是在這裡，也不是這裡的另一個簡簡單單的翻版，不是一個等級森嚴、時刻提防異鄉人的地方。他們在愛爾蘭那邊做的事就是跳舞，即使一個從這裡去的「好心的大人」也不會顯得不恰當，只要他和她一起去那裡跳舞。

這首詩歌的走勢，就像舞蹈的動作一樣，是環形的、重複的：從一開始她宣布家在何處，到最後一行，略作停頓之後，告訴他這個舞在什麼地方跳：「來與我一起跳舞／在愛爾蘭。」在跳舞的人群中，有人跨出一步，邀請旁觀者中的一位與她一起加入到舞蹈中來，於是這個圓圈重新閉合起來。這個動作及其詩歌都是極具誘惑力的姿勢，像別處的魔力空間的所有諾言一樣。它不需要任何兌現諾言的測試：詩歌的每一次重複，都是永恆的走近和邀請。在謄抄過程中、在保存這首詩歌的一個舊抄本中，同樣的動作又一次重複：它是一個小巧並且迷人的抒情空間，抄手或僧侶抄手都渴望遁入這一空間。這種招引帶著慾望向某些人言說，但它也可以被偷樑換柱，變成某個僅僅在沉思的他者的聲音，也可以被一個熱切渴望被這樣的慾望勸誘並被召喚而去的人取而代之。

離開愛爾蘭

神話傳說中的米迪爾國王的第二個妻子伊丹中了米迪爾第一個妻子的魔法，經過多次轉世變形，最後投生在愛爾蘭，變成了一位凡俗的人間女子。在那裡，她成了埃俄基德國王的妻子。爲了贏回伊丹，神話傳說中的米迪爾國王向愛爾蘭國王埃俄基德挑戰，比賽象棋以決勝負。贏了這場比賽後，他要求以伊丹的一吻作爲獎品。就在他們接吻的那一瞬間，米迪爾和伊丹雙雙變成了天鵝，飛向那遙遠的仙國。在這篇英雄傳奇中，米迪爾在象棋比賽開始之前向伊丹唱了這一首歌：

美麗的姑娘，你是否願意跟我一起
去那星星閃爍的奇妙仙境？
那兒人們的頭髮就像報春花冠
身軀從上到下潔白如雪。

那兒沒有東西屬於我和你；
那兒人們牙齒潔白眉毛黝黑；
那兒款待我們的主人多得令人欣喜；
每個人的臉頰都如毛地黃般潔白
……

清甜的小溪潺湲地流過大地，
上等的蜂蜜酒和葡萄酒；
人們個個高尚而純潔無瑕；
所有懷胎都沒有一點罪孽。

每一方每個人我們都看得見，
卻沒有人看得到我們：
亞當犯罪的陰影
使我們躲過了被算計在內的命運。

女人，如果你來到我那生機勃勃的國度，
一頂金王冠將會落到你的頭上；
新鮮的豬肉，麥酒，牛奶和飲料，
你要和我一起在那裡享用，美麗的姑娘。①

---

① From the literal translation of Ruth P.M. Lehmann, trans. and ed., Early Irish Verse (Austion: University of

這個比愛爾蘭還要遙遠的仙國，看起來與我們剛才被招引去跳舞的愛爾蘭極其相似。「那兒沒有東西屬於我和你」，那裡一切都是愉快，所有願望都心想事成，沒有一點惡行或罪孽。

我們已經明白，這個地方與塵寰世界是隔絕的，只有經過一段魔幻的旅程、或者有人突如其來地招引我們前往，才有可能到達那裡。我們尚未明白的是它竟然也近在咫尺。那些跳舞的人環繞在我們四周，逼視著亞當和夏娃的子孫們，而他們自己卻沒有人看得見。這一瞬間，那些無形的目光讓我們感到渾身不自在。

歧路：告誡

他等待著招引，招引卻遲遲不來，他迫不及待，於是踏上了征途：

> 且子獨不聞夫壽陵余子之學行於邯鄲與？未得國能，又失其故行矣，直匍匐而歸耳！

（續）

Texas Press, 1982), pp. 65-66。

招引進來

青青河畔草，
鬱鬱園中柳。
盈盈樓上女，
皎皎當户牖。
娥娥紅粉妝，
纖纖出素手。
昔爲倡家女，
今爲蕩子婦。
蕩子行不歸，
空床難獨守。

中國無名氏古詩（約西元二世紀）①

① 中國有著改寫古詩以配新樂的悠久傳統，本詩也是照「好萊塢華爾茲」的曲調譯寫，二者慣用語類似。漢語中的「蕩子」在字面上接近「旅人」，同時也是鄉村音樂中比喻意義上的「旅人」。

這是一首古詩，一首人們耳熟能詳的詩，是那一些常讀常新而又從來沒有新過的詩歌中的一首。我們也無從想像它曾經有過一段新的時候。從它在文字記錄的歷史上第一次出現開始，它就已經被稱作「古詩」，包含在一組人們稱爲「古詩十九首」的詩裡。這些都發生在很久以前，而且發生在另一個國家。

這首詩總是因其古老而得到推崇，受到應有的敬重，正如在一封古老的情書中，一片優雅體面的煙霧掩蓋了慾望的強制力量以及通姦的悄聲召喚。在這一點上，「我來自愛爾蘭」一詩顯得幼稚無知：它召喚我們背離彬彬有禮的社會習慣，卻一點沒有注意到有一些牽制可能早已形成了，束縛得我們動身不了；我們很快就假定詩人可以毫無遮攔地去招誘，「好心的大人」可以不受阻擋地接受引誘。那首詩歌說的是跳舞的愛爾蘭的魔力語言，這種語言只有一個現在時態和一個將來時態。這種語言是最接近伊甸園的語言，它是一種沒有過去的招引：「來與我一起跳舞。」但是，它是一種大多數詩歌不能說的語言；普通的詩歌與過去作鬥爭，而把慾望深藏在一層層的掩蓋、置換和偏離之下。甚至這首「古詩」在面臨引誘的緊要關頭也畏縮不前，它的躊躇是與對往昔、即對其個人經歷以及這個女人在社會既定關係中的位置的承認密不可分的。這首詩是「古」的，當然有一個過去，然而，它使慾望與社會的那些陳腐教條禮儀規範相對立。男人的慾望與女人的慾望相遇；但慾望以及隨之而來的招引被壓制、被置換於詩的表面之下，變成了隨後的一片靜默。

「我來自愛爾蘭」召喚某個人出去，到別一處開闊的地方跳舞；而「古詩」則吸引某個人進來，穿過一層層表面的掩蓋。前者的公開坦率令人驚奇；「古詩」的掩蓋則更讓人熟悉，更能被人理解。然而，詩歌讓我們看到在這樣優雅體面的表層下所隱藏的誘惑形態。它遵守矛盾律，將我們的注意力引向它所隱藏的東西。我們對兩種相互對峙的力量作出反應——布帛在竭力壓制，而肉體則在努力掙脫壓制——以我們自己的雙向運動：我們被吸引著與之趨近，而與此同時，又與之保持著距離——它只是一個審美客體，只是一首詩而已。

它很可能曾經是一首小酒館歌曲，不管男人還是女人很可能都唱過這一首歌①。因爲漢語文本中一個代詞也沒有用，所以，我們可以將這首詩當作男人的歌唱來聽，最後四行中的「我」可以替換成「她」來理解。在這樣一種男性的聲音裡，詩歌變成了回過頭來向社會交待她說了些什麼或者她可能會說些什麼的一份報告。即便在它最初的時刻，雖然現在已經流失而無法復原，這聲音也可以是一種慾望的聲音，偏離正道，想入非非——就像那個在自己的手稿中將請他去跳舞的招引也抄錄下來的僧侶所產生的那種想入非非一樣。

這篇詩作的詩意表現在它的空白處、表現在那些未說出來的言語裡。每一句詩都在本句

---

① 按中國的習慣，一首詩一旦變得「古老」，它就很容易轉變成某種類比狀態，好比一個僕人對其舊主感到失望而要找一個新主。

和上一句之間創造了這樣的空白處，創造了被悄悄橫切開來的區間。最初，這些空白處只是一些物理運動，這些運動很快變成了方向和注意力導向，最後空間就充滿了那些沒有說出口的動機、焦慮和期望。這首詩需要一些與眾不同的言詞，但也只是作爲衣裳而已，這樣才能精確地勾畫出那些隱而未言的東西的形狀。言詞是看得見的點線，勾出心靈和身體的動向，但它們並不就是動向本身。

第一句，「青青河畔草」，這個開頭好幾首「古詩」和樂府歌詩都使用過，也是通常表示離別的某種距離的符號。這首詩後來的注家們已經看出來，沿著河岸蔓衍的青草的遼闊的綠色，正如那綿延不絕的慾望，正如那一幕吸引有慾望者關注的情景：目光都凝視著空廓的遠方。或者，他們告訴我們，這樣的綠色是草季節性復蘇的表現，就像那種渴望每逢日漸熏暖的季節就回歸人的動物性一樣。但是，這個場景也是一個身體可以穿行而過的空間，在詩中我們看得見這個身體，因爲我們隨之而動，沒有任何東西能引起我們的注意，除了一條河流伸向模模糊糊的某個地方。

慾望是一種情感結構，固定在某種特定的形式上，不是在目光裡，就是在心靈深處。要呈現慾望的形狀，這個場景最初的那些空白就必須塡滿：有些東西擋住了我們的視線，阻礙了我們的動作，將注意力引向那些被否定或被隱藏起來的東西。當這種情況發生時，我們就既看到了表面，又看到隱藏起來的表面之下的深層，既看到了掩蓋，又看到了裸露的可能性。

夏天的柳樹遮住了我們的視線。注家們提示我們，形容這些柳樹特點的「鬱鬱」一詞，意爲「繁密而茂盛」，同樣也可以用來形容人的心情：憂愁似乎在心中膨脹，一直壓迫到表面，並渴望著表達，極力要爆發出來，卻又孤弱無助。這些樹的名字「柳」，正好與引誘人流連忘返的「留」諧音雙關，這些「柳」屬於某家花園，這花園必然掩映著一處住所，這住所必然圍繞一個人爲中心，誰知道，在一個人衣裳的掩蓋下或者在其心靈深處還隱藏著有什麼樣的奇蹟？

這首詩前四句是注意力凝聚的時刻，促使我們穿過時空，越過障礙；透過茂密的柳樹，我們看到了一座樓房，在樓房的高處，打開了一個缺口、一扇窗戶，一個美麗的女子就鑲嵌在這扇窗戶裡。這類缺口正是暴露的圖形，是我們集中關注的盾牌陣中的缺口。讓我們假設另外有一篇古詩，詩的第一句就把這個女子推到我們眼前：她美麗窈窕，絲毫不相形見絀，但是我們反而不那麼被她的美所吸引。在當前這首詩中，我們已經發現了她，歷盡千辛萬苦終於發現了她，我們穿越重重障礙，終於到達那些隱秘之處。然而，她卻一直高高在上，可望而不可及。我們不能對她提任何要求；我們是異鄉人，從遙遠的地方來，從一切都是開放的外邊來，來到這裡，看著她，我們是有窺視癖的人。

與其說是敏銳的凡俗眼光，不如說是詩歌，讓我們在接下來的那一句中看到了她的紅顏。我們有一種幻覺，彷彿與她越靠越近，接近那一層敷飾肌膚的薄如蟬翼的脂粉面紗。

我們接受誘惑，因爲我們渾然不知或拒不注意受誘惑的正是我們自己：我們不想知道，如果不是爲了吸引我們的注意，惹起我們的慾望——我們很容易就會這樣做的，那麼，她爲什麼在那裡當窗而立，她爲什麼塗抹了最時髦的明艷的紅粉。當然，她也是在這個關於距離、隱藏與親近的舞蹈中扮演了她要扮演的角色。既然我們已經來到她這裡，下面就該輪到她上場；她的一舉一動我們都能看得見。我們的目光集中在她那裸露的白皙的肌膚上，集中在她從窗戶伸出的手上。她穿過屏障，向外伸展，以回應我們自己向內靠攏的動作：這完完全全是一個緩慢的舞蹈動作。她擺動的手是這首詩的焦點，也是在言詞的表面惟一一個能看得見的動作。它是一個用意含糊的姿勢，我們願意將其解讀爲邀請：「纏繞在你美麗的網中，／被你摘下手套的手勢所吸引。」①

接觸到裸露的肌膚之後，我們就準備透過富有美感的表面，去接近那個舉動皆出有心、那個有著自己的慾望、經歷和生活環境的人。爲了越過這最後的屏障，我們需要一些解釋；即將到來的這場性邂逅是有風險的。各種說不清道不明的障礙和距離都向我們表明，這個女

---

① 約翰·濟慈，〈時間的海已經五年緩慢落潮〉。[譯者按]約翰·濟慈(John Keats，一七九五—一八二一)，英國浪漫主義詩人，其代表作有〈夜鶯〉及下文引到的〈希臘古瓮頌〉等。

人是一塊禁臠，在性方面她是不容染指的——無論她尚待字閨中，還是已嫁爲人婦。這只是一個潛在的引誘，但是，既然我們已經煞費周折穿越了屏障，並且在她的動作中讀出了招引之意，那麼就有了另一次隔離的間歇，有了一個焦慮的片刻，使我們躊躇不前，並且想全身而退。如果我們僅僅是有窺視癖的人，這個遊戲就是安全的、單方面的——我們是隱身的。但是，當她那隻手伸出來時，我們被她看到了。他者從此不再只是一個令人覬覦的表面，當最後一層掩蓋揭去，我們發現在這些表面之下別有一個人穩坐家中，這個人使我們成爲她的關注和慾望的互動的對象。

昔爲倡家女，
今爲蕩子婦。
蕩子行不婦，
空床難獨守。

詩的最後四句與我們的躊躇正相適應，並驅使我們走向接觸，在保證其安然無恙並可望可及的同時，保持了這塊禁臠的誘惑力。如今她已經被「掩蓋」，金屋藏嬌，被深藏起來，不在大庭廣眾拋頭露面；但是，她曾經是一個「倡家女」，也許在唱歌之外還另有所爲。男性民俗使我們傾向於這樣猜測：既然她曾經在許多男人面前拋頭露面，她必定始終願意多結識一個男人。如果說這種情況與那個覬覦已久的人心中那種難以啓齒的焦慮一拍即合，它也正揭示了她難以啓齒的動機：既然知道他會怎樣理解，爲什麼她還要告訴他這些。或者，這也許只是他窺伺她之時的推斷而已，只是他的慾望的投射而已。

她既嫁爲人婦，如今已成了禁臠，但是，我們被這樣告知，她的丈夫是一個「蕩子」，他對獨守空房的女人漠不關心，在本詩開篇那一片廣闊的空間裡，他已經走得很遠很遠，再也不回來了。最後四句詩中的每一句都減輕了我們難以啓齒的畏懼，減少了我們躊躇的附加條款。按照詩的假定，我們知道她的性渴望由於丈夫不在家而慾壑未塡；我們知道她之所以不忠是有理由的(即使不是依據傳統道德所說的那種正當理由)；我們知道我們是安全的，根本不會有一個妒火中燒的丈夫突然回來。

這首詩以空曠的空間開篇，亦以空曠的空間結尾；然而這個空間，已經加入了危險和慾望，藏匿於室內：一張空床。

珀涅羅泊(Ponelope)[①]的反詩

① 珀涅羅泊，荷馬史詩《奧德賽》中主角奧德修斯的妻子，奧德修斯離家二十年，她忠貞不貳，拒絕了很

小路在這裡岔開。我們知道我們將要走上哪一條歧路。但是，我們的目光沿著另一條歧路掃視過去，它已關閉了環形通道，並將我們重新帶回到起點。

花園中有位姑娘年輕又美麗，
陌生的青年男子經過她身旁，
說道，「美人兒，你可願意嫁給我？」
作如下回答的就是這位姑娘。

「不，好心的先生，我不能嫁給你，
我已有愛人他在海上遠航，
他一走就是長長的七年，
所以沒有人會娶我做新娘。」

接下來，這個陌生的青年男子繼續試探她，暗示她的愛人即那個「蕩子」可能已經遭到不

（續）多求婚者，在後代成爲貞婦之代名詞。——譯注

幸，也可能他在長達七年（這正是誠實的托馬斯在小精靈國女王宮中羈留的時間期限）的外出過程中已經對她不忠；但她面對引誘，始終忠貞不貳。

然後他伸手將她摟進懷中，
吻了她一次、兩次、三次，
唱道，「別再哭了，可愛的人兒，
我就是你走掉的約翰・賴利。」

畏縮不前

在慾望就要得到滿足的時刻，也可能會有一瞬間的猶豫躊躇，畏縮不前。慾望愈是強烈，達成慾望的路徑愈是漫長，思維空間就愈有可能在慾望圓滿實現的前一刻讓位給第二念。慾望的軌跡是勇往直前的，並且控制著我們的注意力：我們就是我們的「第一念」。慾望變成我們生命的完整形式，而在慾望迫在眉睫的達成與完結之餘，我們可以看到一段不祥的空白。

我們止步不前。在一段很短、也或許較長的時間內，我們可能停滯不前，既不前進，也不後退。在這個緊要關頭，我們在慾望所提出的悖論中聽到了嘲諷的笑聲：結局只是慾望本身的一個功能而已，只有通過不停的拖延、迷失、保持一定距離，才能獲得結局的價值。「一直過來吧，過來」，文森特．亞歷山大寫道。最後，愛人走近了；他卻叫她停下來，不要再向前靠近：

但不要再靠近。你燦爛的臉，燃燒的煤炭
　攪亂了我的感覺，
攪起了閃亮的痛苦，這時我突然被引誘去死，
去在你洗刷不掉的摩擦中燃燒我的雙唇，
去感覺我的肉體融化、包容在你燃燒的鑽石裡。

不要再靠近，因為你的吻持續著
就像不可思議的星星的碰撞，
就像突然間著火的空間，
就像肥沃的太空，在那裡世界的毀滅

就是一顆心因爲愛而將自我燃燒光。①

接觸的瞬間被不顧一切地推遲了。然而，即使在下達要其停步不前的命令時，語詞也在大肆渲染，期待著在火中融化消亡，燒得精光：慾望的達成就是滅絕。在如此親密的接近中，每一個運動的勢都分化成它對立面，這一振蕩化成爲詩中的語詞，將反對力量糾合在一處。在接下來的那一節詩裡，亞歷山大打破了這險象環生的停頓狀態，告訴心腹的人繼續靠近；但實際情形及其答案都藏在詩的標題中：*Ven siempre, ven*，即「一直過來吧，過來」。在這個祈使語氣的引誘中，我們幾乎聽不到那個可以永久延滯她的到來的限定語：「一直過來吧。」

詩歌經常試圖將我們控制在界限之地，使矛盾衝突持久延續，在心滿意足的同時又阻止心滿意足。不管是明目張膽，還是偷偷摸摸，它們總是一直努力使各種相互矛盾衝突的動作各得其所，使各種巨大的力量保持精巧的平衡；在結構方面，在言說的藝術方面，在題旨方面。這樣保持平衡的反運動經常以說服勸誘的面目出現。

① Translated by Stephen Kessler, form Lewis Hyde, ed., *A Longing for the Light: Selected Poems of Vincent Aleixandre*（New York: Harper and Row, 1979）, pp. 66-69.

無需任何說服勸誘的招引是最好的招引：纖纖素手伸出來，吸引旁觀者踏進舞蹈者的圈子，或者召喚陌路人走入花園，登上那張空置已久的床。它是一種允諾，它充滿信心地影響著他者的慾望。正如召喚聲音覺得我們理所當然願意接受吸引，我們也這樣信以爲眞——沒什麼危險，這只是一首詩而已。但是，當這聲音開始積極主動地展開勸誘，開始明確它的承諾，開始壓制反對意見，勸誘的聲音就暴露出它對其與生俱來的誘惑力缺乏信心。我們進入一種慾望的交易，相互交換有吸引力的東西。

成爲勸誘對象的人受到提醒，提醒其注意他或她的選擇，提醒其疑惑與躊躇。勸誘反而造成了它打算要跨越的距離，激起了它原本要壓制的反抗。假想的需要得到了誘惑和承諾的回應。召喚的聲音肯定他者會畏縮不前：於是它大膽行動，冒著被蔑視的危險，以想像中的吸引力的庫存作爲掩護。心愛的人被有效地安撫下來了。她的角色已經安排好了：她應當顯得勉強而不情願，並且由於心中勉強，她參與了延遲愛戀與慾望的結局的行動。她的角色就是唱他爲她寫就的歌曲。

> 一桶阿爾班酒，窖藏了九年或更久，
> 滿滿的立在那裡，在我的花園裡歐芹的花枝
> 正當編織花冠的盛期；茂密的常春藤

等待，我的菲利斯，
等待你將它盤繞在閃光的頭髮上；
擦得鋥亮的銀器在大廳微笑，聖壇，
香草環繞純潔而恰到好處，只缺少
那犧牲者的鮮血；

房子裡鼓蕩著喧囂，姑娘們
和小伙子們在混亂中快速跑動，這裡，
到處，爐邊的火苗閃閃顫動，
黑色的煙在盤旋。

現在聽聽我帶你去什麼樣的歡樂之地：
維納斯的月份從海上升起，我們乾杯
爲了十三日，這一天將四月截斷，像孿生兄弟
一半對一半。

對於我這正是一個公共節慶的日子
幾乎比我自己的節日還要神聖，標誌著
一個黎明，米西納斯（Maecenas）[1]從這天起計算著
　他累積漸多的歲月。

但是你熱切渴望的那個年輕人，忒勒福斯（Telephus）[2]
他外表整潔沒有你的份兒，而且，一個富有的
四處轉悠的淫婦已經攻陷他的堡壘，把他關進
　那微笑的囹圄。

那曾擊落法厄同（Phaethon）[3]的火焰將恐怖擲向

---

① 米西納斯（前七〇—前八），羅馬貴族、巨富、詩人賀拉斯、維吉爾的朋友，熱心贊助文學，後人遂以其名字指稱文學藝術的贊助人。——譯注

② 忒勒福斯，希臘神話中赫拉克利斯和奧革的兒子，曾給希臘人出主意，但又不肯參加遠征。——譯注

③ 法厄同，希臘神話中太陽神赫利俄斯的兒子，因誤駕太陽車，導致森林大火，河流乾涸，爲了拯救大地，宙斯用雷電轟擊法厄同，使之渾身燃燒而栽進河裡。——譯注

洋洋得意的希望，珀伽索斯（Pegasus）[①]在
塵世的馭者柏勒洛豐（Bellerophon）[②]的拖曳下，
　樹立了堅強的榜樣。

只尋找與你契合的事物，不嚮往
遙不可及的禁臠，而是放棄
與你極不般配的情夫。那麼來吧
　我最後的愛人，

從今以後不會再有一個女人
激起我心中的暖流；來吧，學著唱這些歌
以召喚愛情的聲音；歌唱能消去

---

① 珀伽索斯，希臘神話的神馬，有翼能飛，被其踏過的地方就湧出泉水，詩人飲之可生靈感，故常作爲詩人靈感的象徵。——譯注

② 柏勒洛豐，希臘神話的英雄，他藉助於飛馬珀伽索斯射死了噴火怪物喀邁拉，後來他想騎馬飛上奧林匹斯山，宙斯大怒，讓飛馬發狂，把他摔成雙目失明的跛子。——譯注

我們黑色的憂傷。

賀拉斯（Horace），《頌詩》，IV.II①

詩歌就是一種由各種各樣的偏離構成的藝術：偏離情感的軌道，偏離言說，以及這裡說到的她的關注從他衰老的軀體偏離到誘惑的庫存，他所擁有的只是與接踵而來的那個人分享：拉丁文一開始就開列了一個名單：「*Est mihi...est...est*」，即「我有……，又有……還有」像她要在最後唱給他聽的歌一樣，這裡所許諾的迷人前景是相愛的雙方能夠走到一起的最常見的理由，無需肉體最終融爲一體。即使這些偏離的吸引力也只能暫時延緩雙方的遇合：它們不是永遠永恆的獲得物，而是要等待時機，有朝一日它們會被利用、被實現、被消費，就像那一桶阿爾班葡萄酒已經等了九年。

他約請她去的那個歡快之地，正在舉行四月十三日的慶典。四月是維納斯和性慾的月份（這裡順帶承認了他的庇護人的生日）。這將是最重要的時刻，此後，一切都將完結，一切熱

---

① Cedric Whitman, trans., *Fifteen Odes of Horace* (Cambridge, Mass., privately printed, 1980).

［譯者按］賀拉斯（前六五—前八），古羅馬詩人，詩作主要有《頌詩》、《諷刺詩》、《書簡》等。

烈的與未來的愛情都將完結。一個人盡可能永遠在愛爾蘭跳舞，但是，一旦菲利斯踏進賀拉斯詩中所寫的那個慶典的迷人的圈子，所有事物都將匯聚成一束耀眼的閃光。這些事物將會融合、熔化：葡萄酒將被一飲而盡，歐芹和常春藤被盤繞在她的頭髮上，她的頭髮閃閃發亮，映照在擦得鋥亮的銀器裡，銀器這時正在微笑，照見她的笑容時，還會再次微笑。最後還有一次未曾提到的融合，那是維納斯節日的應有收場。正如上面那一首古詩一樣，這裡也有一個能勢，它所隱含的目標也是一張空床。

菲利斯要被花枝盤繞，另外還有個東西也被盤繞起來了——*casta vincta verbenis*，「香草環繞純潔而恰到好處」，——純潔的聖壇也在守候那個流淌犧牲的鮮血的時刻。

岔道：商品

欲望的機緣與物理形態或者與這種物理形態的勾勒緊密相關，欲望對象作為一個表層呈現，這表層既是允諾，又是隱藏，並且，在其裸露的空間或輪廓中，展示了什麼是它所壓制的。人們對此多已耳熟能詳。然而，掌握了這一類形態的功能，就有可能創造一個欲望的時機，以喚起他者心中的欲望。在日常世界中，衣著所引起的正是這樣的作用；它總在設想中看到自己被別人注視。所有的衣著都有複雜的代碼，不管是滿口答應不費吹灰之力達到目的，還是道德上的自我檢束、不拘言笑、漠不關心，或者是甜蜜誘人的輕浮作態，都只不過是走向最終和同的不同的便宜之計罷了。

放血是古羅馬宗教祭祀儀式中正規而且已成慣例的一個環節，這種嚴格形式化的暴力在羅馬制度最奇怪的一環即競技場上重演。賀拉斯的詩經常歸結到犧牲獻祭的純潔無瑕有條不紊，正如它以嚴密控制的形式壓制所有的暴力、激情以及危險力量一樣。在這個女人或石頭的聖壇上，終將會有一隻獸類獻作犧牲；獸肉烤起來，肉香讓飢餓的神祇們心滿意足。

隨之而來的後果是黑色的爐煙，黑色的憂傷，黑色的煙灰。有很多東西都在這裡熊熊燃燒：爐邊的火苗，以及心中最後一次被激起的暖流。菲利斯已經爲另外一個人燃燒過了，她的火焰失去控制，就像法厄同駕駛的太陽車失去控制而脫離軌道後那燒遍大地的火焰一樣。而她所愛的那個男人也爲另外

某些東西，甚而只是一首詩的語詞所許諾的東西，也可以形成類似的引誘，就像衣著一樣，這樣的東西只是要成為一個表面，意在把他者導向那個聲稱已經控制這個東西的人。這個東西被展現和奉獻出來，並成為慾望凝聚的方式；它閃閃發光。這個東西變得就像衣著一樣，即使穿著衣服的人已經離它而去，依然保留著誘惑的外形；這個東西只是一個表面，內中別無其他。

這個東西，現在徒有空空如也的外表，變成了一個表記，導向一個被替換或被延滯的結局。一旦我們在慾望的流通系統中承認這一表記的效力，製作表記的過程就變得無休無止——一個曾經因肉體而溫暖的空蕩蕩的地方的表記的表記的表記。用這些表記，我們希望換來感情，進行交易，如果他者接

一個人燃燒；他也被拘禁在囹圄中，*vinctum*，像聖壇被圍繞在香草中，守候著犧牲的鮮血。在這個季節，到處都是毀滅性的、充滿誘惑的火焰，大小不等的各種放縱的慾望將它的犧牲一一捆綁起來，推向屠宰場，推向愛情的終結。賀拉斯也同樣站在懸崖邊上：*Age iam, meorum finis amorum*，「那麼來吧，我最後的愛人」。這句話劃出一道熾烈的軌跡，是亟待偏離並將其置於控制之下的，正如他的詩作有嚴格的格律，他的歌聲抑揚頓挫控制得也很老到。

任何一個肉體凡胎的菲利斯都不會接受這個邀請並按之行事，也不會在詩歌遊戲之外的現實生活中這樣做。即使有某個羅馬姑娘隱藏在這個希臘的名字背後，也幾乎不起什麼作用：她的角色早已安排好了。正是這

受了我們舉起的表記，那麼一筆交易就做成了：慾望已被啓動。

被人渴望的慾望率先開始了製作表記的過程，它確實可以成功地激起他者相應的慾望。但是，在慾望的置換或延遲過程中，產生了一個無法跨越的空間，肉體由此得以退回到誘人的表面之後。饋贈表記的人發現，如果他者不當機立斷地鄙棄這空蕩蕩的空間，他者就可能只愛表面，只要有一個更具吸引力的表面，他者就會一直被吸引。雖然被愛者也可能被吸引，他或她卻絕不會再靠近一步。在由表記完成的這場交易中，即使肉體似乎有意迎合，表記依然是在他們之間的一層細如游絲薄如輕煙的薄膜，阻止他們親密無間地結合在一起。

饋贈表記的聲音不是天真無知的：它們

一點使我們覺得難以理解詩歌中奇怪的引誘：藝術作品可以設法使自身與其言說的對象隔絕，與假想的以及眞實的聽眾隔絕。它憂鬱而溫文爾雅地、挑剔而又技巧嫻熟地保持著一個距離，這是激情的逆向運動，這個慾望發展到極致便是慾望的終結。

那麼來吧，
我最後的愛人，
從今以後不會再有一個女人
激起我心中的暖流。

不管她是拒絕，還是接受，二者同樣都是終結性的：獻祭的犧牲和燒盡一切的大火就潛伏在所有這些富有吸引力的期望之下。在這個引起火焰燃燒的過程中，惟一的解脫方法是使整個運動在某一處停頓下來，將一些片斷隔絕開來，使之迴環往復。這永久延滯的命令將

懼怕痛苦。這種並非天真無知的聲音中最高明的就是賀拉斯的聲音，它所奉獻出來的東西，一旦被人接受，就立刻解體，消失得無影無蹤，這些東西是雙方共同消耗掉的。但是，我們也會碰到向愛人饋贈表記的其他一些更加曲折的聲音。有一種聲音是甜蜜蜜的，它舉著衣服，用他希望見到愛人裸露的慾望，來換取引發她自己的慾望，她的慾望就是想像她自己被充滿慾望的目光所注視。也有一些聲音是危險的，它會強迫對方接受表記，要麼是為了玷污被愛者的聲名，要麼是為了給她一點補償。

性愛的招引轉變成一個改頭換面的請求：菲利斯應該來，學唱他的歌，再回來把這些歌唱給他聽，*amanda voce*，「用充滿愛的聲音」。他請她對他唱那些招引的歌——僅此而已。兩個情侶就這樣不斷地向對方靠攏，但卻永遠無法接觸到對方。

可愛的年輕人，在這些樹底下，你不能離開
　你的歌，那些樹也不會樹葉掉光；
　　勇敢的情人，你無法，總無法親吻，
雖然就要達到目的——且莫要悲哀；
　她不會凋謝，雖然你還沒有這福分，
　　你會永遠愛她，她會永遠漂亮！

這是濟慈在〈希臘古甕頌〉中提出的解決辦法，但是，在「甕」這個字的另一個意義上，這個經過藝術精心塗飾的特定的古甕表面可能只有黑色的灰燼，一點也沒有使這種解決辦法顯得很迫切的　哩啪啦作響的火焰。賀拉斯的詩歌可能會減輕黑色的憂傷，而拒絕燃燒後的黑灰，它屬於carmina[①]，濟慈這首詩和所有的頌歌都屬於這一類型。從古典的意義上說，它們是具有神奇「魔力」的那種*carmina*。

面對火焰，這首詩退縮不前，原地打轉，唱著關於歌曲的歌曲的歌曲，以迴避空床和達到巔峰狀態的慾望。賀拉斯這首詩中的菲利斯，就像抒情詩中的山魯佐德(Scheherazade)[②]，她的性命繫於一根沒有終結的故事線索中。如果這首歌終止，那些凍結的力量就會被釋放出來，情侶們將在火焰中雙雙燒毀，這個最後的愛情也將永遠終結。

以平心靜氣的憂鬱來觀察，我們也許會嘲笑這樣的偏離，它既沒有往回走，也沒有直衝向前，而是轉了個彎，走上第三條小徑，進入一個由誘人的歌聲所形成的迷人的迂迴。這個詩歌的空間緊貼在亞當和夏娃的子孫們生活的那個世界周圍，但是有一個形式的屛障，將詩歌的空間與人世隔離開來。雖然這個循環似乎隨時都會被打破，舞蹈者隨時可能從舞蹈軌道上被拉回到普通人世間，但是仍然有嚴刑峻法裹挾著他們，使他們周而復始地循環下去。形式的回彈力是與慾望的力量以及失控的恐懼成正比的。賀拉斯是形式的大師，但是詩作的堅

---

① carmina意即「歌」，它的英文詞根是「charm」(魔力)。——譯注

② 山魯佐德，阿拉伯民間故事集《一千零一夜》中蘇丹的新娘，她夜復一夜給蘇丹講述有趣的故事，而免於一死。——譯注

硬的表面只是它所必須具有的一項控制措施而已。詩歌既是樂，又是禮：是一種介於欣喜若狂融爲一體和嚴格劃界涇渭分明之間的關係。

題外話：樂與禮

樂者爲同，禮者爲異，同則相親，異則相敬。樂勝則流，禮勝則離。合情飾貌者，禮樂之事也。禮義立則貴賤等矣。樂文同則上下和矣。

《禮記・樂記》

上古時代，聖王制禮作樂，旨在使禮儀的力量保持一種不穩定的平衡。在每一種禮儀中，每個參加者，包括旁觀者，都與他者區別爲異，從而發揮其角色作用，使之與其他角色區別開來。正如我們在這世界中的關係一樣，與他者的相遇也就是一種疏離：從慾望、動機、意圖各方面我們認識到彼此的異。我們威脅他人，也受到他人威脅，試圖強制他人，也受到他人的強制。到處都是歧異。

但是禮儀也實現了另一種蘊涵於普通人世間的可能性。我並不是我扮演的那個角色，與他者之間也不是這樣一種確定的關係。在禮儀中，我知道他者在我之前扮演過這個角色，在我之後還要扮演這個角色。而且，我理解，對現在所有與我演對手戲的人來說，禮儀是一次共同的冒險行動，是一場嚴肅正經的遊戲。而即使我認眞扮演這個角色，我也能感到它的分界線消解了：我知道禮儀的所有其他參加者的所有言詞，當他人說出這些言詞時，我默默地對自己重述。在表演中，每個演員都扮演所有的角色，同時也與所有其他角色演對手戲。就像在賀拉斯的慶典上，那些歌曲先已寫好了。

這裡有一種雙重性，其間存在著危險，聖王就是爲此而給我們制禮作樂的。一方面是異正在消融的危險，是在令人恐懼的融洽中失去自我，失去立足之地，所有的言詞通通變成了我的言詞，是一種迷狂(*ekstasis*，脫離自我而存在)。另一方面是徹底疏離的危險，禮儀的參加者完全沉浸在角色之中。這裡，禮儀中的其他扮演者變成了眞正的他者，而我們發現自己回到了平平常常的生活裡，而不是在那個彼此分享的、可以周而復始的禮儀的冒險中了。樂和禮使這些危險因素保持著平衡。樂者爲同：它是所有的禮儀參加者共享的，是禮儀的共同基礎；並且它經常提醒我們是在同一個事業中同舟共濟。禮的正式動作和因襲化言詞，加強了在禮儀參加者扮演的不同角色之間、以及參加者與他或她扮演的角色之間的異。

古代的聖王知道，詩既是樂，也是禮。我們分享著音樂，與那些他者比肩而立，我們開口言說，或者聽別人對我們言說(甚至動手爲我們寬衣)，我們觀看別人，同時也被別人觀看著。與此同時，在詩歌中也有一些程式化的禮儀，讓我們有一塊疏離之地：我們只是閱讀文字，我們什麼東西也沒有看到；我們什麼聲音也沒有聽到，只是一首詩而已。

樂和禮都是補償的工具。每個時代，每個詩人，都很強調禮儀的程式化，抑或更大張旗鼓地奏樂，這取決於哪一種威脅顯得最大。一旦樂的誘惑力過於強大，詩人就加固文本與之對抗。如果禮顯得太過矯揉造作，我們便渴望著樂，同時莽撞地相信，我們會心甘情願勇往直前，響應那個去愛爾蘭跳舞的招誘。

直奔伊甸園

那些古老的無名歌者把我們也包括在他們的邀請裡。他們留下他們所唱的招引的歌，好讓我們能夠自己唱起這些歌，或者讓我們能夠接受別人唱的這些歌。唱這樣的歌對我們來說是輕而易舉的；它們是正在遊戲的那個人的快樂，我們不會誤解它們所散發的誘惑和所允諾的歡樂。後來的詩人們就不是這樣了。他們似乎召喚某個特定的他者，卻只允許我們彷彿於無意中聽到；但是，我們知道他們發出召喚就是爲了讓我們能夠聽到。如果這裡有什麼愉悅，那也是一種奇怪的隱藏的愉悅，是一種多少有些誤入歧途的愉悅。這遊戲變成了一場黑暗的遊戲：言說者裝作沒有注意到我們在場，而被言說的對象則轉化爲純粹是一道風景，一層誘人的表面，詩人對著它言說，我們傾聽的也是它。這是來自一個墮落的世界的詩歌，是遮遮掩掩的詩歌；知道自己已經墮落，詩歌就盼望著剝掉言詞和身體上的掩蓋，尋找回伊甸園的路。

來，夫人，我力不許我歇，
直到像辛苦分娩後躺下。
常見冤家你站在我面前，
未交戰我就已挺得厭煩。
脫去銀河般閃光的腰帶，
環繞著美麗得多的世界。
解下你穿的閃亮的胸鎧
蠢漢忙將眼盯住不離開。
你自寬衣，那鐘聲的諧美
是你在告訴我時當就睡。
脫胸衣，我嫉妒它的福氣，
它竟仍然與你那樣親密。
睡衣脫去，露出美的肌體，
如山影掠過繁花的草地。
脫掉那金屬的冠冕，展現
你濃密頭髮長成的冠冕：

現在脫鞋吧，放心地踏上
這愛的聖殿，這柔軟的床。
你穿的睡袍如天使般潔白；
你這個天使，還隨身帶來
一個穆罕默德式的天國；
雖然有白衣行走的妖魔，
我們懂得區分妖精天使，
妖精使頭髮、天使令肉體
　聳立，讓我雙手四處漫遊，
向上，向下，中間，向前，向後。
啊我的美洲！我的新大陸，
我的王國，安危一人守護，
我的寶石礦藏，我的帝國，
發現了你我是多麼快樂！
受這些囚禁，其實是自由；
手放在哪裡，約束哪裡有。

全裸！所有歡樂都來自你。
心脫離肉體，肉體當解衣，
嘗遍歡樂。女人戴的寶石，
像阿塔蘭塔球，取悅男子，
蠢漢的目光爲寶石一亮，
俗人不知美女只貪寶藏。
像圖畫，或書的艷麗封面
給外行看，女人亦事裝扮；
她們自是秘籍，只有我們
（將因她們的仁慈而貴尊）
必須讀透。要讓我了解你，
你該坦然，像對著助產士
展示自己：將白衣都脫下
無可悔咎因你純潔無瑕。
　爲教示你，我先裸露自己，
男人就是你的全部遮蔽。

約翰・多恩(John Donne)[1]，《哀歌》之十九〈上床〉

約翰・多恩爲我們脫下了他妻子的衣服，全然不回轉目光來示意他知道我們在場。我們被設定爲窺視癖者，或者更精確地說，是被這個才華橫溢的矛盾修辭法的大師設定爲失明的窺視癖者，他大聲邀請我們團聚到他的寢室門外傾聽。他從來不給我們展示赤身裸體本身——一種直接的可以理解的動物性的愉悅——而是給我們一些言詞，這些言詞沿著一條軌道朝著赤裸的身體急忙忙地奔去，這是一些裝腔作勢的言詞，此時這個添枝加葉的詩人就站在我們與他所許諾的景象之間。我們既被拉攏進來，又被推拒出去：他公開了(在若干種意義上)他

岔道：懷疑

在這個已經墮落的世界裡，所有詩歌言說都是扭曲的：言詞表現得拐彎抹角，而詩人只能通過中介物喚起他者，而這些中介物正是掩蓋其動機並延滯慾望達成的工具。然而，如果這些中介物之一恰巧是另一個人，是詩人只是裝做對之言說的那個人，那麼這種掩蓋的侵蝕力就一下子凸顯出來了。由於事先知道我們在關注他，知道我們在門外傾聽，詩人對所愛的人說話時就會受此影響。利用另外的

① 約翰・多恩（一五七二—一六三一），英國玄學派詩歌的主要代表，劍橋大學神學博士，所作有愛情詩、諷刺詩及宗教詩等。——譯注

妻子一步一步脫衣的過程，而與此同時又緊緊擋住她不讓我們盯著看，他還對他妻子評說我們根本無權偷看，他的聲音我們完全聽得見。我們的眼睛就是所謂「蠢漢忙碌的眼睛」，所有這些一層層脫掉的衣裳本來就是要擋住這些眼光的。

　　儘管他費盡心機裝作是對那女人言說，他的言詞卻將她轉變成了不透明的表面，她成了領地，既是「屬於我的」(mine)，同時也是「礦藏」(mine)，從這種「礦藏」中正可以挖出她體表佩戴的那些寶石，寶石吸引了我們這些蠢漢注視的目光，使她的身體免得被人從上到下細細地揣摩端詳。但是，我們很快了解到，他完全不是對她言說的；其實他時刻都在細聽他自己被我們聽到的聲音，我們的關注凝聚成壓力，他的言說和他的聲調會相應受到影響。對他的女人來說，這些言詞與其說是招引，不如說是命令，是強制的，是性愛的催

某個人僅僅是為了達到寫給大衆，寫給讀者的目的，這可以說是一種陋習，其中最為著名最具自我反省力的例子是羅伯特·洛威爾的《海豚》。這種陋習經常與對這種陋習私下感到羞愧密切聯繫在一起，同時，它還產生了一種渴望，渴望著簡單的親密關係，產生了一股力勢，能使之退回到伊甸園，退回到那種直接的、裸露的男女關係。

　　在詩歌內部，在言說行為周圍，疑竇叢生。這種懷疑會產生一種簡單得多的逆向運動，而這個運動本身也要求強制。在這種情況下，詩人竭力否認我們的關注的影響力，否認我們這些在門外諦聽的人的影響力。這

促，他並沒有給她什麼歡愉的許諾。但是這命令的聲音看來幾乎沒有注意到她可能聽得見；它的興趣是要向我們渲染他的力量，誇張他對她所擁有的權力。這裡面確實有性愛的事件，有招引，還有誘惑；然而，受誘惑的卻是就站在寢室門外偷聽的這首詩的讀者。

這是一種對占有的沉溺，自從人類墮落之後，慾望的結構稍作扭曲就產生了這種結果。不是簡單地期盼一種有往來有回應的慾望，即希望他人出於他或她自身的需要來要我或找我，現在這種慾望是他人要成爲我，要取代我的位置。它仍然是一種對性愛的沉溺：它做著並不舒坦的夢，夢見被人渴求，夢見某種結合，但是這是對嫉妒的沉溺，是對

裡，詩人以更為極端直接的方式試圖重新維護這伊甸園的一對。但是，當我們觀察諦聽這些相愛的人周遭的動靜，他越是努力否認我們的關注，就反而越把注意力吸引到我們暗處的存在。菲利普・錫德尼爵士（Sir Philip Sidney）[1]的《阿斯特洛菲爾和斯蒂拉》之九十：

> 斯蒂拉，別說我寫詩把名聲圖，
> 我求、我盼、我愛、我生都爲了
> 你。
> 你的眼我驕傲，你的唇我親歷；

① 菲利普・錫德尼爵士（一五五四——一五八六），英國文藝復興時期的詩人，評論家，代表作有田園傳奇《世外桃源》，十四行詩《阿斯特洛菲爾和斯蒂拉》，以及論文《爲詩辯護》等。——譯注

被嫉妒的慾望的沉溺。然而，因爲有可能被替換（假如他人眞的要取代我的位置），情感就變得複雜化了；他既要煽起他者心中的慾望，同時又要有力地抵抗這些慾望所造成的威脅。自人類墮落之後，諸如此類的人類慾望支離破碎殘缺不全的現象在這個世界就屢見不鮮。

要保持這樣一種關係，就必須有第三種事物，它充滿吸引力，爲人人所艷羨，是專爲他的享受而保留的：這是一個*tertium aliquid*，亦即第三角色，正是由於這個角色的引入才產生了成熟的悲劇。這個第三者必須展示給他看，又要控制好分寸，與之保持距離。就是這一關係結構徹底排除了慾望滿足的可能性；只有使他者的慾望連綿不斷，第三者的價值才有可能保持，它必須不斷在他們面前展示自己，喚起他們的慾望；同時他者心中被激起的慾望又是一個持續存在的威脅，使這個占有者永無寧

你不讚美，其他讚美皆如糞土。
我也不會那麼充滿雄心熱望
在桂樹上爲年輕的讚譽築巢；
說實在話，我發誓我願意不要
詩人的名字刻在我的墓誌上。
就算願意，我也不這樣掙名號，
爲了要增加人們對我的讚揚，
而從別人的翅膀上拔取羽毛；
我的才智或意願幹不出名堂。
我所有的文字與寫你的美麗，
是愛情緊握我的手叫我下筆。

最終，他不能把我們從他的詩中清除；名聲降臨到這個詩人身上，他裝做不看我們，裝做無意沽名釣譽，而我們卻那麼樂意授給他名譽。他知

日。性愛的歡愉是扭曲的。它是這樣產生的：先成功地抵制了他者的慾望，十分招搖地掩蓋了第三者，並將其隱藏起來，接著又同樣招搖地將其發現出來，並使之不被他者所控制。（多恩博士肯定不會反對我們在「發現」這個詞上所做的遊戲，他甚至可能提醒我們給予他法律上的「發現權」，有了這種「發現權」，他就有了合法占有的權利。）

在性愛占有的核心存在著力量的問題。這樣的力量就像劇場，眼見自己在被人觀看，並需要不斷的展示和確認。但是力量的演示一點也不簡單，因爲聲稱擁有力量，實際上無異於表示聲稱者本人也受到某種力量的強制。他受到他的道具及其觀眾的制約。他必須不斷地注視並提防那個「所有物」：他的占有必須是主動的。同時，他還必須隨時估量他者的反應，既引誘他們，又防範他們。這幕遮掩與展示的戲劇，這種在占有過程中所行使的力量，對他人，對自己，都是強制性的。在這一過程中，占有者變成了對所有權狂熱要求的無助的犧牲品。

道他是靠不住的，因為他渴求我們的讚美和讚同。他想驅除我們，只有先消除他自己。他聲稱已經做到了這一點，通過將自己空虛化，將自己變成鏡子和中介（就像《伊翁》中那個古代詩人的形象），由此斯蒂拉的美反射到她自己身上，反射到世界上，詩裡仍然有個人在「展示」，但被展示的這個人是斯蒂拉。它沒有成功；斯蒂拉在詩中是看不見的。我們只讀到錫德尼大聲宣稱他和我們都微不足道。

聰明的占有者終於認識到占有時的那一陣波動是有缺陷的，是令人疲倦的，而且是不快樂的，他可能希望轉身去某所伊甸園，那裡既沒有所有權，也沒有失落的威脅。他還不知道他吃蘋果的時候有一個觀眾就在現場；正是由於發現外界的關注無所不在，他和他的愛人才決定將他們自己掩蔽起來，那關注是一股控制的力量，逐漸將他的所愛變成一件東西，一件道具。

爲了回到伊甸園，他必須將這些關注置之不理，不管這關注是來自門外，還是來自伊甸園上方；不是要脫光她，而是必須脫光他自己。當他這麼做的時候，他也就解除了所有能夠使他疲軟無力而且使他受到強制的力量。最後，他赤裸著身體等候她。幕落下來；在門外諦聽的我們被排斥在隨這首詩而來的一片寂靜中。

但是，要成功地回到伊甸園，他必須從這個世界開始。他從吵吵嚷嚷地要求我們關注開始；他利用這個女人時是冷酷無情的。「來吧，夫人，來」：讓我們開始幹起來。「我的力不許我歇」：只有解除這個糾纏不休的性慾累贅，我才睡得著覺。他處於「辛苦分娩」之中，他被迫去完成這個辛苦的任務，以排除身體中的累贅，在將來的某一天，他的妻子也會要排除類似的身體累贅，——在眞正的分娩中。他轉嫁了他體內的這些強制力，以此來強迫她。而我們知道，所有這些據說是要將他的讀者的注意力立即轉到這樣一個關於男性支配慾和男性力量的演示上來。

但令人奇怪的是，他這種富有進攻性的聲音卻在反覆再三地訴說著它的所作所爲都是被強迫的。他也很清楚地覺察到那匹驅動了他的獸性的野獸。如果沒有這樣的性愛強迫性的程式化表演，如果不訴諸讀者心中蘊藏的同一種力量，這首詩的直接力量就會失去很多（不妨停留片刻時間，想像一下他在叫他妻子打掃房間而不是叫她寬衣）。「直到我像辛苦分娩後躺下」：他的強迫與性侵犯總脫不了干係，這個盛氣凌人的聲音看來就是試圖要把那股作用於他自己的壓迫性力量轉嫁到他的女人身上。

詩人總是喜愛縷述，而愛情詩人總要縷述許諾給他的女人的禮物，或者，在*blason*①中，以讚頌的口吻展示她身體的各個部位。多恩這首詩多少也有一點*blason*風格，但是，他所縷述的是脫衣舞的服裝櫃，一層一層地將蔽身衣服充滿愛意地脫掉；那些細碎物件被提過之後就次第消失，遁入臺面之下歸爲一個整體。她是人們期待中的一道風景，一眼就可以看出來，這風景既像是伊甸園，又像是被發現的新世界，那個「美麗得多的世界」。我們很容易辨識出殖民征服、占有以及開發等專門詞語；但與這些詞語相競爭的是一個更爲有趣的移民

---

① *Blason*，亦作*blazon*，詩體名，專指歐洲詩歌中一種對身體尤其是女性身體各部位進行精細鋪敘縷述的詩體。——譯注

衝動[1]。只有現在，只有在渡海之前，他才能從占有的展示中得到惴惴不安的快樂；一旦成爲伊甸園裡的新移民，那就很難說清究竟是他擁有這塊土地，還是這塊土地擁有他。我們越是逼近裸露，權威就變得越不確定。由於承認並且誇大了他的不由自主以及他的力量，詩人從此就無法決定自由與無自由的問題。「受這些囚禁，其實是自由」（這是當時神學上的說法，在這裡扭曲爲性的含義）。如果他把她當作有待開發的領土來對待，那麼，開發者必須先從她那裡得到「許可」。

他陷入了名副其實的占有的迷狂之中，喋喋不休地使用物主名詞，總想要鎖閉他開發出的這片國土，並保證它是由我「一人守護」。她是有待「開採的」，她的寶石或者寶石之有待開採，不斷地打上第一人稱的物主代詞，到處都打上宣稱這領土「屬於我」的印記。這些印記也標誌著遮蔽和鎖閉，因爲他聲稱有權把她掩蔽起來，藏起來不讓其他男人看。他在我們面前誇耀自己正在逼近「完全的裸露」。當然，所有這些都是在他到達那些遙遠的海岸之前發生的；她的裸露從來沒有做到。

寶石可能是從這些新發現的國土的地表之下開採出來的，但也可能是雜亂地散落在地表

---

① See by way of comparison and contrast Pablo Neruda, "*Pequeña America*," in Los versos del Capitán.［譯者按］巴勃羅・聶魯達（Pablo Neruda），一九〇四—一九七三，智利詩人，一九七一年獲諾貝爾文學獎。

上的，這種躲藏毫無遮蔽，這種隱藏靠的是讓人意亂情迷。

女人戴的寶石，
像阿塔蘭塔球，取悅男子，
蠢漢的目光爲寶石一亮，
俗人不知美女只貪寶藏。
像圖畫，或書的艷麗封面
給外行看，女人亦事裝扮；
她們自是秘籍，只有我們
(將因她們的仁慈而貴尊)
必須讀透。

對阿塔蘭塔的神話，這裡做了一種特殊的性轉換。多恩博士已經忘記事實上誰占有了這些球。以美貌同樣也以飛毛腿著稱的阿塔蘭塔，得到阿波羅的警告，要她絕不可嫁人。當求婚者前來向她求婚，她提出如下的條件：

我決不受男人的支配
除了第一個在賽場上戰勝我的人：用你們的腳
來跟我賽跑，跑得比我快的，妻子和婚床
是獎賞；那跑得慢的人的獎品
是死亡。

《變形記》，卷十，五六九—五七三[1]

許多求婚者與她比賽，在這個過程既輸掉了比賽，也輸掉了他們的頭。有一個叫希波墨涅斯的人一開始認爲這太冒險了——直到他突然看到她的臉和她的裸體爲止(爲了比賽她把衣服脫下來放在一邊)，*ut faciem et posito corpus velamine vidit*[2]，希波墨涅斯決心要贏她，試著用金蘋果的巧計，賽跑中拋出一個又一個金蘋果。阿塔蘭塔對這個年輕人已經產生了命中注定的愛慕之情，她任憑自己被這些金蘋果搞得意亂情迷，結果希波墨涅斯贏得了這場賽跑

---

①《變形記》，古羅馬詩人奧維德所作長篇敘事詩，共十五卷，包括二五〇個古希臘羅馬的神話故事，後世歐洲許多文學藝術創作取材於此。——譯注

②拉丁文，意即「看見了臉和裸體」。——譯注

(正如在詩的結尾多恩確實贏了這場脫衣比賽，贏得了伊甸園的狀態)。①

多恩將伊甸園的蘋果轉變成「球」；他詩中的用典顚倒了故事裡的性別；他將人們通常都用以描述女性喜愛金銀珠寶之類的小玩物的一個道德化寓言，轉換成關於男性同樣喜愛這類小玩物的一個事例。這表明有些奇特的力量在起作用。如果我們回想一下這首詩中言說的隱蔽的力勢，這些力量就變得好理解多了：「蠢漢忙碌的眼睛」，在寢室門外，被衣服擋住而看不到她的肉體，現在卻被寶石、被閃閃發光的表面、被純粹的圖畫以及封套弄得心慌意亂。當他與阿塔蘭塔比賽裸露時，他同時也在與他的隱蔽的聽眾們在競賽，「勝過了」他們。而當我們這些可憐的忙碌的蠢漢們因爲心中惦記著阿塔蘭塔的球而放慢了腳步時，他作爲慾望的眞正的控制者，卻把女人肉體的象形文字當作一本神祕的書來讀。(回想一下，多恩的書一頁頁都是由白色的「麻布」製成的，就像這件最後脫下來的睡衣一樣。)

多恩是一位讀者，但是他想讀的並不是那個隱秘的靈魂；他的注意力被吸引到另一種寶石上，吸引到身體的更幽深之處和人類伊甸園式的最初起源之處；「坦然地，像對著助產

---

① 本章不斷提到伊甸園，赤裸的身體，人類的墮落等等。在基督教《聖經》故事中，人類始祖亞當和夏娃最初住在伊甸園中，他們原本赤身裸體，天眞無邪。後來，夏娃首先受了蛇(魔鬼，撒旦)的誘惑，引亞當吃了知識樹上的蘋果，於是他們失去了天眞，懂得了羞恥，並學會用花果樹的葉子掩蔽私處。上帝見其智慧已開，遂將其逐出樂園，是爲人類的墮落的開始。——譯注

士，展示／你自己。」在最後一層遮蔽剝落之前，詩歌戛然而止。這裡是一種渴望，而沒有表現出任何一點猶豫或者克制。而且，當他停頓下來時，當他認識到伊甸園靠那個更有原罪的人間樂園有多近時，又一個危險的時刻來了。他暫時不能確定她要把他帶向何方。「妖魔穿著白衣行走」，像這個穿著長袍的女人一樣，回想著在伊甸園中女人的肉體怎樣被當作魔鬼的力量的工具。他立即克服了這一畏縮躊躇；依然對著門外的觀眾表演，他把自然強制的最物質性的證據，當成這個穿白衣的女人是一個天使的幻影的證明。自然可能是上帝在塵世的形式，但是在一根勃起的陰莖中讀出良心的美好的道德的決定，則是一種異端的神學。像詩人的機智一樣，自然在這裡既不是中立的，也不是中性的。

詩人要努力回到一個眞正的伊甸園去，回歸塵俗與神聖的結合。但是多恩的伊甸園(微微帶有一點穆斯林天堂的異教色彩)令人難以置信地將人類墮落之前的世界與人類墮落之後的世界結合起來。它將包含一種既是直接涉及性事的又是反思的認知，包含被當作一本書來讀的具體可觸的肉體；正如錫德尼所描寫的「斯蒂拉，在你的身體上／寫著極樂的每一個字。」在這第二個伊甸園裡，讀書和行動、觀看和觸摸都熔化了。墮落世界的快樂——拖延裸露、猶豫不決以及惦記著裸露——已經與性結合的快樂融會在一起了。

多恩後退著走進伊甸園，是爲了改寫神話，並將由於人類的墮落而產生的矛盾抉擇統一起來；亦即將伴隨著人類的墮落而來的那種快樂多識與在此之前的那種天眞無知統一起來。

他既樂在其中，也知道他自己以此爲樂。爲了解開一個咒語，你就要倒著說它；爲了取消一種行爲，你就要顛倒它的程序。在亞當夏娃墮落之際，女人在男人之前嘗了蘋果，並教他一層層穿上衣服，一層層地蒙蔽人；現在則是他說服她一層層脫掉衣服，並在前頭領路，先於她將自己完全裸露。

聽到最後一行，聽到了接下來的靜默，我們在門外竊笑，繼續走我們的路。它只是一場言詞的遊戲，遊戲只是爲了娛樂我們的。在約翰作這個小小的表演的時候，多恩夫人甚至不在房間裡。我們知道她一直在樓下，正在繡花。它也是一個奇怪的遊戲，與人們常說的話大相逕庭，甚至與在詩的遊戲中應該有的適當的說法也不大一樣。某些不只是簡單遊戲的東西在那裡起作用——儘管它仍然還是遊戲。對這類眞正虛張聲勢的遊戲，我們已經從詩人那裡聽得夠多了，我們深知這個詩人敢於喚起詩歌所玩弄的那些強制力，甚至敢於在這些力量觸及其身時盯住看。

寶石

我愛人赤裸著，她知我的內心，
她一絲不掛，除了叮噹的寶石，
首飾富麗賦予她驕人的神情

像摩爾人奴隸在狂歡的節日。

舞蹈中它的聲音尖銳而嘲諷，
這個閒爍著金石之光的世界
把我捲入迷狂，我狂熱地鍾情
這一些聲和光交織著的首飾。

於是她玉體橫陳，她任憑撫愛，
從沙發的高處她笑得多愜意
因爲我的愛溫柔深沉像大海，
漲向她身邊像漲向懸崖峭壁。
她雙眼盯著我，像馴服的老虎，
神情飄渺恍惚，擺出種種媚姿，
她的率眞和放蕩糾纏在一處
給她的變相帶來新鮮的魅力；

她的手臂小腿，她的大腿腰肢，
光潤得像凝脂，起伏著像天鵝，
在我銳利寧靜的目光前游移；
肚子和乳房，我葡萄樹的碩果。

走近我，勝過惡的天使的誘惑，
她要從睡眠中把我的心喚醒，
爲了把它從水晶懸岩上抖落，
它曾坐在那裡，嫻靜而又孤零。

透過新的設計，我想我已看出
安提俄珀（Antiope）①的腰和少男的胸肌，

① 安提俄珀，希臘神話中的女神，底比斯王之女，被宙斯誘姦，生下一對孿生子，後嫁於西庫翁國王。其父認爲她敗壞家風，遺囑其兄弟呂科斯懲治之，呂科斯征服西庫翁，讓安提俄珀充當其妻狄耳刻的女奴。兩個孿生子爲母報仇，處死了狄耳刻。——譯注

她的腰那麼凸顯著她的臀部。
黃褐色的臉上脂紅多麼鮮麗！
——而燈光終於心甘情願地圓寂
只有壁爐火還閃耀在這小屋，
每一次它發一聲火紅的嘆息，
就用血浸紅她琥珀色的皮膚。

夏爾・波德萊爾（Charles Baudelaire）①

被圍困的浩瀚

……如果沒有達到那種狀態的希望，因爲我覺得這是我的權利，我將不復存在，除了在記憶裡。

盧梭，〈一個孤獨漫步者的遐思〉

---

① 夏爾・波德萊爾（一八二一——一八六七），法國詩人，象徵派詩歌的先驅，詩作的代表是《惡之花》。——譯注

肉體是憂傷，可惜，書我全讀了。
走開！從這裡走開！我感到醉鳥
在未知的浪花和天空間蹣跚。
無一物，連眼中映出的舊花園
也不能將浸在海裡的心拉回，
夜啊！我的空明的燈火的光輝，
照著被潔白守護的白紙的燈，
和那正育兒的少婦同樣不能！
我就要走了！海船晃動著桅杆，
起錨航向一個異國的大自然！
厭倦，被殘酷的希冀撕得粉碎，
依然相信手帕和最後的別離！
而也許，那些吸引風暴的桅杆
屬於風俯吹過的迷失的沉船，
沒有桅杆，也沒有肥沃的小島……
但，我的心啊，傾聽水手的歌謠！

史蒂凡・馬拉美（Stephane Mallarme）[1]，〈海風〉

詩篇一開始，他就用肉體的憂傷這句老生常談，接著是對這件事的評論，*hélas*、「可惜」，這是一個修辭學上的反諷，英譯時把它變成了一個更加乾巴生硬的英式反諷：「可惜肉體是憂傷的。」在這種妥協式的譯文底下潛藏著一種更加玩笑式的可能性：「肉體是憂傷的——太可惜了！」這確實太可惜了，但是這麼說——*hélas*，「太可惜了」——比可惜還進一步。這是一種充滿了矛盾衝動的聲音，馬拉美學著把這種衝擊力隱藏於他的成功歲月的玄妙莫測的純潔清白之中。它棲居在介於慾望（證明肉體不是憂傷的）與已被確認的事實（肉體，很可惜，是憂傷的）之間的空間裡。這聲音透出與眾不同的反諷，是因爲它的棲居地既不是慾望，也不是已被確認的事實：前者是不可能的；後者則索然寡味。

肉體的憂傷，雖然肯定是在一個與書本無關的領域裡得到證明，卻是一種從拉丁語演化來的書面的說法：*post coitum omnia animalia*[2]……詩人對書的評論暴露出與他有關肉體的結論相似的那種搖擺不定的態度。聲稱他已經讀過「全部的書」，有某種斬釘截鐵的意味，好

---

① 史蒂凡・馬拉美（一八四二—一八九八），法國詩人，象徵派詩歌的主要代表。——譯注

② *post coitum omnia animalia*，拉丁文，意爲「一切生物在性交之後感到悲哀」。——譯注

像在疲憊不堪地向我們傾吐說，所有的都說過都做過之後，他們所帶來的滿足並不比肉體帶來的滿足更多。他被詩歌和肉體所迷惑，而它們令他失望；不管他有多麼多的願望，他都不會再聆聽他們的甜言蜜語了。而且，在嚮往超越書本方面，他的幻想顯然是書生氣的（而且含有隱秘的肉慾，在肥沃的小島上）；篇終，他通過修辭的華麗詞藻囑咐他的心，*o mon coeur*（啊我的心），去傾聽水手那迷人的歌聲，去關注那個來自於書本同時表現某種超越書本的自由的意象：因爲「如果一本書不能帶領我們超越所有的書，這本書又有何用？」[①] 正如在賀拉斯的那首詩裡，這種肉體的慾望雖然被壓抑得更厲害，但每個人憑經驗都知道它是憂傷的，它最終是以歌聲收結，那歌聲將我們永遠地凝固在充滿可能性的門檻上。

正如賀拉斯詩中的歌聲推遲了與肉體的偶合，在馬拉美這首詩裡，歌聲也代替了與熟悉的肉體的一次遇合——這肉體，我們注意到，眼下正忙碌著，要將自己貢獻給人類的一個年輕成員。此時沒有人邀請他踏入舞蹈圈；他受到招誘，現在發現自己又墮回到了常規的世界裡，並且被替換了。再也沒有周而復始的起點。現在能做的只有向他自己發出邀請，發出一個書生氣的邀請，使之在失望和不情願的幻滅之後，在慾望與對慾望正式疏離之間保持平衡。

---

① Friedrich Nietzsche, *The Gay Science*, trans. Walter Kaufman (New York: Vintage, 1974), p. 215.

言詞答應提供感官從未提供過的官能愉悅，這看來是一場騙局；這些言詞只是空頭許諾而已。這些言詞和任何可以通過這些言詞表達的許諾之間的背離，在這些邀請中承擔了一個更大的角色；言詞是絲帶和禮品包裝紙，把空蕩蕩的空間包紮起來。但是，對這個事實的恰當評語依然是，*hélas*，「太可惜了」是從不輕易放棄慾望。爲了補償這些仍有誘惑但又毫無結果的言詞，我們將它們造成的這種虛空重新命名爲「純潔」。這些詩裡從不缺少表達得赤裸的人類渴望；它總是在那裡等著被人拒絕：「*La chair est triste, helas*」（肉體是憂傷的，可惜），或者如里爾克（Rainer Maria Rilke）[①]寫的：

陷入愛，年輕人，不是關鍵，
即使聲音撬開了嘴，——學會
忘掉你曾歌唱。它會流逝。

---

①里爾克（一八七五—一九二六），奧地利象徵派詩人，〈致俄耳甫斯的十四行詩〉是其代表作之一。俄耳甫斯是希臘神話中的歌手，善於彈奏豎琴，傳說他的樂聲能使樹木彎腰，猛獸俯首，頑石點頭。——譯注

眞誠歌唱是另一類呼吸：
虛無呼吸，被吹拂，一陣風。

〈致俄耳甫斯的十四行詩〉，一．三

在地平線那一端，愛爾蘭消失了，變成了一個抽象的*là-bas*，「那裡」；甚至連目標也被置換，換成了對轉換的媒介、招引的言詞以及大海的關注，而大海則是一個充滿純潔的轉換過程可以永無休止地靠近的空間。

過去的積澱使我們退縮不前：「古詩」中的那個女人有一個丈夫，也有一段過去；在籠罩著過去的愛情陰影的最終遇合裡，賀拉斯和菲利斯走到了一起；多恩夫人用墮落世界的衣服裹身。而馬拉美在這裡列舉了所有束縛他的事物：在繼續凝視的眼睛裡映射出來的花園；尚未寫上詩句的白紙，如今已被這首詩塡滿，他選擇了寫詩，而不是眞的離開；正在哺乳幼兒的妻子等等；他拒絕這些東西對他的羈束。行爲全都變成了歌，這是此時慾望的惟一進程，最後，它被看作是純粹無能爲力，在詩裡表現爲空白的紙，任其空白，任其被人委棄；但是爲了做到這一點，他自己不知不覺地在這空白紙上寫下了棄絕的誓言；那種從房子裡衝出來並把白紙丟在身後的時刻，從此不再到來。

那種*ennui*[①]，那種失望的厭倦，宣稱依然相信「手帕和最後的別離」，但是通過這一點我們了解到，它相信的是那種情景，而不是事件。現實生活中沒有任何一次海洋航行能夠實現那種情景。也沒有任何人能夠在船板上經歷這樣一次風暴，經歷這樣的情景：桅杆低垂，留下浸沒在水底的沉船，船隻總是在抵達愛爾蘭、抵達其他肥沃的小島之前就失蹤了。尚未看見任何基地，省略號就打斷了一切，甚至在詩歌中也是這樣。我們已經太逼近慾望了：折回到純粹詩意的驅動、詞藻華麗的心靈陳說以及水手的歌聲去吧，這歌聲就是慾望在遠方的唆使慫恿。

古老的雙桅船
生銹的綠色船身
躺在泥沙裡……
風帆片片破碎，它似乎
還在陽光和大海中夢想。

① emui，法語，意爲厭倦。——譯注

安東尼奧・馬查多（Antonio Machado）①，〈詩歌〉

人類一代代繁衍延續，在肉體和書本的誘惑面前，總是有年輕人一次又一次地上鉤。但是，藝術就不那麼幸運了。它帶著不能突破自己的失敗的記憶，一天一天老去。在亞當和夏娃的子孫面前，米迪爾和伊丹裸身而舞；一開始，他們很高興，因爲這個世界上沒有一個人能看見他們；接著他們發現，無論他們怎樣努力，還是沒有一個人能看見他們。然而，藝術的活力依然存在，雖然有所扭曲，雖然失望的力量受到控制，但並沒有削弱：*hélas*，「太可惜了」。它彷彿中了符咒或者受制於人，一次又一次重複著古老的行動。

我們仍然被包圍在馬拉美的陳說之中，只差一點就可以擺脫出來。詩人們已經習慣於將我們的位置安排在旁邊或者門外，裝做我們的關注對他們無關緊要的樣子；他們只要我們對他們的天才異口同聲表示嘉許和讚賞，除此之外，他們對我們幾乎別無所求。在馬拉美之後的現代詩人中有許多，絕不是全部，都確鑿不疑地宣稱，藝術雖然不是那麼至關重要，但它仍舊是偉大的。

這首詩並沒有以與「我來自愛爾蘭」相同的方式、也沒有以與先前的那些招誘相同的方

① 安東尼奧・馬查多（一八七五—一九三九），西班牙著名抒情詩人。——譯注

式抓住我們；它不曾一試身手。但這首詩依然帶有他的慾望的一個印記，即那個*héias*，它招來了一個表示同謀關係的眼色，並求助於彼此心照的理解。（這種彼此心照的兩面性的微笑，或許在下面這一句喜劇式的譯文中有最佳表現：「肉體是憂傷的——太可惜了！」）慾望可能已經變成純粹文學性的了，但那個日漸老化的藝術也已變成第二自然——我們體內的一種獨特官能。那些一般的耳朵絕不可能聽見的，文學的心靈，*o mon coeur*（啊我的心），卻能聽得清清楚楚。「沒有一個言詞不會得到回應，即使它得到的僅僅是靜默。……。」①

歧路：進入馬拉美內室之外的別一種選擇

許多事看上去非常像真的而實際上是假的，我們知道怎樣去說這些事，而假如我們願意，我們也知道怎樣去說那些真的事。

赫西俄德（Hesiod）②，〈神譜〉，二七—二八

---

① Jacques Lacan, "The Function of Language in Psychoanalysis," *in The Language of the Self*, trans. Anthony wilden(New York: Dell, 1968), p. 9.

② 赫西俄德，古希臘詩人，約生活於西元前八世紀，略晚於荷馬。長詩〈神譜〉是他的代表作之一，主要敘述希臘神話中諸神的譜系及其故事。——譯注

隨便他們來到一座青翠的花園，
　從樹上她摘下了一粒蘋果；
「拿這去做你的報酬，誠實的托馬斯；
　它會讓你的舌頭再不會撒謊胡說。」

〈吟游詩人托馬斯之歌〉

我們必須考慮這樣一種可能性，即小精靈國的女王告訴托馬斯他再也不可能撒謊時，她自己其實在撒謊；她經常這麼說。但是，吟游詩人托馬斯覺得他現在被迫隨時都要講眞話吐實情(這並不是說他隨時都願意講眞話吐實情)。他不能期望有一個輕輕鬆鬆地日漸老化的藝術，不能期望有一間門戶緊閉的寢室，沒有人在門邊偷聽，在這間寢室裡，他可以一遍又一遍地爲自己作曲，歌唱逃匿，歌唱門戶的開啓。小精靈國女王的禮物已使藝術不可能戛然終止。托馬斯的言語有了自己的生命力，它們只對已經征服了他的意志的那種力量俯首帖耳。他不能夠控制這些言語，從這個意義上說，這些言語已經不再屬於他自己了；但是，在他人面前，這些言語又代表了他的意願，從這個意義上說，它們仍然是屬於他的，這眞讓他痛苦；他還被迫爲這些言詞負責：「我既不能跟王公貴族交談，也不能再乞求美麗夫人的恩典。」言詞掙脫了枷鎖，逃逸而去。他曾想讓這些言詞去執行他的使命，去「乞求美麗夫人的恩典」，但一旦這些言詞到達美麗夫人面前，他再也不能預知它們的行爲將會如何。他懷疑它們會迷失，於是他人就聽到了出其意外的內容，聽到了眞情實話。他的言詞逃走了——它們本來是被派去執行這個使命的，卻只留下了消失的痕跡。聶魯達向他的所愛表示：

爲了讓你能聽到我，
我的這些言語
時而淡化消失
像沙灘上海鷗的足跡。

在說眞話的咒語作用下，他承認他有要他的言詞服從自己的意願的焦慮和慾望：

我現在要它們說出我想對你說的，
這樣你就能聽到那些我要你聽的。

他試圖說得簡單明白；他夢想言詞有一種可愛的透明性，能夠不折不扣地體現他的意圖，能夠如他所希望的那樣分毫不爽地爲他人所理解。他夢想言詞只是一種純粹的修辭，這不是馬拉美意義上的那種藝術修辭；他夢想言詞能夠原原本本地說出他心中的所想。

然而，這些言詞卻總是要迷失而走上歧路。它們的迷失並非表現在引起他人某些迥然不同的理解。這些言詞的迷失表現在它們說的是實話，這些眞話語意雙關，是身不由己地說出來的，與任何節制有度的意圖的清晰表面相比，這些眞話都要隱晦得多。未來的引誘者被引誘了：言詞被慾望的引擎驅動，而慾望的引擎躲在誘惑的脆弱操縱結構背後閃閃發光。他曾經試圖輕鬆而優雅地邀請，而現在卻變成了祈求，同時暴露了慾望全部的痛苦和脆弱的眞情。「我來自愛爾蘭」這一句是在托馬斯還沒有中眞話的符咒之前寫的：它的邀請是成功的，因爲它的掩蓋物上沒有一點裂口。我們有一個根深蒂固的錯覺，如果「好心的大人」打算拒絕她的邀請(他怎麼可能拒絕？)，那麼舞者就會輕盈地、若無其事地回到舞者的圈子裡來。現在，在禮物這個咒語的作用下，他要披露眞情實況，他承認在優雅的邀請之後有祈求的聲音：

古老的口中的呼喚，古老的祈求的血跡。
愛侶，愛我吧。別離開我。來伴著我。
來伴著我，愛侶……

這些仍然保存在詩歌中的古老的言詞和聲音的份量，並沒有帶來馬拉美式的茫然幻滅；相反，古老的不可避免的失敗的記憶隨著冒險一起到來，這冒險總是一個又一個接連不斷。

多恩與那種古老的強制性行動搏鬥，演出了一場熱烈緊張的遊戲；馬拉美則巧妙地將邀請擲還其自身，而他自對自地唱著誘惑的歌。在那兩首詩中，慾望的輪廓都透過衣服顯露出來。但是，這個聲音，這個巴勃羅・聶魯達的聲音，找到了不僅揭露眞相而且將眞相說出來的力量。

被聲音說出來的眞相比單純的強制性行動的事實更爲不祥：當對著所愛的人講話時，他向內看，在那裡，他發現沒有一個東西不被他人的力量和他自己的慾望的力量所陶鑄；沒有一個自我、沒有一個地方可據以控制這些言詞。他變成純粹的關係。更糟糕的是，那種關係還是不穩定的，是由諸種對立面組成的：融人其中的慾望與保持距離的慾望、友好與憤怒，以及對於僅僅成爲關係的抗拒。憤怒和有罪的指責都指向他人，指向那個女人，是她給他加上一重強制，迫使他承認自己無能爲力：「是你，女人，才是有罪的」，*Eres tú la culpable*。①他承認他已經失去了對言詞的控制：「我遠遠地看著它們」，他說，「我的那些言語。／它們是我的，更是你的。」還說：「它們越來越黯淡，染上你的愛情的顏色，我的那些言語。

① 上一句的西班牙文寫法。——譯注

／你占據了一切，一切的東西。」

將所有的力量歸屬於女人（或者，假如是一個女詩人，比如維多利亞・科羅娜（Vittoria Colionna）①，則將權力歸屬於男人），並且將藝術成功的榮譽、將受苦受難的罪責都歸於這種力量，這是西方愛情詩中最古老的態勢之一。如果這是眞情，那它也是極其徒勞無益的。我們可以有充分的理由懷疑，沒有一個情人的召喚曾在這些條件下被接受過，沒有一個人，無論哪個性別，曾被這些條件誘惑過。我們會一直跟著那個既不說眞話也不會撒謊的女人或男人，這個人要求我們當中的一員遠去，永遠在愛爾蘭跳舞。但這種強制性衝動的宣言，無論其多麼古舊，都會引誘人招引人走入歧途，這是一種令人不自在的眞情，這個眞相保證他人再也不能「聽到那些我要你聽的」。

但最後，在這一首詩即聶魯達《愛情詩二十首》的第五首裡，還是有一些東西被贏得了：

爲了讓你能聽到我，

---

① 維多利亞・科羅娜（一四九二—一五四七），義大利文藝復興時代的詩人，米開朗基羅的朋友，她的很多詩是受了其丈夫之死的刺激而寫出來的。——譯注

我的這些言語
時而淡化消失
像沙灘上海鷗的足跡。

像手鐲，踉踉蹌蹌的鐘聲
爲你的兩隻手像葡萄那樣光滑細膩。

而我遠遠地看著它們，我的那些言語。
它們是我的，更是你的。
像常春藤它們攀緣著古老的痛楚。

它們攀緣著翻過潮濕的牆頭。
是你，女人，有罪於這場血色的遊戲。
它們逃出我黑暗的巢穴。
每一句裡都有一個你，每一句。

在你之前，它們已棲息在你的孤寂裡，
它們比你更見慣了我的悲淒。

我現在要它們說出我想對你說的，
這樣你就能聽到那些我要你聽的。

痛苦的風還在不停地
　撕扯著它們。
夢的風暴仍時時把它們蹂躪。
你在我痛苦的聲音裡聽著別人的聲音。
古老的口中的呼喚，古老的祈求的血跡。
愛侶，愛我吧。別離開我。來伴著我。
來伴著我，愛侶，當這一波痛苦來臨。

它們越來越黯淡，染上你的愛情的顏色，

我的那些言語。
你占據了一切，一切的東西。
用所有的言語我在造一只無限的手鐲。
爲你白皙的手，像葡萄一樣光滑細膩。

古老的強制性衝動試圖通過招引或懇求打動其所愛的人。但是，眞情被說出來了，於是詩歌就走上了歧途，遭遇失敗，接著退回到藝術之中。「可惜肉體是憂傷的。」接下來，就到了決定這個東西、這首詩現在是什麼的時刻：是純粹的另外的可能性和自我封閉的夢想，還是關於它的產生的回憶，那是與他所愛的人須臾不可分的。聶魯達接受了這種回憶，又更進一步：他把藝術作品作爲一件禮物回贈給所愛的人；這禮物就是*collar*①，即言語的無限的手鐲，它是件環形的工藝品，是那隻赤裸的手惟一的裝飾。由於這些言語既是她的，也是他的，它們回到她手上，成爲一種新的意義上的占有；這個表記既不僅僅是手段，也不是中介。他依然設法把那開始了失敗航程的慾望的最初瞬間鐫刻在這個禮物之上：注意力集中在

① 西班牙文，意即手鐲。——譯注

光潔的手上，手只是被纏繞，而沒有被束縛。手就是伊甸園裡的禁果，蘋果也好，葡萄也好，這禁果纏繞著珠寶，而珠寶則是吸引人們去關注赤裸的肌膚，關注那些凸顯而不是遮蔽身體的外在裝飾。

尾聲：走入歧途的誘惑之詞

微之到通州日，授館未安，見塵壁間有數行字，讀之，即僕舊詩。其落句云：

綠水紅蓮一朵開，
千花百草無顏色。

然不知題者何人也。微之吟嘆不足，因綴一章，兼錄僕詩本同寄。省其詩，乃是十五年前初及第時，贈長安妓人阿軟絕句。緬思往事，杳若夢中。懷舊感今，因酬長句。

十五年前似夢游，
曾將詩句結風流。

偶助笑歌嘲阿軟，
可知傳誦到通州。
昔教紅袖佳人唱，
今遣青衫司馬愁。
惆悵又聞題處所，
雨淋江館破牆頭。

正像某些有時候也傳播詩歌的小書一樣，詩歌自身也有奇怪的命運：它們可以播傳於人口，被人誦讀，被人歌唱，直到詩人和詩原來的意圖從歌唱者的記憶中消失。在很久以前，詩的背景曾經是很清楚的：在宴集上和年輕的男人們在一起的歌女阿軟就是那朵紅蓮，在她的美麗面前，其他所有女人的美都黯然失色。這些詩句是一次逢場作戲的求愛的一部分，是宴集時富有詩意的優雅的一個小姿態。他稱之爲「嘲阿軟」，這個小心翼翼的嘲戲中隱藏著一個性愛的招引。

但是，一旦他把這些詩句交給阿軟歌唱，詩句就脫離他而去。誰知道以後它們會怎樣被利用：也許，它們會變成一首在這類宴集場合司空見慣的性愛招誘詩，再後來，當這類集會只剩下回憶，也許它們會喚起很久以前的那些性愛遭遇的回憶；隨便哪一個歌女嘴裡唱這首詩，這些詩句都可以是對她自己的美麗的驕傲宣示，也許阿軟唱這首詩，是要提示所有人記住著名詩人白居易是如何稱讚她美麗可愛艷壓群芳；一個處於遷謫和貶斥之中的人，也可能會充滿挑戰性地誦讀這些句子，從而捍衛自己的價值。也許，有的人甚至會引用這些詩句去描繪眞實的蓮花。但是，最神秘難測的是，這些詩句究竟怎麼樣被題寫在那個陰鬱郁而遙遠的南方小城通州的牆壁之上。將詩句題寫於牆上，就是賦予它們以特別的重要性，是對某種未知情境表示強烈情感的一種姿態。是留給下一個能文懂詩的逆旅的一種曖昧含糊的訊息。題詩於牆上，自然是要表達某些東西，這些東西對題詩的那個人來說無疑是很重要的——但那是些什麼東西呢？

接著，元稹來了，白居易最親密的朋友被貶到了通州；他讀到了這首詩，頗爲欣賞，就寫了一首詩講述在此地發現這首絕句的經過。他將自己的新作連同原詩的一份抄件一起寄給白居易，白居易讀出這些新發現的詩句原來就是他自己寫的。詩作回到了他的作者手裡，然而，正如一個已經長大成人的孩子，他有一些經歷做父母的永遠無法理解，這首詩現在也已經變了樣，變得有點隱晦，有點矜持。而詩人作爲這首詩的父母，當失散已久的詩作重又回到他身邊時，他驚訝地發現原來的詩作已發生了那麼大的變化。這首詩的新的複雜性表現在許多重要時刻的情境之間的關係，其中有些情境必須隱藏在幽暗處：原初的場景，如今已是遙遠的過去；它對於元稹的意義；它從一張口傳播到另一張口，猶如一個歌女從一個男人轉到另一個男人手裡，其間所產生的謎一般的意味。作者無法逃避詩歌要求作者對它進行的關注，但與此同時他也知道，對於這首詩他已不再有控制權了。它已經變得斑駁混雜，很久以前他創作這首詩時的意圖雖然並非那麼漠不相關，但只不過是這首詩迄今爲止所蘊積的內涵的一部分而已。

他重讀這首詩時的第一個想法是關於十五年前那個原來的場景的，現在看起來，那場景就像一場夢一樣虛無縹緲，是這首詩又將他帶回到這樣的夢境裡。原來那個場景的局限性讓他著迷：這首詩是一種有動機的行爲，簡單地把訊息從一個人傳給另一個人，他公開宣稱有與阿軟親密接觸的慾望，但這種公開也僅僅是在宴集這樣有限的圈子裡，只是應付一下那個時刻的需要。這首詩不屬於詩人通常要保存的那一類作品。實際上它只是爲那個時刻而寫的，當歌唱結束，笑語沉寂，慾望饜足，它也就隨著歌聲笑聲而蒸騰消失掉了。這些讚美阿軟的詩句稱得上是老生常談；他謙虛地表示他對這首詩神秘的流傳經過迷惑不解，這種迷惑是合情合理的。他強調這首詩多麼微不足道，只是宴集之中「偶助（笑歌）」，而宴集只是社會整體的一部分而已。從來不曾指望這樣的一首詩能在中國各地獨自闖蕩。當一個詩人很認眞嚴肅地寫作，並希望對自己的詩作保留某種控制權，他就可能用訊息給詩架設一個框架，促使讀者按他所設想的方式來理解這首詩，例如，他可能會起一個很長的題目，極其詳細地解釋這首詩創作的背景。但這第一首詩的背景和框架都失落了；它只是「傳誦」，即通過誦讀而流傳下來，就像有一種客廳遊戲，一句話在房間裡低聲地傳來傳去，到它返回最初的那個傳話者，已經面目全非無法辨認。在這種情況下，按詩的嚴格格律而安排的詞句絲毫未變；改變的只是它們的含意。對某個人來說，它們一定會有某種特定的含意，爲此他或她才在通州的那堵牆壁上題寫這首詩，而通州無論從哪種意義來看都離詩的起源很遙遠。

白居易暫時放過了這個謎，這個謎是詩人最難接受也最難理解的。相反，在詩的第二聯中，他只寫下那些他能輕易把握得住的時刻。其中就有那個第一時刻，即詩歌最初傳播開來的那個時刻，他寫好這首詩，高聲朗讀出來，並讓那個可愛的歌女歌唱——但是，當她第一次唱起這些詩句，它難道不是已經開始在改變了嗎？在那一刻，這些詩句所表達的就不再是白居易對她的美麗的愛慕，在她的歌聲裡，這些詩句變成了羞怯無言的驕傲自得和對白居易的愛慕的認可。這首詩所含的他的隱秘心意已經離他而去。與此相對的是與平行的第二種情形，白居易想像他的朋友元稹如何發現了這首詩，想像元稹會感覺到些什麼。在這個地方，在元稹的閱讀和白居易對元稹在閱讀中的感受會是如何的體察之間，這首詩不也一樣改變了嗎？只有詩歌的文本及其誘惑的力量是共有不變的，但是每經過一次閱讀和朗誦，招引的條件亦隨之而改變。

人與人之間的疏離，要比這兒與通州之間的空間距離或者現在與過往十五年前的那場宴集的時間間隔更爲深刻，它具體表現在白居易酬答詩的最後兩句中：那毫無遮蔽地暴露於風雨之中的字跡，那再也無法追尋的某些已經失落的含意的蹤跡，詩不再是元稹將其工工整整地抄下來並寄給白居易的、可以無限重複的文本；詩已經變成了在通州破牆頭的一首特殊的題詩。它在那裡存在的形象，在風雨中顯得破敗而疲憊，並不說明文本有混雜多樣的可重複性，而是標誌著那個無名氏在牆上題寫此詩時那無可推測的情景和心境，標誌著它的陰鬱孤獨，這一定與所題詩的含意有某種聯繫。事實是，牆壁將會破敗不堪，題詩被風雨侵蝕毀壞，這不只是失去了詩的一種抄本，詩是可以一遍一遍地抄寫下去的；而且，一個感情極端強烈的神秘時刻的最後一絲蹤跡也將就此失去，我們永遠無法了解這一時刻，只知道它一定通過這些詩句的題寫作了某種自我表述。

第二章　插曲：牧女之歌

每一個人都在思考著在別人身上創造一種新的需要，以便迫使他作出新的犧牲，以便將他置於一種新的依附地位，以便誘使他沉湎於一種新的享樂，進而致使他陷入經濟崩潰。

卡爾・馬克思，《（一八八四年）經濟學哲學手稿・第三稿》

來與我生活，做我的所愛，
我們將會嘗到一切歡快，
那是山谷、樹叢、丘陵、原隰
林木，或崇山峻嶺的贈禮。

我們一起坐在那山石上，
看那些牧人們放牧群羊，
在清淺的水邊，和著瀑布
小鳥唱優美的田園歌曲。

我要爲你鋪就一張花床
用玫瑰和千種花的芬芳，
做一頂花帽，做長裙一襲，
全都繡著愛神木的葉子。

用最好的羊毛做件長袍
漂亮的羊身上拔來的毛，
襯得軟軟的拖鞋能禦寒，
純金的腰帶鉤金光閃閃。

稻草和常春藤芽的帶子，

鉤扣有珊瑚和琥珀裝飾。
如果這些歡樂讓你開懷，
來和我同住，做我的所愛。

牧羊少年爲了讓你快樂
每個五月清晨載舞載歌。
如果這快樂打動你的心，
就與我相伴，做我的愛人。

克利斯多夫・馬洛(Christopher Marlowe)，《多情的牧羊人致他的愛人》①

在這個招誘之中，有一種讓人放鬆戒備的甜蜜，這個招誘可能是英語詩歌中最著名的。它以所許諾的田園風物(儘管到了最後，就像賀拉斯一樣，他獻給她的只是詩歌)來換取少女同意做他的愛人，可是，這首田園牧歌中有一種悠閑、沉著鎮靜和直截了當——清晰地表現了它那裡(*labas*)的情景——這使得馬洛甜蜜的誘餌聽起來就像那些古老的無名歌手的招誘。

---

① 克利斯多夫・馬洛(一五六四—一五九三)，英國文藝復興時期劇作家，詩人。——譯注

他絲毫沒有試圖隱瞞這個田園式的伊甸園只是一首詩，只是猜測性的慾望的建構。他描繪出一個草藤帶和金帶鉤與其全身服裝形成完美搭配的世界；我們也不能肯定那些鳥兒們可能會唱的田園牧歌只是比喻意義上的。雖然這個詩的世界是無階級的，我們注意到往那裡移民與跨越階級界限有某種類同性，這不僅因爲少女服裝上有那些華麗的添飾，而且因爲詩中許諾他們可以悠閑地坐著看「那些牧人們放牧群羊」，欣賞那些「爲了讓你快樂」而專門表演的、而不是作爲一個參與式的集體慶典(「來與我一起跳舞，在愛爾蘭」)的田園歌舞。

詩中的甜言密語讓人放鬆了戒備，在放鬆戒備中，我們禁不住感到不安。這首詩是有力量的，而我們(甚至可能還有它的歌唱者)都冒著受它迷幻的危險。因爲它的招誘實在太嫻熟自如了，正是這種誘惑的力量激起了一種矯枉過正的不信任。其他用珠寶裝飾田園牧歌很容易就被漠然淡忘，被本能地降低到僅僅是言詞的地位；而這首詩卻那麼無懈可擊地呼喚著亞當和夏娃的子孫們，以至於它懇求有一個反符咒，有一些破除迷幻的保護性的言詞。這一點，我們在同樣著名、相傳爲沃爾特·羅利爵士所作的〈少女的答覆〉中也找到了。生活在這個世界的古老時代裡，有些東西提示我們應該有所懷疑，這首詩的破除迷幻性就是由那些提示構築而成的。

若世間萬物和愛都年輕，

若牧人每一句話都眞誠，
美麗的快樂會讓我動心
去與你相伴做你的愛人。

但時光把羊群趕回羊圈，
當著河水咆哮山石生寒，
而夜鶯不再唱它的歌曲；
其餘的抱怨未來的憂慮。

百花凋殘了，繁茂的山野
向寒冬任性的肆虐屈節；
甜蜜的話語，怨毒的心地，
是空想的春，悲傷的秋季。

你的長袍、鞋、你的玫瑰床，
你的帽子、長裙、你的芬芳，

瞬間破損，瞬間枯萎遺忘，
愚蠢成熟了，理智卻衰亡。

稻草和常春藤芽的帶子
珊瑚和琥珀裝飾的扣子，
這些都無法感動我心懷
使我走向你做你的所愛。

但若青春長在，愛情長青，
歡樂不問日子，不限年齡，
這些快樂能打動我的心
去與你同住做你的愛人。

〈少女的答覆〉是來自詩國的另外一個省份的回答，在那個地方，人們揭露謊言與幻象，從而道出眞情；它講述的是這個世界的冬天，是肉體的憂傷，並對詩中的信誓旦旦投以

「堅硬的」①一瞥。但是，當羅利說到這個世界的年齡問題時，儘管他機智地抵制了那些虛幻的諾言，他還是像柏拉圖一樣留下了一個有可能進行辯護的小小缺口。最終，它是抵擋不住這個誘餌的，我們注意到，詩的最後一節是有條件的，是可以允許詩歌證明其自身眞實可靠的例外條款。如果符合了這些條件，少女就會欣然同意。就像在古老的民間傳說中英雄們被要求去完成稀奇古怪的贏取新娘的任務一樣，詩歌中的牧人也被指定了一個舉證的任務，這任務是根本不可能完成的，但是，正是在這個提條件的過程中，「希望」變成了對慾望的支持。

少女的答覆抗拒了誘惑，但是，它不是斷然地拒絕，然後默默地走開。它是另一種詩的言詞建構，是作爲這個女人的回答，是具有性別特徵的他者的聲音，它利用對言詞的幻滅，來抵禦言詞一開始所製造的那種幻象的餌鉤。她說出了眞情，使得由慾望而產生的強有力的藝術形狀暴露無遺，使之感到尷尬難堪，並昭示其表面之下的空洞無物。她是堅定的，甚至是堅硬的——腦殼很硬，而心腸則未必硬。

在這個既煽起慾望又抵制慾望、既製造幻象又打破幻象的雙向運動中，馬洛的牧人和羅

---

① 此處原文爲hard，有堅硬、冷硬、冷峻之意，語帶雙關，既關涉上一章所討論的慾望衝動，又與下一章所討論的頑石相呼應。這類雙關詞用法書中隨處可見，只能隨具體語境而譯爲中文。——譯注

利的少女表演了一種非常古老的舞蹈。這兩場伊麗莎白時代[1]的表演眞正是田園牧歌式的，是根據古典模式改造翻新的，其中的少女和牧人在階級和權力兩方面都大致是門當戶對的。然而，這類對話的根源可以一直追溯到中世紀時代的牧女之歌，在這類作品中，往往有一個出身名門的男性，某天早晨他騎馬外出，試圖用甜言密語來引誘人群中的一個年輕女子。牧女之歌的第一階段與馬洛的詩大致相當；不過，女子的回答及其結局卻有很多種版本。有時候，他的慾望與她的慾望，與她渴求的那種幻象相迎合，而他正是把這種幻象當作通貨來使用的。有時候，當她抗拒他所製造的幻象時，甜蜜的面具落了下來，露出了隱藏在表面之下的自然原始的力量，於是她受到了強姦。但是，也有一些時候，就像在羅利這首詩的回答中，女人用破除幻象的語言作爲反動力，成功地抵制了他爲迎合她的慾望而製造的幻象。

在第一階段，男人的言詞總是以此爲根底：假裝她在某些方面與他正相般配，假裝她也擁有選擇的權力；而我們總是看穿這個謊言。他所使用的婉轉恭維溫文爾雅的言詞，只是他的服飾的一部分，是顯示其階級權力的服飾標誌的一部分：男性的力量與貴族的力量被掩蓋起來，以尊重這個女人的意願，並有條件地遵從求愛遊戲的規則，亦即溫文爾雅的規則。

她用平易樸素的語言回答，揭露出階級和權力的現實，如果在這場溫文爾雅的愛情遊戲

---

① 伊麗莎白時代，即伊麗莎白女王一世時代（一五五八—一六〇三）。——譯注

中，她接受了他所製造的平等的幻象，她就要順從這樣的現實。十二世紀普羅旺斯行吟詩人馬卡布律，從做孩子時起就「被丟棄在一個富人家的門口」，他特別能以上述這兩種語言的較量爲樂。

我前幾天遇到一位牧羊女，
在樹籬邊，一個平民出身的姑娘，
但她充滿聰明和才幹；
像村姑那樣，
她披著斗篷穿著外套和皮衣，
厚厚的亞麻襯衫，
鞋子和羊毛長統襪。

這類出身名門的年輕人，總是處於一種人在途中的狀態，他碰巧路過這裡，他是一個漁色之徒，一個「蕩子」。他遇上一個年輕女子。除了交談幾句話，他們沒有別的什麼關係。不過，愛情的召換變質了：因爲權力在其中發揮了作用。她總是青春嬌艷，嫵媚動人，她出身低寒，貧弱無力，這就意味著她是唾手可得的，就像一個中世紀的 *vilana*①。在這首詩的各種歐洲版本中，她通常是亂頭粗服，鄉下人應當都是這樣，而那個年輕男子，就像馬洛詩中的牧人一樣，提議幫她打扮得雍容華貴。馬卡布律告訴我們，她「充滿聰明和才幹」，正如我們自己會聽到的一樣；但是，一開始，他就將他那容納了這麼些豐富內涵的外表縷述了一番，她的每一件服裝都證明她是個 *filla de vilana*，即「村姑」。這不是那首文藝復興時代的田園牧歌，在那首詩中，稻草的帶子和黃金的腰帶鉤搭配在一起，散發出一種時髦的鄉村魅力；這是一首現實得令人掩鼻而退的田園牧歌，詩中的女主人穿著厚厚的保護層，以抵禦寒冷的侵襲，其外觀的粗質簡陋與其體內自然本性的新鮮粗放正相諧調。然而，這些服裝無疑是溫暖有餘的，足以使她在下面這一節詩中對他的關心報以尖銳的嘲諷。

穿過草地我走到她面前，
「姑娘」，我說，「嫻雅的人兒，
寒風撕咬你讓我感到心痛。」
這村姑對我說，「好心的大人，

---

① *vilana*，普羅旺斯方言，意爲農家女。——譯注

感謝上帝和那個哺育我的女人，
髮際的風我無動於衷，
此刻我身體康健其樂融融。」

這首詩一開頭，他就說「我」如何如何，我們以爲詩人是在說他自己，但現在我們看出來了，他一點也不忠於他那一套騙人的話。他向我們展示這個遊戲：他玩這個遊戲，只是爲了從他者那邊套出眞話來，只是爲了試探她。她「身體康健其樂融融」，她的話表明是他本人在裝模作樣。他裝扮成騎士的樣子，只是爲了套出她的眞話來，爲了讓她展示她的力量。對他的話，她彬彬有禮地應對，而對隱藏於他的關心她是否舒服背後那昭然若揭的動機則忽略不計。她絲毫沒有沉默寡言，也不會逃逸而去，因爲她的逃逸會讓獵人嗅到獵物的蹤跡。她也不透露自己對他所表現出來的「溫文爾雅」有一種隱秘的慾望，這慾望會令她向獸性自首投降。她立場堅定，化解了他的言語。他又一次努力。

「姑娘」，我說，「甜蜜的人兒，
現在我離開了我走的大道
只是爲了把你陪伴；

像你這漂亮的鄉下姑娘
不該，沒有人陪伴，
放牧這麼多牲口
在這樣一個地方，孤孤單單。」

這是田園似的伊甸園中的魔鬼的語言：外表甜甜蜜蜜，內裡卻充滿惡意；危險的內容，卻有很漂亮的包裝。他所說的保護，只不過是一種隱蔽得拙劣的威脅，這種威脅使她想到她的處境、她的性別以及她的階級都處於弱勢。在這個情愛的封建制度中，保護者與掠奪者的角色之間，只隔著一條她迫不得已表示同意的極細極細的線；在對她施加影響的權力方面，這兩種角色是完全一樣的。她的同意將只不過給人一種雙方權力相等的幻象而已。她依然立場堅定，並用言詞反擊：她既不屈從於威脅，也不讓自己相信表面現象，而是揭露他的許諾徒然是空言無憑。

「大人」，她說，「不管我是誰，
我知道什麼是聰明，知道什麼是愚蠢；
那麼把你華貴的陪伴

用在它該用的地方，」
那村姑這樣對我講，
「無論誰自以爲能得到你的陪伴，
其實她得到的只是表面文章。」

我們試圖把握在這裡發生了什麼事，把握權力的威脅與遊戲之間那謎一般錯綜複雜的關係。這裡沒有一點實在的危險：詩歌只是言詞的遊戲，是虛造出來的一種司空見慣的文學遭遇，這種事從來不曾也絕不可能這樣發生。在更大一些的詩歌的遊戲中，男人和女人以言詞爲遊戲，這些言詞將權力的爭競維持在遊戲的狀態，勝負未定。然而，隱藏在輕鬆鬥嘴的表面之下的，卻是一場緊張的、全力以赴的遊戲；只要言詞能夠掌控在遊戲的範圍裡，力量也就不會失控。

她明白「不管我是誰」（*qui que'm sia*[①]）的現實。這句不講階級分別的實話卻能揭示階級和權力之實況：讓貴族出身的陪伴者去陪伴出身高貴的人。他只是裝作授權給她，任何一個接受了言詞饋贈的女人，也只是接受了言詞、幻象和表面現象而已。在受到牧羊女阻止之

① *qui que'm sia*，普羅旺斯語，意即「不管我是誰」。——譯注

後，他在「不管我是誰」這句話裡聽出了一種機遇的暗示，於是試著以一種全新而誘人的幻象，來發起新的一輪進攻，假如她接受這種幻象，這幻象就會顛覆她基於階級立場而作的反抗，使他們所預期的匹配成爲一種同類間的匹配。他改寫了她的家譜，以便她與他顯得門當戶對。但是，她依然立場堅定，並且驕傲自得地宣布她的家世眞相，從而將森嚴的等級制度變得對他不利。

「姑娘，論身分你出身名門，
你的父親是個騎士，
他和你母親生下你，
她出身農家卻高貴嫻雅，
我越看越覺得你可愛，
看到你歡欣我容光煥發——
要是人再和婉一點那該多好。」

「大人，我查考了全部家世
追蹤我的血統

只追查到鐮刀和犁耙，
好心的大人，」那姑娘對我說，
「既然有人能扮演騎士，
他來扮演我們一定會更好，
一個星期裡六天要辛勞。」

她遊戲於*faire*（行動、勞作、扮演）這個字的多重含義。他扮演騎士的角色，*se fai cavalgaire*，①在這個人與這種很適合這個用漂亮言詞將自己裝扮起來的人社會角色之間是有分離的。她和她的鄉下親戚，他們只要勞作（也是*faire*），只要行動，而不要「扮演」什麼角色。她的聲音是一種表裡如一的聲音，沒有一點幻象，因爲沒有幻象的外表，所以她不爲誘惑所打動，堅硬得像石頭。然而，她的聲音，講出眞話的聲音，不會是孤零零的；它需要他那種幻象的聲音，以此來帶出她自己的聲音。它需要他那種司空見慣的騙局，以激起它撕破僞裝的力量。詩的眞實是一種行動，化解虛僞，在一個墮落的世界中回歸眞實。他的世界依然是一個兩面的世界，他的語言曖昧雙關：

① *se fai cavalgaire*，普羅旺斯語，意爲扮演騎士。——譯注

「姑娘，」我說，「一個高貴的精靈，
在你降生時就賦予你
光彩熠熠的美麗
任何村姑都無法企及，
又賦予你雙倍的嬌媚可愛
但願我能有一次看到我自己
在上頭而你在下面。」

她的挑戰誘使他以其特有的詩意的雙關的方式，說出了希望兩個人身體疊合的眞話：「我自己在上頭而你在下面。」這是一個含有色情挑逗的眼色，它把社會等級制度、性別等級差別以及性事體位都結合到一起了。

「好心的大人，你把我這樣誇獎
我要成了大家嫉妒的對象；
既然你提高了我的身價，你，
好心的大人，」這村姑對我講，

「分手時會得到這個獎賞：
『呆在一邊傻看著吧，你這蠢貨！』
整個下午你只會一無所獲。」

此刻，她向人們表明，假如受到壓力，她也會說這種語義雙關的話，不過，她的語調腔調略有不同、這裡沒有什麼詭秘的東西，只有一種諷刺，在諷刺中她所用的比喻語言立即暴露了自身的虛誑，表明了自身的空洞。他與她討價還價，但是他的通貨只是外表，只有一種言詞的幻象。她加入這個遊戲，等價交換，以空對空。她向他展示她自己，同時報以譏嘲：垂涎欲滴地、癡癡傻傻地盯著你那可望而不可即的目標去吧；我向你展現外表、外觀、不爲誘惑所動的表面。他施壓越有力，她變得越堅強。她是不可攻陷的。他把她解讀爲自然，只等著被他的人類社會力量所馴服。此刻他仍然以語詞來討價還價，不過在言詞之外，還許以實質性的交換。她拒絕這場交易，拒絕被人購買，而她拒絕的理由幾乎是嘲諷性的：它會損害外觀。

「姑娘，一顆拒絕男人的狂野不羈的心
會被男人慢慢馴服。

從這兒路過時我就深知
一個男人會成爲『珍貴』的伴侶
伴著你這樣的一個村姑
以內心深處的感情，
如果一方不背叛另一方。」

「大人，一個被狂熱緊緊驅趕的男人，
才會信誓旦旦、懇求和立保證：
這就是你許給我的『敬意』，
大人，」這村姑對我說；
「但我一點也不願做交易，
把處女換成一個妓女的名聲
只得這麼少的一點價錢。」

「姑娘，每一種生靈
都要皈依其自然本性：而我們倆

將會成對成雙，
你和我，鄉下姑娘，
牧場那邊有片矮樹林
在那兒你會更放心大膽
做一些非常甜蜜的事情。」

這幾節詩的最後一節最爲奇怪：訴諸藏在衣服底下的生靈相互之間那種沒有階級屬性的關係。社會權力有可能調停並敗壞這場追求，但是隱藏在引誘背後的動機卻是一種不認階級的慾望。他聲稱共有的動物本性暴露出來了：生物與其同類配對交配。然而，她依然不爲所動。階級和權力的現實也是眞相的一部分，雖然她同意每個生物與同類匹配的價値，但對她來說，這仍是一個階級身分的聲明。那些有權力的人可以不費吹灰之力而放棄權力，尤其是爲了滿足當下的條件，而那些落入他人權勢網羅之中的人卻不會那麼輕易地忘記權力。

「你說得對，好心的大人，但這才恰當，
傻子追的是傻對象，
宮裡人想的是高雅的艷遇，

鄉下小伙子求的是村姑；
誰要是失去 身分感
誰就不能舉措得當——
古時候的人這麼講。」

她即以他的觀點來反擊他，更精確地指出了門當戶對的匹配的那些特徵，這些特徵將使得她與他的匹配遙不可及。沮喪之餘，他最終惱羞成怒，氣話不擇口而出，他斥責她的誠實其實是欺騙，她的忠實其實是虛僞：

「姑娘，我從未見過別的女孩，
外表比你更能欺騙人，
心腸比你更爲狡黠。
「大人，貓頭鷹替你算好了卦：
有個人正垂涎於那幅圖畫，

另一個正盼望著嗎哪[①]。

這是一個含義隱晦的結尾，它讓箋注家們困惑不已，這是可以理解的。被斥責爲「欺騙」之後，她在答覆他時使用了一套獨特的比喻語言——那種揭示重重遮蔽背後的眞情實況的神諭式的語言，那種自然本性的語言。她既沒有向他撒一個扯得很圓的謊，也沒有使什麼曖昧雙關的眼色，而是用了一個發人深省的比喻：有個人覬覦著別無他物的外表，盯著繪飾過的表面，還希望有食物從天上免費掉下來，這樣人就不需要一周勞作六天了。

在中國版的牧女之歌中，從來不是引誘者說著誘惑的甜言密語[②]。相反，倒是歌唱者以女人的美麗形象來誘使我們落入圈套，來引誘聽眾分享那個出身高貴的過路者所感受到的那種慾望。我們讀〈羽林郎〉一開始就是這樣的：

昔有霍家奴，

---

① 嗎哪，原文爲「manna」，出自《聖經》，本意是指以色列人逃出埃及後，在沙漠中上帝賜給他們的食物。後比喻不勞而獲的食物或不期而遇的好事。——譯注

② 關於中國與西方的牧女之歌更爲詳備的比較，參看Jean-Pierre Diény, *Pastourelles et magnarelles: Essai sur un thème littéraire chinoise* (Geneva, 1977).

姓馮名子都。
依倚將軍勢，
調笑酒家胡。
胡姬年十五，
春日當酒壚。
長裾連理帶，
廣袖合歡襦。
頭上藍田玉，
耳後大秦珠。
兩鬟何窈窕，
一世良所無。
一鬟五百萬，
兩鬟千萬餘。

馮子都仗著別人的權勢行事，他的權力是挪借來的；每一個人都知道他是誰的下屬（「瞧，那個將軍的家奴馮子都來了」）。但是，權力是一種傳染病。一個人一旦成為權力控制的對象，爲了尋求解脫，就會把他或她的順從傳染給另外一個人。在這個傳染病過程中，小型的等級制度就會應運而生。每個新的一心想當主人的人，都是從他自身的直接主人那裡挪借權力，以強迫他人順從。對擁有控制權的渴望是強制性的，所以，它必須排除那些靠無所謂和「自由」(這其實與我們所說的強制過程中最後的那個否決時刻是同義詞)的幻象來發揮作用的力量。馮子都正是這樣調笑小酒店的胡姬；正如馬卡布律歌中的騎士一樣，他把自己的追求裝扮成遊戲的樣子，主要是爲了表明這個一心要當主人的人自身並沒有被慾求所支配。

小酒店的胡姬被放置在詩的展台上，歌唱者將我們的注意力引向她的外表、服裝以及首飾，而這些東西誘使我們覬覦其內中所包藏的一切，她一邊對他回報以上下打量，一邊評頭論足，並就此加入詩中的這場引誘遊戲。

不意金吾子，
娉婷過我廬。
銀鞍何煜爚，
翠蓋空踟躕。
就我求清酒。

絲繩提玉壺。
就我求珍肴，
金盤鱠鯉魚。
貽我青銅鏡，
結我紅羅裾。

通過馮子都的雙眼，我們已經看到了她的美麗可愛；現在，她回應這個羽林郎，語氣中透露出女人的慾望迎合男人的慾望，她還品評了他的舉止風度和車馬裝備，這使我們受到了鼓舞。我們準備向前走去，「前進一步」，穿過這片危機四伏的空間，走向對方。酒館是做生意的場所，預計顧客的慾望在這裡將得到明白展示，並且將令人滿意地得以實現。接下來，誘惑的禮物進入了交易系統。它是一件物超所值的商品，是一件最爲奇特的表記物：一面鏡子，在鏡子裡她能看到自己，就像她被別人看到一樣，在鏡子裡她能看清自己在輕佻挑逗的言詞往來和禮物交換之外的身價。

我眞樂意殺死
那第一個造出鏡子的人。

每當我想起它，
我沒有更可惡的敵人。
她照見自己的那一瞬間
就明白自己價值傾城，
我就再沒有機緣享受
她或她的愛情。

伯那特・德・封特多恩（Bernart de Ventadorn）①

鏡子拉開了一段無法跨越的距離：他只能站在那裡，癡癡地注視著。伴隨著他碰到她的羅裙的那個身體動作，同樣的一段距離也就同時產生了，因爲這個動作褻瀆了這個相互傾慕的遊戲，它假裝只是跨過這個空間而走向對方。他向自己的強制衝動屈服，伸手想抓住那個人，而對方卻突然後退，他抓了空。外表變回了純粹的外表。

---

① Frederick Goldin, *Lyrics of the Troubadours and Trouvères: An Anthology and a History* (New York: Doubleday, 1973), pp. 150-153.〔譯者按〕伯那特・德・封特多恩，中世紀普羅旺斯行吟詩人。

不惜紅羅裂，
何論輕賤軀。
男兒愛後婦，
女子重前夫。
人生有新舊，
貴賤不相逾。
多謝金吾子，
私愛徒區區。

前進被阻擋住了，被逼退回來了，被羞辱了：投機冒險的想入非非碰上了不爲所動的頑固腦袋，這個頭腦堅持其所有，堅持著階級的界限。在這層表面背後有一個人在，她是不可染指的，也是權勢之手所抓不住的。

最奇怪的事是，我們居然也爲胡姬的抵制、爲羽林郎的沮喪感到歡欣，雖然我們自己也已經被捲進去了。在這個慾望和慾望被撲滅的遊戲中，我們，特別是這首詩的男性讀者，能以哪裡爲立足點呢？在〈陌上桑〉這首最爲難得、最是可愛的牧女之歌中，有一個答案。

日出東南隅，
照我秦氏樓。
秦氏有好女，
自名爲羅敷。
羅敷善蠶桑，
采桑城南隅。
青絲爲籠係，
桂枝爲籠鉤。
頭上倭墮髻，
耳中明月珠。
緗綺爲下裙，
紫綺爲上襦。
行者見羅敷，
下擔捋髭鬚。
少年見羅敷，
脫帽著帩頭。

耕者忘其犁，
鋤者忘其鋤。
來歸相怨怒，
但坐視羅敷。
使君從南來，
五馬立踟躕。
使君遣吏往，
問是誰家姝？
「秦氏有好女，
自名爲羅敷。」
「羅敷年幾何？」
「二十尚不足，
十五頗有餘。」
使君謝羅敷，
「寧可共載不？」
羅敷前置辭：

「使君一何愚！
使君自有婦，
羅敷自有夫。
東方千餘騎，
夫婿居上頭。
何用識夫婿？
白馬從驪駒。
青絲繫馬尾，
黃金絡馬頭。
腰中鹿盧劍，
可直千萬餘。
十五府小史，
二十朝大夫，
三十侍中郎，
四十專城居。
爲人潔白皙，

　　鬑鬑頗有鬚。
　　盈盈公府步，
　　冉冉府中趨。
　　坐中千餘人，
　　皆言夫婿殊。」

這首詩在這個上前勾引並遭到拒絕的簡單遊戲之外，開闢了新的疆土。首先增加的是一個爲聽眾準備的圍廊，是慾望的最初置換，將人導向藝術所產生的高雅距離：我們聽眾被置於一般平民百姓當中，既能夠注視這個女人，內心充滿著渴望，同時又可以嘲笑我們身邊那些人所表現出來的慾望。我們已經學會了，也許很不情願地，滿足於站在原地癡癡地注視著。這根本不是簡單的心如止水：羅敷的美打亂了社會秩序；看到她路過，幹活的人都停下了手裡的活；男人們看到她，就想起自己家裡的女人不如羅敷那麼美麗可愛，於是兩口子開始吵架，每個女人對男人的這種慾望都憤恨不已。這種慾望和社會秩序的打亂像傳染病一樣流播開來，它既是眞實的，又是喜劇性的；在內心的喜愛與其不可能性之間存在著一個緊張的空間，人們禁不住在此低聲笑起來。這空間是我們所擁有的；它是不可跨越的。每個人都可以癡癡地看著，但沒有人上前勾引。在由集體愛慕的距離所構成的框架裡，這個女人被巧妙地保護起來了。

這時來了一個使君，一個陌路人，一個途經此地的「蕩子」，一個有權有勢的男人。他越過這個界限。他的勾引照例被斷然拒絕，而我們爲此感到欣喜。不過，在這種情況下，從這個女人無法打動而又誘人的表面背後發出來的聲音，不是以前那個保持清明理智和維護階級標準的女子的聲音。羅敷用言詞、用她自己的反幻象壓倒了使君，她言詞中描繪了一個權力更大、更爲可愛的愛人，讓使君相形見絀。她是否眞的有這樣一個丈夫是無關緊要的：他存在於她的言詞中。她以一種慾望的詩歌來與另一種慾望的詩歌抗衡。

第三章　女人／頑石，男人／頑石

在我們待的這個人間劇場中，
我的愛人像個觀眾那樣悠閑：
她注視我，在種種表演之中，
我想盡辦法把我的不安遮掩。
有時碰上快樂時節我也開懷，
歡笑中假面像在演一場喜劇。
轉眼之間，我從快樂跌入悲哀，
我痛哭，哀傷演成了一場悲劇。
而她注視著我一直目不轉睛，
我歡笑她不喜，我痛苦她不悲：

我歡笑，她報以嘲諷，我的哭聲，
她付之一笑，更關緊她的心扉。
什麼能感動她？悲欣無能爲力，
她絕不是女人，是無情的頑石。

斯賓塞(Edmund Spencer)，《小愛神》，五四①

……我們想像有一尊雕像，其內部組織構造與我們自身一樣，有一個被褫奪了所有思想的精靈賦予了它生命。我們進而設想雕像的表面全都由大理石構成，不允許它動用任何一種感覺；而我們自己則有了這樣的自由，可以任意啓動雕像的那些感覺，使其感知那些可以感知到的各式各樣的印象。

孔狄亞克神父(Abbe de Condillac)，〈論感覺〉(一七五四)②

---

① 斯賓塞(一五五二—一五九九)，英國文藝復興時代詩人，其詩注重形式，講究格律與音樂性，被稱爲「斯賓塞體」。《小愛神》是其著名的十四行組詩，共八十八首，爲紀念他向妻子伊麗莎白(Elizabeth Boyle)求愛而作。——譯注

② 孔狄亞克神父(一七一五—一七八〇)，法國啓蒙思想家、神父、感覺論者，寫於一七五四年的〈論感覺〉是其代表作之一，對後代心理學家有很大的影響。——譯注

女人／頑石

這是關於石頭的第一個故事。受到撫摸之後，女人在肉體上就會俯首聽命，她被人洞穿了。撫摸是與眾不同的一種測試方法，因爲在所有的感覺中，據說只有觸覺容不得半點欺騙。如果事情眞是這麼簡單，那麼我們就可以將其忽略不論。但是，只在一些短暫而焦急的場合相互碰得到的生殖器肉體，是在整個身體的堅硬和柔軟中得到表現的；它變成了一種堅硬的思想意識，在艱難關頭它得到了證實，並在我們這個世界的隱喻中成倍地增長。①這種堅硬的思想意識最爲關注的是其堅硬或柔軟尚存疑問的那個性別，而男性則懼怕任何身體的或精神的疲軟的可能性。

爲人所懼怕並且受到抑制的柔軟帶有性別的色彩，並被轉嫁給女人。在這柔婉的領域

① 即使在難以捉摸的思維世界中，我們也會區別什麼是很有活力而又堅硬者，什麼是柔軟乃至過於柔情似水者。比如我們說，外面的世界是一個「堅硬」(hard，雙關語「艱難」)的世界；在這個硬科學中，與人文學科的軟科學恰恰相反，只有堅定有力，同時避免軟弱思維和拖泥帶水的論點才能得分(用擊劍來作比喻，*touché*，即「觸摸」，亦即擊中對方)；在戰爭年代，總有一些敵方企圖穿透的防線，而游擊戰由於沒有明確的(hard)敵我分界線，就會變成一個泥潭，將整個國家都拖進去：爲了避免被消解，我們對我們有威脅的思想意識時切切不可心軟。

裡，男性的堅硬要受到測試並得以證實，而女人的柔軟則有待被人奪取，而這種奪取必須是一種積極主動的穿透，是大張旗鼓地行使男性的意志。社會風俗要求這種柔軟必須具有一種超越身體的特性：即圍繞女人的一切東西都必須是柔軟的，正如堅硬被保留作爲男性的標誌。

每一次對抗性遭遇中的男女區別的重演，都是一個儀式，旨在遏制那個有危險性的反面：女人／頑石，身體和心腸同樣堅硬得無法穿透。拒絕她的愛人的女人是鐵石心腸，像石塊一樣堅硬，像冰塊一樣又冷又硬。在另一個極端的是奪取而不是允許自己被奪取的那種女人，是慾望眾多而且對象混雜或者不願意在情感上被動的那種女人：這樣的女人已經「硬化」了，甚至已經變得像金屬一樣「厚顏無恥(brazen)」。

女人的堅硬有與其相輔相成的反面：男人融化了，變得柔軟了，變得虛弱了，變得疲軟無力，變得「失去了男子漢的氣概」。在她冷冰冰無動於衷的注視底下，他可能會成爲一個變形者：

我的愛人像個觀眾那樣悠閑：
她注視我，在種種表演之中，
我想盡辦法把我的不安遮掩。

這種本該會引起男人身上那種必不可少的堅硬的強烈慾望，被遏制住了，隨之而來的反而是柔軟和可塑性。斯賓塞把這裡的戲劇化看得清清楚楚，這場戲，這個不顧一切地改變外形的藝術，是針對他所愛的人的冰冷堅硬的外表的，徒勞無功地盼著這塊石頭會軟化。她是一尊雕像；他則是一個變形者，他想方設法以各種姿態形狀去觸摸她，想打開一個缺口去接觸她。

在被愛的人的皮膚上，也發生過相互變化的變形神話：一個故事講的是柔嫩的肌膚變成了石頭，另一個故事講的是冷硬的外表如何軟化，變得順服。這兩段神話雙雙見於奧維德（Publius Ovidius Nasoamd）《變形記》第十卷[①]。首先，奧維德講到兩個女人，即普羅波俄提德斯姊妹，是如何藐視維納斯的權力。受了輕侮的女神維納斯施神術讓她們變形：普羅波俄提德斯姊妹被賦予了淫慾的力量，成爲最早的與男人亂交的女人。於是，她們變得不知羞恥，不會臉紅，或者，像奧維德說的，「她們臉上的血凝固起來了」，*sanguisque induruit oris*。維納斯又追加了一個小的變形，使她們變得更爲堅硬，直到徹底變爲石頭爲止，才停止

---

① 奧維德（英語中寫作Ovid，前四三—後一七—一八），古羅馬詩人。長篇敘事詩《變形記》是他的代表作之一。——譯注

了詛咒①。

緊接著的另一段神話，講述的是藝術家皮格瑪利翁的故事，他厭惡淫蕩成性的普羅波俄提德斯姊妹(這也促使另一位藝術家即奧維德就勢染上了厭女癖)：

皮格瑪利翁見過她們，她們在邪惡中生活，
她們受惡德驅使(自然把所有的
惡德都植入女人心中)，因而他過著單身的日子，
沒有妻子，床上長時間缺少伴侶。

同時他奇妙的手藝極爲成功，他
用雪白的象牙雕個美人，沒有女人生來
這麼美麗，他愛上了自己的作品。

---

① 這些人石互變的變形神話故事在一個希臘文的雙關語中也得到了印證：「詩人的歡欣」是由laas即「石」，與*laos*即「人」的混合變化而表現出來的；而人則是由丢卡利翁和皮拉扔到身後去的石頭軟化而形成的。[譯者按]丢卡利翁(Deucalion)是普羅米修斯之子，他與妻子皮拉(Pyrrha)逃脱了宙斯發起的大洪水之後，雙雙從肩頭向身後扔石頭，石頭變成男男女女，重新創造了人類。

姑娘那逼真的臉——你會覺得它栩栩如生
它渴望被感動，只是被賢淑端莊所阻止，
他的巧藝把藝術掩蓋得這麼好。
　　皮格瑪利翁驚異了，
對人體幻象的激情占據了他的胸膛。
他常用雙手試探著摸這件作品看看
是人體，抑或象牙，他也不能叫它象牙；
他吻著它，想像自己被回吻、聽它説話、被它牽住，
彷彿他正在觸摸的手指陷入了它的四肢，
只怕被撫摸的關節上有傷痕產生。

在這個故事中，對這個百依百順的象牙雕像，有許多次觸摸、許多次親吻和許多愛的甜言蜜語（她是多麼好的一個聽眾！）；當他的手指揿壓著雕像堅硬的表面，他很擔心會不會留下一道傷痕：力量在這裡起著微妙的作用，觸摸既能穿透堅硬的表面，也會傷害它。他試圖去感化象牙雕像，尋找其歸順服從的跡象。她可能「渴望被感動」（被感動之感官上與情緒上的特點，既體現在拉丁語裡，也體現在英語裡），但她顯得被動而正經，即使在他愛撫的

刺激下，她的慾望也藏而不露。這個女人純醉是個表面，而皮格瑪利翁的情感，不管多麼強烈，卻除了想像中的回應之外，什麼也沒有得到：他受到了一次肉體的反省教育[①]。

這段故事的結局是眾所周知的。在維納斯的節日裡，這個藝術家，深受慾望的煎熬，心愛的人的確對他一直「石頭心腸」，他向女神祈禱——不是爲了這尊雕像本身，而是想要一個與他所塑造的那個象牙女人完全一樣的新娘。他本來寧願要這尊雕像的，可是他卻顯得 reverentia，即像雕像自身一樣「正經端莊」——他的臉皮還沒有磨練得足夠厚硬(hardened)——在他的祈禱中，他隱藏了自己的眞實慾望，而只托出這個慾望的仿製品。但是維納斯深知藝術家的意圖，正如她能使女人硬固化爲石頭一樣，她也能使石頭軟化爲女人：這個不可穿透的未來的新娘終於順從了。

> 現在試試，象牙變軟了，堅硬消失了，

---

① 歌德在〈羅馬悲歌〉中這樣寫道：

> 難道我不是教育了自己？當我摸清了
> 愛人乳房的形狀，當我伸手撫過她的臀部。
> 我平生第一次眞正懂得了大理石：我思想，我比較，
> 我用有觸覺的雙眼注視，用有視覺的手觸摸。

順著他的手指，溫順服從，就像希米提安的蠟
在陽光下重又柔軟，柔曲成千姿百態
靠拇指的手藝，使它有用於世。

據奧維德的敘述，從此以後他們兩個人就過上幸福的生活了。

慾望與藝術之間這個實在過於粗樸的關係是一段令人不安的神話：一尊雕像越過藝術與我們所處的日常世界之間的界限，皮格瑪利翁對雕像的觸摸，也許太深刻地觸動了那扎根於兩個世界之中的我們自身的幻想行爲：

這千眞萬確，我們所謂丘比特的箭
是一個形象，我們爲自己而雕成它，
並且，多傻呀，把它供在心靈的聖殿。

菲利浦．錫德尼爵士，〈阿斯特羅菲爾和斯蒂拉〉

不管是在皮格瑪利翁的神話還是在錫德尼的詩行中，當幻想的產物不再只是一個表面的時候，當我們在硬殼之下發現另有一個人在的時候，不安也就隨之而來了。當她有了生命，

那雕像中的人會是個什麼樣的人，這個問題超出了我們的想像，也超出了奧維德的想像①。

它應該令我們感到不安。皮格瑪利翁賦予石頭以生命的神話提出了一種可能性，這種可能性在藝術中經常出現：藝術創作可能只不過是藝術家的渴望和讀者的渴望的象徵而已。在一個越來越受壓抑的世界裡，任何關於這一類令人震驚的滿足的暗示，一定都會遭到更有力的抵賴。康德爲現代辯護作了經典性的理論表述：眞正的美的呈現，只有在所有利益、嗜慾和慾望都缺席的情況下，才會發生。可是我們還是感到饑渴。

要否認我們的慾望，就需要接受巧妙的訓導。我們觀賞裸體畫和裸體雕塑，它們像皮格瑪利翁的雕像一樣誘惑我們去觸摸它，我們得到的教導是只看其形式。而我們的眼睛卻被吸引到胸脯、後頸、臀部以及腹股溝。手渴盼著撫摸那冷冰冰的胸膛，或者伸到無花果葉底下，看看在艱硬而冷冰冰的表面的另一面是否藏著什麼東西，是否還有什麼東西可以摸，可

① 約翰·馬斯頓改寫這個神話時，這個活起來的女人只不過是由一系列充滿慾望的身體部件聚合而成的，這些部件是她的慾望的「代理者」，而她的慾望則映照著皮格瑪利翁自身的慾望：「接著玉臂、明眸、雙手、舌唇以及淫放的大腿／是心甘情願的愛的淫逸的代理者。」《皮格瑪利翁雕像變形記》，三七節）蕭伯納重寫這個神話時，由於允許在這個文化「藝術品」背後發現一個大活人，於是這神話立刻被變成反諷了。〔譯者按〕約翰·馬斯頓（John Marston），一五七六—一六三四，英國文藝復興時期諷刺作家、劇作家。蕭伯納（George Bernard Shaw），一八五六—一九五〇，吳國著名劇作家。

以捏，可以碰，也許還可以使之軟化，或者使之變得激動興奮起來。慾望跑到了大理石的性感區域；藝術的訓導驅使我們站在一個反躬自省的距離點上，由此可以把握全體(而不是把握某些特定的「身體部位」)。如果雕像能夠回過頭來看我們觀賞時的表情，它所看到的肯定是欣賞時沈著冷靜這一無法穿透的外表[①]。

---

① 即使是那個最爲激烈的禁忌修正論者阿多諾，也時常領略到這種誘惑：「藝術中最重要的禁忌也許是那種禁止以動物似的態度對待對象的禁忌，比如，想吞沒抑或征服對象於其體內的慾望就是一種禁忌。現在，這樣一種禁忌的力量與受到壓制的力量是勢均力敵的。因此，所有藝術自身都包括一個它力圖要擺脫的消極點……確實，藝術創作的尊嚴取決於能在多大程度上把利益從藝術品裡剔除出去。這一觀點還大有討論的餘地。」見T. W.阿多諾(Adorno)。《美學理論》(*Aesthetic Theory*)，C.倫哈特(Lenhardt)譯(倫敦：Routlledge and Kegan Paul，一九八四)頁一六。唯一的問題，我想，在於決定哪一個是「消極點」。「尊嚴」是一種靠不住的品行，它是絕望的惟一一種文飾。它僵硬得不容許你有半點放縱，即使在其自我否認的痛苦之中。

審美距離並不是藝術經驗中否定慾望之惟一可能的途徑。靠近和退縮之雙重性就刻寫在詩自身之中：慾望先是被承認，然後又在嘲諷的堅硬鋒芒中被摧毀，正像蕭綱(五〇三—五五一)在〈烏棲曲〉(之四)中描繪屏風上一個可愛女子的畫像：

織成屏風銀屈膝，
朱唇玉面燈前出。
相看氣息望君憐，
誰能含羞不向前？

這是一個被人渴望著的沒有深度的外表，是一個詩人明知是幻象的幻象。但是，即使在他嘲笑自己的慾這些就像一場舞蹈中有來有往的動作：夢想著觸摸與被觸摸（觸覺是惟一一種眞正有來有往的感覺，觸摸的人在觸摸的同時也被觸摸了）；或者靠近受到了阻遏，接下來就是退縮和沈思的拘謹或者受到挫折的思慕。這些階段勾畫出了情感神話學的輪廓；情感的運動集中在一個不確定的皮膚表面——一個屏障，一堵牆，一件衣服——堅硬抑或柔軟正是在這裡接受檢驗，得到證明。

女人／頑石進入情感神話學——這個對象抗拒被擁有，抗拒成爲慾望的對象，這種堅硬拒絕被穿透，而在這麼做的時候，它卻賦予慾望以生命。

而我的慾望並未退去綠色，
它在那堅硬的頑石上扎根
頑石會說話有感覺就像是女人。

（續）

望和無能爲力，嘲笑自己無法激活畫中人的冷淡忸怩之時，他的呼吸仍然變得急促起來（the breath comes hard）。在愛情的遊戲中，也必須從堅硬的表面後面走出來；遊戲本來要求兩個人參與，如果只有一個人單獨玩，那就變成反諷了。［譯者按］阿多諾（一九〇三—一九六九），德國哲學家、音樂學家、法蘭克福學派的主要代表人物。

這幾行詩出自但丁的「石頭詩」，*rime petrose*，是針對女人／頑石的抱怨。女人／頑石的拒絕支撐著他的慾望和藝術，他違背自己的意願而扎根於女人／頑石之中，就像某些柔軟的綠色植物總能在石頭上頑強地蓬勃生長。從她的堅硬不化和他的受阻滯的慾望之中，又產生了藝術行爲即詩歌的第二種堅硬現象。縱觀整個西方傳統，對詩歌技巧的掌握始終是通過雕塑的隱喻來描述的，如賀拉斯的 *limae labor*，即「用銼刀幹的辛苦活兒」，在中國傳統中則比喻爲雕蟲篆刻。

歧路

事實上可能是，出現在堅硬塑像中的被愛者的形象並不完全是他者，同時也是自我形象的映現。而且，能出現在這一類鏡子中的自我也絕不是中性身分的模型，而是一個充滿渴望地目不轉睛地注視著他者形象的自我。關於自我與他者之間的界限，這裡有相當程度的含混和不確定。其中一條歧路通向藝術家皮格瑪利翁變爲那喀索斯（Narcissus）①的那種變形。關於那喀索斯，已故拉丁詩人彭達丟斯寫道：*quodque amat ipse facit*，「他的所愛，是他自己

---

① 那喀索斯，希臘神話中的美少年，他拒絕回聲女神Echo的求愛而受到懲罰，死後化爲水仙花。此詞因而亦指水仙花。——譯注

所塑造」（比較奧維德寫的皮格瑪利翁「愛上了他自己的作品」）。另一條歧路見於聶魯達的詩，在這首詩裡，藝術家所創作的沒有一件是眞正屬於他自己的：

它們越來越黯淡，染上你的愛情的顏色，
　我的那些言語。
你占據了一切，一切的東西。

在這一條歧路上，我們先雕塑家米開朗基羅來講一講：

假如是這樣，在堅硬的石頭上
人們把所有他人的形象都比作自己，
我就讓它變得灰白，常常是蒼白，
就像我也被她弄成這樣。
因而我曾以我爲原形，
打算讓它成爲她。
人們很可能會說石頭

像她，成爲我的模型
以她的無比堅硬；
至於其他，我，
憔悴而受人嘲諷的我，只知道
雕刻我自己受盡痛苦的肢體。
但假如藝術能喚起
美麗於歲歲年年，我將樂意
使她青春長在，從而使她永遠可愛。

〈詩〉，一〇九．五三

這個雕塑不再是皮格瑪利翁式簡單的慾望形象：它已經完全變成了另外的東西，這個東西既是自我和他者的融合，又是其混淆。確實，這可能是惟一一個地方，只有在這裡，在藝術品沒有深度的堅硬外表之下，兩性體破裂的兩個部分才會遇合，重新融爲一體。但是，保留在雕塑之中的他者的這個區別性特徵也正是媒介的特徵：媒介即是堅硬的石頭，它所象徵的只是被愛的人與愛她的雕塑家之間的關係。同樣，與被愛者遭遇並融合的自我的主要特徵，是再現於蒼白的大理石之上的蒼白皮膚，是因爲與她的關係而變形的他自己的外表。每一點都完全留在他們的相互關係性之中；受到阻滯的慾望之看得見的原因和後果，被永久的不滿足捆綁在一起：痛苦扭曲、凝固不動的肢體。

雕像是一個奇怪的東西，對立的雙方在此相遇。它既是願望的實現，又是對實現願望的無限期延滯。她是堅硬的，*dura*，在這石雕堅硬的外表下，藝術家決定使她的堅硬持續下去，*durare*。他給予這個雕像可愛的外表，這只是一個權宜之計，意在使兩個相愛的人永久地融爲一體，或者融入於一個表面，這個表面因其永遠無法穿透而賦予慾望以永恆的形狀。

皮格瑪利翁的神話在後代經常被複述；在故事的各種變形中，它總是在到達軟化爲有生命的物體並「從此過上幸福的生活」的結局之前就偏離了方向。從被阻滯的慾望中產生的石雕，就是那個女人／頑石的形象，被精心打磨修飾。但是，魔法的時代已經過去了；再沒有一個好心的女神會俯視人間，去了解藝術家的隱秘慾望，並以軟化那不可穿透的頑石表面來回應他的祈禱。藝術品被擱置下來，永遠是個半成品，是個未曾實現的隱密希望——*ars interrupta*：我們被攔在一定的距離之外，我們不能去觸摸。（這裡有種種複雜的平衡。習俗禁止我們去觸摸能觸覺得到的藝術形式，去觸摸裸體的雕像，但是只要把形式抽取出來，我們就可以打破這一禁忌。在那種情況下，邀請我們去觸摸的現代雕塑已經成功地將身體隱藏起來了。）

皮格瑪利翁與所有後來的藝術家都不一樣，他只需要搞一次藝術創作；他的藝術一旦完成，他就可以因此而一千次地「擁有」這個慾望的對象。後代的雕塑家們創作出成百上千的雕像，詩人們創作了成千上萬的詩篇，他們總是試圖創造出一個完美的作品，可是一次也沒有達到他們想要達到的目的。正如彼特拉克(Francesco Petrach)[①]在《詩集》第七十八首中說的：

皮格瑪利翁，你應當備受讚譽
爲你刻的那尊雕像：我只想得到
一次的東西，你已得到一千次。

後代的這些藝術家們不可避免地創造了沒有深度的表面、平面、僅僅是形象或藝術再現的「影子」：

把我比作對雕像愛昏了頭的皮格瑪利翁，

① 彼特拉克(一三〇四—一三七四)，義大利詩人，文藝復興時期人文主義的先驅人物之一，代表作是抒情詩集《詩集》。——譯注

因爲，像他那樣，我仍受欺詐。
分派給我的只有這個人影，
她的實體早已把我的實體剝奪。

巴索羅繆・葛利芬，《貞潔多於好心的菲德薩》，二五

這是一件奇怪的事：在「影子」反覆產生的過程中，缺席的實體吞食了藝術家的實體。儘管前此有種種覆轍，人們仍然在藝術上不斷冒險，而藝術家卻逐漸摧毀了藝術家：

眞是不幸啊，雖然我的慾望
我曾把它刻畫於心靈的豐碑上
我卻因爲我自己的藝術而消亡。

塞繆爾・丹尼爾(Samuel Daniel)①，《德利亞》，一三

---

① 塞繆爾・丹尼爾(一五六二—一六一九)，英國文藝復興時期詩人，最著名的作品是十四行詩集《德利亞》。——譯注

相鄰秘室一瞥

看看神如何引領心靈走出石頭的洞穴，以及一個幾乎大功告成的藝術行爲如何由於藝術家軟化並充滿慾望地回顧而功敗垂成。或者，也許這一事件只是銘刻在淺浮雕石上，而詩人卻試圖賦予這一事件以生命。

那是深埋的神異的魂靈的礦藏。
像銀礦的礦脈，他們無聲地
穿過沉沉的黑暗。鮮血湧上來
沿著根鬚彌漫，湧向人間世界，
而在黑暗中它看來硬如頑石。
此外沒什麼鮮紅。

那兒有懸崖峭壁，
和霧靄形成的森林。有橋樑
跨越虛空，和那壯闊灰色的暗湖

它垂掛在遠處的湖底之上
像雨天的天空垂掛於地面之上。
穿過平緩而沒有險阻的草地，
一條蒼白的小路展開像棉花帶子。
順著這小路他們走來。
前面，一個修長的男子披著藍色斗篷——
緘默無言，神情急切，望著正前方。
他的腳步貪婪、囫圇吞棗，大口大口地
吞噬著小路；雙手垂在兩邊，
挺直而沈重，從下斜的臂彎處，
渾不覺有一支精緻的豎琴
已在他的左臂生長，像一枝
玫瑰嫁接到橄欖樹上。
他的感覺彷彿一分兩半：
視覺像一條狗在前面飛跑，
停下、跑回，接著又衝出去，

急切地站在小路的下一個轉彎處，——
而聽覺，像一陣氣味，滯留在身後。
有時他覺得這聽覺似乎
又轉身追上另外兩個人的足音
他們追隨著他，沿著長長的小路回家。
但再一次，只有他自己的腳步的回聲，
或者斗篷裡的風，發出聲音。

他自言自語，他們必須落在後面；
他大聲地說，聽著聲音漸漸消逝。
他們必須落在後面，但他們的腳步
是不祥的輕柔。只要他能
轉過身來，只需一眼（但回眸
會毀掉這整個工程，它即將
大功告成），他就不能不看到他們，
那另外兩個人，那樣輕輕地跟在身後：

那速度和傳遞遠方音信的神，
他雙目炯炯有神頭上一頂行人的兜帽，
細長權杖伸在他前方，
小小的翅膀在腳踝部拍動；
他的左臂，差一點碰到它：她。

一個如此被愛的女人，豎琴中吹出
比所有悲痛的女人更多的悲痛；
一個完整的悲痛世界冉冉升起，於此
整個自然界重新展現：森林和山谷，
道路和村莊，田野溪流和牲口；
在這悲痛的世界裡，甚至就像
在那另一個地球上，有太陽轉動
和布滿繁星的靜謐天空，一個悲痛的
天空，也有它自己的污損的星星——
她是如此深受鍾愛。

但此刻她走在舉止優雅的神身邊，
她的腳步被拖沓的屍衣牽絆，
搖搖晃晃，輕舉漫步，不急不忙。
她沉思冥想，像一個懷有身孕
的女人，她沒有看到前面那個男人
也沒有看到那條通往生命的陡峭小徑。
她正沉思冥想。死亡
占據了她使她無能爲力。像個水果
充滿自身的神秘和甜美，
她被巨大的死亡湮沒，死亡那麼新，
她還不明白死亡已經發生。
她又獲得一次新的童貞
而且不同玷污；她的性慾早已禁閉
像夜幕降臨時一朵年輕的花，她的手
已經很不習慣婚姻，連神
指路時無比的一碰

也傷害了她，像不受歡迎的一吻。

她不再是那個藍眼睛的女人
曾經在詩人的歌聲中迴響，
不再是寬大的床上的香氣和孤島，
也不再是那個男人的財產。
她已經像長髮一般鬆弛，
像傾盆大雨一般傾瀉，
像無盡的寶藏給眾人分享。

她已經是根。

這時，突然間，
那神伸出手攔住她，說道，
聲音中帶著憂傷：他回頭了——，
她不明白，輕聲答道

誰？
　　　　遠遠的那邊，
亮閃閃的出口前面的暗處，
有人站著，面目
無法看清。他站著看
究竟怎樣，在草地間這條狹長的小路上
用悲哀的眼神，那傳信的神
默默轉過去目送那纖小的身影
已經沿著小路回去，
她的腳步被拖沓的屍衣牽絆，
搖搖晃晃，輕舉漫步，不急不忙。

拉伊納·馬利亞·里爾克，《俄耳甫斯、歐律狄刻、赫耳墨斯》①

---

① Stephen Mitchell, ed. and trans., *The Selected Poetry of Rainer Maria Rilke* (New York: Random House, 1984), pp. 48-53.
[譯者按]俄耳甫斯(Orpheus)：見第八三頁譯注。歐律狄刻(Eurydice)：俄耳甫斯之妻。她在新婚之夜被蛇殺死，俄耳甫斯以歌聲打動冥王，許她復活。冥王要求俄耳甫斯在歐律狄刻走出陽間返回陽世的路上

走入歧途

最好的藝術家無所不能
所有的意圖都可以借大理石料
表現，
這一點要想做到
只須讓手服從於心靈。

我要逃避的惡，要追尋的善良
到你身上都藏起來了，你驕傲任性
的姑娘，女神；因爲我不再有生命，
我的藝術與預期效果對抗。

(續)

不得回頭看她，不得與之說話。俄耳甫斯沒有遵守禁令。結果她又被帶回陰間。赫耳墨斯（Hermes）：希臘神話中爲眾神傳信並掌管商業道路疆界的神。——譯注

我遇到這個失敗過錯不在愛，
不在你的美麗、堅硬、倨傲，
不在你或我的命運、運氣。
你把毀滅和優美一起藏在
內心，低能的我已被燃著，
卻只知道從中只能攫取一死。

米開朗基羅，〈詩〉，八三

「最好的藝術家無所不能，所有的意圖都可以借大理石料表現。」這裡表現了對高超技藝的驕傲自豪。那雙技藝嫻熟而且隨心所欲的手，完美地傳達並清晰地反映了藝術家的意圖，並將其從三維的石頭上剝離下來，其中含有藝術家所能想像得到的所有內容。但是，正如皮格瑪利翁的故事所顯示的，藝術行爲與人類的慾望並不能截然區別開來。在實現他的意圖的時候，有些東西偏離了正道。「Contraria ho l'arte al disiato effetto」：我的藝術與預期效果對抗。這個愛人是雕塑家，那個女人是頑石，有一顆冷硬如石的心；愛情的可能性存在於那個石頭心腸裡，但必須將控制那隻雕塑之手的藝術意圖和藝術才幹結合到一起，才能塑造出愛和親切融洽。但是，不知爲什麼，雕塑家的高超技藝卻沒有奏效。

在石頭上雕刻是一門冒險的藝術：鑿子的每一次鑿刻都是決定性的，要麼暫時成功，要麼徹底毀壞，要麼優美，要麼毀滅。此刻他說話之時已經歷了失敗和毀滅，在皮格瑪利翁當年的成功之地他已遭遇挫折，他企圖將女人／頑石塑造成一個生命體，能夠回應他的慾望。這失敗反彈到他身上，他不是什麼「最好的藝術家」，而是一個有缺點的人才，他「已被燃著」，情感的力量將這個冷靜淡漠善於自制的能工巧匠引入歧途。他缺乏審美距離；他被點燃了。鑿子從手中滑脫，大理石料破裂了。

或者說，這個藝術家高舉鏡子對著自然，這鏡子同時也是他自我保護的盾牌。這面反射鏡盾牌的表面磨得閃閃發光，照見了美杜莎(Medusa)①本人凝視的目光，這目光使她本人也化為石頭。這個神話故事有多種多樣的變形。

一般詩人們都會責備這個姑娘的心腸冷硬；這個詩人卻因她冷硬如石的顧盼之火而遭受毀滅之苦。但是，石頭是米開朗基羅的媒介，他有信心運用藝術技能來創造體現自己意願的完美雕像。而在維多利亞·科羅娜身上，他遇到了桀驁不馴而又無法穿透的他者；藝術控制在此搖搖欲墜，而他只能自我責備：*basso ingegno*，一個「低能的人」，才能不足在此暴露無

---

① 美杜莎，希臘神話中三個蛇髮女妖之一，因觸犯雅典娜，頭髮變成毒蛇，任何看她一眼都將化成石頭，其目光所及之物也都要化成石頭。她被殺死後，頭顱被割下裝在雅典娜的盾牌上。——譯注

遺。

米開朗基羅那個時代的藝術理論家經常將藝術家的工作說成是以創造性神力為模型而完成的：藝術家是一位小小的神，創作出詩中那異常的世界，或者從虛空中創作出物質的形式。就像神力一樣，藝術家絕對控制全局，他是一個微型的亞里士多德所謂的第一推動者，而這個第一推動者本身卻是無人推動的。

但是，在這裡表演的不僅有藝術家及其作品，還有另外一個人。讓我想像她正在讀這首精心構選的十四行詩，詩篇以奇異的方式重申了藝術家的絕對控制力：他企圖在第一次創造出來的已經獨立存在的物體身上進行第二次創造。他甚至連一般的十四行詩都同意給予其所愛的那種力量也拒絕給她。她的美麗、她的冷酷，或者她以愛情的力量把他管制得服服帖帖的那種能力，要說這些東西沒有一點點舉足輕重的作用，那就是惡意地赦免她的罪過；對雕塑家來說，冷硬如石的她是個沒有生命力的原料。在她讀詩的時候，我們注視著她的臉。我們發現，這首十四行詩在藝術上已經莫名其妙地偏離了其作為一首愛情詩的本來意圖：「我的藝術與預期效果對抗。」即使是在它對她講述那個雕塑家愛人在藝術上如何沒有取得成功的時候，這個詩家愛人的藝術也沒有達到預期目的。

一首愛情十四行詩就是一個不管是眞實的還是虛假的求愛儀式中的格式化表記。它的嚴格形式是男人和女人共同擁有的，在這種嚴格的語言中，難以表白的慾望能夠得到宣示、獲得理解，還可以相互妥協。這樣一首十四行詩的常見步驟可以安排得恰到好處，使這個愛人的意圖暴露無遺，但他既沒有創造也不能完全控制這首詩；相反，他學會按照詩的嚴格規則來說話。於是，這個愛人服從了詩性儀式的共同語言，並向其所愛承認他甘受它的束縛（男性必須溫文爾雅地向女性「效勞」和「失去權力」的規則，僞裝成是對男性享有的社會權力的一種補償）。這一類十四行詩的字字句句都是根據作者對她的閱讀的眼睛和聆聽的耳朵的期待而塑造成形的。

但是，對這個詩人來說，這些言詞不僅僅是求愛儀式中的格式化表記；它們還是未加工的壞料，就像一塊大理石料，還有待於根據人的意願削刻成形。對他來說，這些言詞不算致詞，他無法聽悉對方必須如何聽聞這些言詞。他只是那個與原材料打交道的神聖的藝術家，他掂量著這些言詞的屬性，而對藝術作品在人類世界中的運作卻沒有絲毫感知。在盛怒之中，她把這首十四行詩撕成碎片。但是他已經留了一份副本。他打算繼續在字斟句酌上下工夫。

作爲向另一個人致詞的一種行爲，這首十四行詩在藝術上是失敗了，而它所談論的卻恰恰是另一個比喻意義上的藝術行爲的失敗。正是在這個未能實現意圖的雙重失敗時刻，這首十四行詩在另一種意義上卻成爲藝術。我們很容易理解，它從求愛十四行詩那種一目瞭然的勸誘遊戲中撤退下來，卻獲得了更好的東西；但是，只有同時也對完美地實行這個假冒神祇心中所存的那些藝術企圖棄置不顧，這一結果才可能發生。在斷言有可能做到絕對控制的時候，它卻失去了控制，搖身一變，變成了他根本沒有想要它成爲的那種東西。它總是受到詛咒，去揭示它沒有打算要提示的東西。「我既不能跟王公貴族交談，／也不能再乞求美麗夫人的恩典」——

這種類型的十四行詩通常以第一句詩而得名：「Non ha l'ottimo artista alcun concetto」①意即最好的藝術家沒有任何意圖。在最強烈地聲稱有能力控制藝術意圖的地方，眞相無意間被發現了。那個使所有藝術意圖獲得力量的雙重否定的後半被拖延得太久了。完全的權力與完全失去權力聯袂而出。

這種理應要控制藝術行爲的意圖就是concetto②，菲利浦・錫德尼爵士稱之爲詩人的「腹稿」，即藝術創作已經有了通盤考慮成竹在胸。所有外部的藝術產品都只不過是落實了這種內心思考而已。藝術的這一根本觀點適用於雕塑，適用於米開朗基羅所選擇的這一門藝術。

---

① 上引米開朗基羅詩第一句的義大利語原文。原詩頭兩行是一個雙重否定的長句。意思是説最好的藝術家沒有任何意圖不是在大理石料中所包含的，雙重否定的後半部分直到詩的第二行快結束時才出現。詩一開頭好像在説「最好的藝術家沒有任何意圖」，這句話無意之間洩漏了一個眞相，即上一段所説的在斷言可以控制的時候反而失去了控制。前面翻譯時爲了遷就詩行的聲韻作了意譯。——譯注

② Concetto，米開朗基羅詩原文所用詞，意即意圖、期望。——譯注

在雕塑中，外部材料只是一塊石料，但它在某種意義上已包含了藝術品有待發現的潛在可能性。女人／石頭，那個維多利亞．科羅娜就爲他充當了這樣的材料，她臉上的表情和她心中的感情，就成了他在她身上所發現的那些慾望的形狀。

按這種說法，藝術家只是一個使外部材料脫胎換骨煥然一新、而他自身卻沒有被改變的人。如果他被他者觸動，被點著燃燒起來，他的控制力就受到損害，他就可能變成一個拙劣地修補著自己的變化的力不勝任的神。正是慾望的搖擺不定，使俄耳甫斯失去了控制，並回頭一看。但是另有一段故事，講的就是藝術家失去了控制：在對話集《伊安》（*Ion*）①中，蘇格拉底總結道，詩人越是失去控制，他的藝術就越完美一樣。蘇格拉底的說法有可能被人理解爲反諷，按他這種說法，只有避開詩人有缺陷的凡人的意圖，讓神憑附到他身上來發言時，才會出現偉大的作品。「最好的藝術家沒有任何意圖。」

一般十四行詩人通常也是這樣主張的，儘管在這麼說的時候，他也偷偷地企圖操縱，企圖將他的戀人勾引上床。決定普通愛人如何措辭的被認爲是愛神厄洛斯，或者是愛神厄洛斯借以行使其神力的那個了不起的被愛者：

---

① 《伊安》。柏拉圖的文藝對話集之一，假托蘇格拉底與伊安的對話，闡述文藝思想。——譯注

我能說或能做的一切
都要感謝她，她給了我
知識和判斷力，由此
我成了優美的詩人；而且
甚至當我度身塑造
我從她身體上得到的甜蜜快樂
與得自她心上的憂愁煩惱一樣多。

培爾・瓦達爾(Peire Vida)[①]，〈歌〉

詩人可以聲稱他的藝術是由他的所愛所決定的，自己無法控制。當他如此這般聲言的時候，他已服從了求愛交易中的那些原則；但是，他也可以由此而了解先前的意圖和慾望，並贏得他的女人。也許，在這首十四行詩中，也是愛神或愛之女神憑附到米開朗基羅身上發言，他訴說藝術的意圖是怎樣偏離了正道，如何驅使他以最美妙動聽的方式說出不應當說的

① 培爾・瓦達爾(一一八〇——一二〇六間在世)，十二、十三世紀時法國普羅旺斯行吟詩人，其愛情詩最爲著名。——譯注

話。我們不能夠判斷藝術家究竟是完全掌控局面，還是徹底失去了控制，但是，我們知道，在愛和藝術當中，不能確定是否有完全控制力就是我們滾骰子時不得不下的賭注。骰子一旦擲下去，就可能往一個方向，也可能往另一個方向滾動。一個決定就將由此產生，它會壓制其反面，於是我們就有了一種闡釋。但是，隨便哪一種闡釋，只要輕輕地壓一下，就會演變成它的反面。

我們很容易就會捲入權力的問題中去。在每一次聲稱已被感情所控制的背後，我們都能看到操縱控制的影子，站在這影子背後的，就是操縱著這些操縱的慾望力量。聲稱有控制力，能不爲其所愛所動，結果卻變成了失控。彼此對立的雙方持續不斷地變換位置，我們惟一可以確定的是，不管控制還是被控制，控制本身都是舉足輕重的。控制的問題是由與女人／頑石的遇合(若是在維多利亞．科羅娜的十四行詩中，則是與男人／頑石的遇合)而造成的。那堅硬的、隱藏眞相的表面，那爲阻止接觸而設置的障礙，不僅是慾望的物理形狀，同時也是不確定性和威脅性的具體表現。當愛人被有力地拉向那無法穿透的表面，接著又被排斥驅逐，他就從權力的問題中得到了教訓。

藝術創作是這一問題賴以提出的基礎。但是，在許多藝術形式中，都有偏離正道的慾望力量與藝術控制力在拉鋸爭戰，其中，愛情詩的文學占據了一種奇特的雙重位置：它既是一種藝術的產物，又是對其所愛的傾訴；它先將慾望的舞蹈轉移到其本身的世界，然後再回到我們這個普通的世界裡來跳舞。

停頓：幻想達到目的與誤入歧途

皮格瑪利翁把手按在那堅硬的表面上；米開朗基羅鑿出了那個所愛的人的心靈脾性。但是，藝術力量最隱秘的希望是要進入表層皮膚之下。因此，龍沙曾夢想以維納斯令人再生的神力，進入那冰冷僵硬的血脈，使冷硬的血脈軟化，並按自己的意願爲其定形。

一百遍我渴望自己能夠變形，
變成隱身精靈，這樣我就偷偷
躲在你心底，將你的脾性摸透
是它使你對我這麼殘酷無情。

如果在你體內，我至少能掌控
那種使得你嫉愛如仇的脾性；
我要將你皮膚下的脈搏神經
都探清，這樣我就能把你看懂。

儘管你和你多變的心在抱怨，
我要摸透你的心境你的心願，
我要從你的血脈中驅逐冷漠

讓愛情火焰將你的血脈照亮。
當看到血脈中盡是火在流淌，
我就變回男人，而你會愛上我。

龍沙（Pierre de Ronsard）①，〈瑪莉的愛〉

這首詩寫的是一個不折不扣的關於穿透的優美痴想；這是變形者的劇場，最後，女人的冷硬態度迫使變形者變成一個纖細輕靈的東西。如果說米開朗基羅是要雕刻心靈的形狀，龍沙就是要穿過皮膚，去調整身體的內部機制，在那裡點燃慾望的火苗。這兩個人共享這樣一種對權力的虛弱幻想：「如果在你體內，我至少能掌控。」控制她那乖戾倔強的脾性，進而控制隨著她那已經燃起的慾望而來的種種軟弱。他的目的是要理解她，理解她的心，理解她

① 龍沙（一五二四—一五八五），法國文藝復興時期詩人，也是七星詩社的主要代表。——譯注

的身體。但是，惟有在想像中侵犯她，才能獲得這樣的理解。這樣他就到了一個自我矛盾的邊緣，他期盼以強求獲得愛情，而愛情又只有當它是自由自願地給予的時候才成其爲愛情。他必須再次現身，以接受他自己創造出來的這份愛情；他必須再變回男人，變成她的慾望的對象，以解除與頑石遇合時的痛苦。但是，這首詩至此戛然而止；詩句都已經用完了，它不敢再對這令人不安的禮物胡思亂想——這禮物即是他者，但此時它已不再是他者，而只是他自身意圖的一種建構。這個藝術即使獲得了完美無憾的成功，也已經走向其預期效果的反面。

進攻

當狂野的愛情猛然扯住我的頭髮把我拽起來

佩特羅尼烏斯（Gaius Petronius）①

一個女郎走了出來

在聖胡安節的前夜

---

① 佩特羅尼烏斯（？—六六），古羅馬作家，傳世作品有喜劇式傳奇小說《薩蒂利孔》。——譯注

去呼吸涼爽清新的空氣
在海邊的開闊地。
她注視著那些船槳
船槳在那兒拍擊
槳上全覆蓋著鮮花，
覆蓋著橙子花。

一個男士走了出來，
走到了海岸邊，
他跟她談起了愛情
言語溫婉華麗。
她回話堅決推拒；
他把她摟進懷裡，
生怕被他抓住不放
女郎飛快跑離。

這時出來另一位男士
途中拿她打趣，
男士趁機要拉住她，
抓她玲瓏可愛的雙臂。
她躲閃著終於逃脫
在途中她遺失了
那副珍貴的耳環；
他們假裝在尋覓。

「就讓我在這兒大聲哭泣
在這海濱之地！」
「它們在這兒。」「我看到在那兒。」
「不對，它們應該在這裡。」

那個女郎正在哭泣，
找不到這些東西

兩個男人東瞧西看
想把女郎誆欺。
「就讓我在這兒大聲哭泣
在這海濱之地！」
「它們在這兒。」「我看到在那兒。」
「不對，它們應該在這裡。」

「取走這金子吧，女郎，
不要繼續哭泣。
因爲人間所有的女郎
都是從取得中誕生的；
那些拒不取得的人
總有一天會哭泣
痛哭自己沒有取得
當著青春的年紀。」

洛佩・德・維加（Lope de Vega）①

我們是頑石；我們「像個觀眾那樣悠閑」，無動於衷冷眼旁觀著這齣遊戲。但是有時候，遊戲規則會被打破：女人／頑石被搗毀了；而身處牆壁環繞的長廊裡的我們坐立不安，我們知道這不是對隨便一個活生生的女人的侵犯，而是對我們的侵犯，是強行擊穿那堵介於我們與詩歌之間的安全牆。只有當詩歌按規則遊戲之時，藝術的距離才會存在。

我們已經獲知，詩歌創造其自身所獨有的空間，在這個空間裡，言詞可以自由進行遊戲，不需要拘守我們所處的日常世界的那一套價值標準。詩歌有特許的自由：它不是別的，只是在一個框架之內所有可能性的大遊戲，在這個世界裡無論發生什麼，都應當與我們習慣性的道德判斷隔離開來。大多數詩歌在捍衛其特權時，只提出一些寬泛的倫理標準，並希望以這種方式分散對詩中隱密行爲的那種敏感的道德注意力。

不錯，在詩歌中，確實有某一種特有的與眞實社會分離的空間，某些詩中多一些，另外一些詩中少一點。但是一直以來，這種特別保留下來的詩歌空間只有與這個世界更爲普通的空間發生聯繫時才有意義。浪漫主義批評家們夢想著「奇巧構思」，這是一種純屬隨心所欲

① 洛佩・德・維加（一五六二——一六三五），西班牙著名戲劇家，詩人。——譯注

的、毫無意義的遊戲藝術，它無足輕重，卻有著甜美的自由；但即使是這麼極端的希望，也只有當它成爲充滿壓制、沒有自由的外部世界的最絕望的退縮時，才顯得有趣。阿多諾曾說「藝術就是社會的社會對立面」，他的意思與此相近。在一個現實世界裡，這些行爲是「有效」的，但卻遭到壓制；在藝術世界裡，則准許某些行爲原封不動地表現出來，因爲它們是無效的。在言詞遊戲的表面下，可能有一種粗暴野性是遊戲的界限差一點就要控制不住的。我們根本不能肯定這究竟是我們日常世界中存在的、而爲詩歌所反對的那種粗暴野性，還是在我們日常世界中受壓抑、而詩歌卻允許其出現的那種粗暴野性。而且，這樣展示我們的粗暴是有痛苦的：我們無法泰然自若地指責、壓制或者否認那股強烈興趣，它會立即激起我們身上的社會道德的反衝力。

有時候，詩歌也會允許遊戲中危險的雙重性浮現到表面上來；在誘使我們相信這裡的一切都很安全很可愛之後，它就讓面具滑落。「取走」，詩裡那個男人說道，他在作言詞遊戲，誘引她去獲取商品，進而促使她去獲取性關係。他的言詞道出了眞相，但這是關於這個世界種種權力關係的赤裸裸的眞相，是一種當我們關注著這個受驚嚇、受羞辱、也許還被強姦的海濱女郎時不想聽到的眞相。

那首詩一開頭就溫柔地輕輕撫摩著我們的頭髮：「好心的大人，我祈求您，來與我一起跳舞，在愛爾蘭。」詩一開始就玩起了愛情遊戲和詩歌遊戲。但它只是在誑騙我們；遊戲變得陰暗起來，終於我們發現我們不是在遊戲，而是被遊戲了。原來那隻輕輕撫摩的手，突然之間一把抓起我們的頭髮，使勁拽著，迫使我們的眼睛盯住那張咧嘴而笑的臉。在那一刻，它微笑的雙唇依然重複著詩中的老話，重複著愛情與誘惑的詩句：「花開堪折直須折。」但這些話現在已經變味了，也許其所隱含的眞相絲毫未減，但卻是一種關於粗暴野蠻力量的眞相。

這首詩選自洛佩·德·維加的一部戲劇，開始時它是作爲一首民歌，說的是一個年輕女郎在聖胡安節前夜走到海濱。那個突然到來的男士，那個 *caballero*①，也屬於這民歌的世界；而我們期待的一場浪漫故事，一段豔遇，結果卻以那個女郎的悲傷和被遺棄而告終。男士與她攀談，我們知道他一定會這樣做的，他用「溫婉華麗」的語言，這是求愛的語言，是詩歌中那種程式化的面具。

這是一個抉擇的時刻，在詩歌的世界裡，總是會有這樣的抉擇。男人提出某種要求，女人則要作出決定。

花園中有位姑娘年輕又美麗，

---

① 西班牙語，意即男士。——譯注

陌生的青年男子經過她身旁，
說道，「美人兒，你可願意嫁給我？」
作如下回答的就是這位姑娘。

在詩歌的世界裡，少有那種說一不二的威嚴的家長，幾乎沒有什麼強姦，更難得見到什麼優柔寡斷：慾望一旦爆發出來，在幾行之內，它要麼實現，要麼被導向頑石。詩歌的世界與日常的世界不同，這裡有很大程度的自由。

這女郎選擇了羞怯；她逃避了他，而他卻要「把她摟進懷裡」。這時我們雖然還處在愛情詩歌的瀟灑自在的世界裡，但已經滑到它的邊緣了：在愛情的甜言蜜語和姿態的舞蹈背後，不管這些甜言蜜語是成功還是失敗，都有一股力量躍躍欲試地想取而代之。他想要獲得她，在性的方面占有她，這種占有在某種意義上又不知不覺地變成對對象的物質占有。在這種自由和選擇的遊戲中，言語試圖隱藏或延宕物質的力量，正如宮廷愛情的言語儀式試圖掩蓋社會關係中的男性權力一樣。但是，只有在底下包藏有赤裸裸的肉體時，外衣才成其爲外衣。

詩歌歡快的節奏仍在繼續，但是這詩中的事件脫離了通常對詩歌世界的預期，此時其風格變得充滿嘲諷和不諧調了。這就是轉折點，就是需要作決定的時刻。這個女郎沒有按照詩歌中男女邂逅的一般規則來對這個事件作出反應：她既不向感情屈服，也不用石頭般的語言來阻止他的感情——她跑掉了。她的反應帶著恐懼，當她看清了力量隱藏在謊言之下的事實，她是很應該恐懼的。這個獵物嗅出了恐懼的氣味。當第二個*caballero*出來阻攔她逃跑的時候，司空見慣的愛情詩的幻象被打碎了，這首詩從此踏上歧途。

「年輕的女郎」和「男士」都屬於姓氏身分不明的類型，但詩歌表現情愛遇合的幻象時卻要求人物身分是獨一無二的：某個特定的男人渴望得到某個特定的女人，或者某個特定的女人渴望得到某個特定的男人。只有通過這種特定的選擇，才有希望在短暫性遇合之外建立某種關係。這裡被掩蓋的是一系列取得，是一系列對慾望和力量的粗野展示，這使男人和女人降爲可以置換的形骸。第二個姓氏身分不明的*caballero*的出現，脫掉了這一掩蓋的面具，向我們展現了這樣的一個世界：男人和女人只是各自性別的代表，所有的人都想取得所有東西。

現在，那些「溫婉華麗」的愛情謊言和羅曼蒂克的勸說被另一種撒謊的語言替代了，這一嘲諷的語言爲其有能力撒謊而歡欣鼓舞。這個遊戲變成殘酷的兒戲：「它們在這兒。」「我看到在那兒。」／「不對，它們應該在這裡。」她無法從這遊戲中逃脫，也無力讓他們走開。他們的話是對詩中裝模作樣地要爲心愛的女人效勞的嘲諷。

她失去了耳環，或者傳統習俗所珍視的另一件東西，那就是珍貴的童貞。如果，如我們所猜測的，她所失去的確實是她的童貞，那麼，他們裝模作樣幫她尋找她所丟失的東西，在詩歌語言的貶值方面又達到了一個新的水平，在他們裝模作樣的「尋找」中，這個已經死亡的隱喻（童貞的「喪失」）又充實起來了。但是在這裡正如在結尾一樣。也有令人不快的眞相：這種喪失絕不是眞的喪失，只是一種幻象而已。

一場交易就此提出。她已被羞辱，她的身體降格爲一個物體，她身上一件珍貴的東西被人拿走了。意識到在她的身體裡確實有個人在，這兩個男人覺得必須補償由他們所造成的她的損失：作爲東西的處女膜，作爲東西的名譽，作爲東西的女人，從她那裡暫時偷走的、她作爲另一個人的身分。如果力量將圍繞它的世界轉變成物體，商品交易的規則就試圖給充滿物體的世界加上一條束縛的法則，讓所有這些物體都可能屈服於粗暴野性的力量。他們提出給她金子，用一件貴重物品交換另一件貴重物品。這兩個男人第三次玩起了言詞遊戲，現在他們玩的是 *tomar*，即「取走」：「取走這金子吧，女郎。」他們使她降格爲物體之後，就會進而完成使她墮落的過程，教唆她加入那個一切都是經濟、而性就是取得和占有的世界裡。

現在，他們告訴她力量的眞相，這個眞相詩歌本不應該提示我們，也不應該提示她：她的存在正是來自於取走——某個男人取得某個女人，也許是相互取得，也許是暴力的被迫的取得，也許是爲了交換金錢、或地位、或安全感的那種取得。自然並不在乎她的父母是否跳過舞或唱過愛情歌曲。沒有那種取得，她就不會在這裡被人取得。她不是一個特殊的人：她是這個動物類別的一員，是一個種類——「女郎」——像所有女郎和*caballeros*（男士）一樣，都是從取得中生出的。愛人間的許可和相互回應的慾望是一種脆弱的儀式，我們試圖通過這種儀式，從粗暴野蠻而且不自由的自然中贏得某種自由的幻象。但是結局依舊相同，最終我們又回歸了自然。

在她降格爲一個物體、並被迫親眼目睹力量的眞相之後，選擇權就又被送回到她手中：要麼在已經墮落的力量世界裡甘當一件任人取得的物品，要麼投身其中，進行一場經濟實惠的交易，爲她自己而取得——取得金錢，取得男人，並且在取得的過程中取得快樂，變成鐵石心腸。

最後，他們對她唱起了引誘詩歌中那些最古老的歌詞：取走吧，趁你現在還年輕，因爲一旦你人老珠黃，你就沒有任何機會取得什麼；商品也就變得毫無價値，就像爛了的水果。愛情詩歌老調重彈，重新回頭來收結並構建這首詩。如果我們只讀詩歌的開頭和結尾，就決不會明白它究竟如何踏入歧途。但是，既然已經隨著它走上歧途，我們發現愛情詩歌中那些輕柔的老生常談已經扭曲，變得醜陋不堪。一旦詩歌甜言蜜語的面具滑落下來，使我們看到面具下的臉，那些光滑的表面就開始具有另外的意義。

夫芻狗之未陳也，盛以篋衍，巾以文繡，尸祝齋戒以將之。及其已陳也，行者踐其首脊，蘇者取而爨之而已。

《莊子．天運》

天地不仁，
以萬物爲芻狗。

《老子》

喜劇性的插曲

在這插曲中，粗暴野蠻的「自然」襲擊了和尚／頑石堅不可摧的表面。

檐前朝暮雨添花，
八十吳僧飯一麻。①
入定幾時將出定，

① 〈八十吳僧〉英譯作“eighty monks of the southland”。此處「八十」似乎指僧明慧之歲數，而不一定是指僧眾數。——譯注

不知巢燕污架裟。

秦繫（八世紀），〈題僧明慧房〉

這個和尚也是一位有意圖的藝術家：他的意圖是通過入定來超越生死循環，脫逸於自然力的作用之外。他是雕塑家，他正在入定的身體就是他的雕塑。神通廣大的維納斯女神將雕刻的象牙變成柔軟的肉體，這個僧人則要把柔軟的肉體變成雕石。雖然外形還保留著，但裡面一個人也沒有：一切皆空。

但是，春天是一個侵略性的季節：萬物復甦，鬱鬱葱葱，充滿性感。燕子們是春天的代理，它們在屋樑間作巢，在這裡吃喝拉撒，生兒育女，生下一大群小雛燕。寺廟屋簷前的樹都開花了，在雨水的滋潤下顯得豐饒肥沃，充滿美感的樹色在滋潤中變得更加明麗。這座寺裡有八十個和尚，他們都禿著頭，身披袈裟，努力湮沒其身分個性。他們排成隊，吃著粗淡簡樸的素齋。詩的頭兩句要求在兩個世界中作出選擇：一個是外面的世界，一個是裡面的世界，一個是豐饒的、性感的、色彩明艷，生機勃勃，另一個則戒律森嚴，不分性別，清苦簡陋。但是，兩個世界之間是有隱密聯繫的：詩人描繪和尚時，通常是描寫他們做法事時的種種情形，而不是像這樣令人難堪退而描寫其動物本性——吃飯。

中國詩歌建立於均衡對舉的基礎之上：每個步驟從一開始就守候著其結果的出現。吃飯也是有後果的，即使是清苦的一頓芝麻餐——那是很好的鳥食。這可能是我們這位百無聊賴的詩人（他從外面的世界來拜訪明慧和尚）在觀看這些好和尚們吃飯然後虔誠地入定靜修時心裡產生的一個想法。也許他想像的是在身體軀殼裡進行的那個自然過程：那芝麻正努力穿過體內的消化管道。如果他想知道什麼時候他們從入定中出定，那麼他這麼追問的一個動機肯定是由於這個來客急不可耐，另一個動機則可能來自對自然向內心發出的那些呼喚的反思，而入定應該會使身體對這些呼喚無動於衷。對於樑間的燕子來說，芝麻籽在它們體內的加工消化是很迅速的，一點都不神秘——噗的一聲，糞便一次又一次落在他們靜坐不動的袈裟上。

詩人在詩的語句上注意到這些，這一事實讓人回想起詩的一條原始原則：拉丁文中有一句諺語：*ubi dolor ubi digitus*——「癢處須搔」（用羅伯特．伯頓的譯法）。詩的語句也是一個自然過程的結果，它們是以拐彎抹角的方式，從那些詩人所關心的、引人注目的、煽情的東西中出來的；從他必須抓搔的那些地方，我們看到了詩人的癢處。這裡確實有一種奇妙的東西，能夠煽起詩人的情感：這個詩人從塵俗的世界來，在這裡碰到了這些安然靜坐在另一個世界的邊緣上、不僅被禁止搔癢（在字面意義上同時也在比喻意義上）、而且甚至期望超越癢的感覺的人們。

像這個詩人一樣，這些燕子在兩個世界之間穿越，它們從富於美感的春天飛來，飛進這個禁慾苦修的寺院，並與僧袍進行了更具實質性的接觸。即使沒有那些更堅硬的燕子糞便的沉積，這些來自塵俗世界的侵凌也是一種玷污。從某種意義上說，春天以及春天的燕子是這場遭遇的勝利者，它們將和尚們貶抑爲嘲笑的對象。但是，自然的代理者們並沒有像吸引詩人的注意力那樣輕易地吸引和尚們的注意力。在被弄髒的皮膚和袈裟表面之下，一個佛教的眞理也同樣獲勝了：和尚們確實渾然「不知」；兩個世界間那無法逾越的界限保存下來了，帶有自然的嘲諷的「液態排泄物」也無法觸動他們。自然環繞著他們跳舞，試圖吸引他們注意，試圖穿透和尙／頑石的表面。詩人猶豫不決地注視著，也和著自然的笑聲一起歡笑，然而面對他們僵硬如石的冷漠，他卻感到困惑不解。

這首詩就像一陣風，而那道介於詩的喜劇性空虛與佛教嚴肅的空虛之間的界限可能無法發現。幽默暴露了隱藏於所有價值與緊張(包括清苦修行)之下的空虛，暴露得比坐禪那種漫長的苦修更快。幽默是攻擊，也是攻擊的偏離，它粉碎了由樑間燕子帶來的那些義憤和輕微尷尬的泡沫。幽默甚至排遣了那個受忽視的客人、那個來自春天世界的客人的憤怒。我們在界限兩邊跳舞，一方在躲藏，另一方則在敲門，企圖穿越而過，這舞蹈中可能有一些可笑的東西。

抗辯：力量得到抑制

提出某個觀點讓別人判斷而在此過程中卻不因提議的方式本身而敗壞其判斷是多麼困難

啊。如果一個人提出：「我覺得它美」，「我覺得它不清楚」，或其他與此相似的陳述，他同時也是在引導著他人的想像，要麼使之作出與其相同的判斷，要麼誘使之作出相反的判斷。最好是乾脆一言不發，那麼，他人就要根據事物的本來面目來作判斷。這就是說，根據當時的情況，根據事物所處的、提出建議者無法影響到的其他方面的情形來判斷。至少，他不會加以干預，當然除非他的沉默也會產生某種影響，作判斷的人會隨興致所至，來解釋這一類沉默，並據之作出判斷；或者，根據他從動作、面部表情或聲音語調——就他是個相術之士而言——中得出的推想來作判斷。讓判斷處於它自然的位置而不發生位移是多麼艱難，或者再進一步，既可靠又穩定的判斷是多麼罕見啊。

帕斯卡(Blaise Pascal)，《思想錄》①

在他對這一顯而易見的眞相的發現中，我們察覺到一種寂靜的焦慮：一種想退縮的慾望，而在退縮的每一階段，這一慾望都意識到退縮如何根本不可能，意識到提出來供人判斷的問題如何不能擺脫環境、關係甚至提議本身的糾纏。問題提出之後，即使提問題的人突然

① Pensées, Lafuma 529; Brunschwicg 105. [譯者按]帕斯卡(一六二三—一六六二)，法國科學家、宗教哲學家，《思想錄》是其代表作。

從地球上消失，也會對他人的判斷造成壓力，而且壓力也很大。判斷是「軟」的——一點也沒有可靠或穩定的東西——它在兩個人相遇的情形中成形。「提出某個觀點讓別人判斷」：他們兩個人面對面地站著。在那溫軟的會腐敗的肉體裡，早已存在著敗壞的因素。然而，像米開朗基羅一樣，帕斯卡也不承認他人對他產生的影響力；他只認識到自己的存在對他人產生的影響力。他對自己的力量吹毛求疵，感到很不自在；他想退縮回來，想抽身而退，想藏起自己的力量。他被迫保持沉默。隨後他認識到即使沉默也是不純淨的，認識到周圍環境如何偷偷介入——十一月的早晨的冷風，他人急急忙忙趕赴約會，紛亂的落葉在腳下旋轉。更糟糕的是，他認識到正是由於他保持沉默，所以對他人作決定形成了一股強大的壓力，對方緊緊地盯著他臉上的表情、他手上的動作，尋找蛛絲馬跡來窺探他的動機或看法。

這裡存在著某種類似於企圖辯解的東西：至少我並沒有主動去干預。他把自己的臉板得冷酷如石、僵硬、不動聲色；他試圖淡出。他對自己能主動影響他人的能力有絕對信心；他的自我抑制只不過是這一信心的影子而已。他的這種能力會在運用過程中遭到破壞，但在試圖排斥這種力量的過程中，他卻發現這力量加強了，而且依然活躍。

他爲對自己的影響力有這樣的信心而感到驕傲自豪，由於他沉浸於這種驕傲自豪中卻不自覺，他很少注意到這種影響力如何在兩人的相遇中被消解。很奇怪，他觀察到的諸種因素都是不確定的；他給出的看法會滲透到他人的判斷中去，但他說不出是如何起作用的，究竟是靠迫使其贊同呢還是使其起而反駁。他人是怎樣理解他的沉默、他煩躁不安地抖動著的雙手、或者他生硬而沒有表情的臉——誰能說得清？這判斷絕不會脫離與他人的關係，但也不可能以任何一種確定的方式預知並操縱。這裡沒有什麼是堅定或穩定的：這種相會總是軟性的，易受外界影響，它有一個多變的表面，兩個哺乳動物在這裡進行接觸，形成了肉體貼近肉體的關係。

他在這裡所逃避的是修辭這一關於人類自信的科學，是他能以言語操縱他人的那種荒唐的信心。也許他部分看出了在固執的嘗試與放棄之下所隱藏的錯誤。想要施加(或不施加)影響的人受制於這一特殊的慾望的程度，超過了他本應對其產生影響的他人可能受制於那些很有影響力的言詞的程度，當此之時，還有什麼影響可言呢？餘下的惟一一點可以確定的是，每一方都在這種關係中並被這種關係改變：沒有原因，也沒有結果，因爲對一個人來說是原因的東西，同時也就是另一個人的結果。這裡沒有什麼是穩定或堅定的。

有個人向你走來。他的聲音一開始顯得急迫、激動。他有了一個發現，想讓你說說你的看法。你聽著。你思考這個問題時，他的臉一直很嚴肅，他一句話也沒說，他對於你會說些什麼非常關注，生怕他的關注會給你造成壓力，使你不肯說出自己的眞實想法。你不能不注意到他在退縮。在那個寒冷的十一月的早晨，你從他臉上和快速嚅動的嘴唇上聽出的話外之音都有些什麼？又是什麼意思？那裡面一定有某些含義，因爲他說的話不期然之間又回到你耳邊，在新的情境裡——但是，即使那個時候，也還是能夠找到一絲痕跡：他一開始說話的方式，以及那一刻它是如何打動你的，以及你迫不及待地逃開，急急忙忙地趕去約會，還有從你臉上掠過的冷風。但是，每一次它再回到你耳邊——即使現在，當你想知道，在那時候，在那樣的天氣裡，除了有人在向你說話這個情勢之外，還有些什麼東西——它都是由某新的情勢引起的，它不可能擺脫將它召來的那種情勢。

言詞之中可能有某些類似於意義的東西，但這本身並不是眞正極其重要的——它只是爲這一瞬間、爲這次遭遇、爲這個關係而將各種情形聚集到一起的一種方式。

而那些詩作：你並不是眞的關注它們的意義何在，它們也並不僅僅是審美的客體，不管它們怎樣努力以那樣一種方式呈現在你面前：默不作聲，不動聲色，面無表情。重要的是，這些言詞用什麼方法能夠攫住你，拿住你，*tomar*。當它們攫住你的時候，要麼，你也許會反抗，並試圖逃逸，或者衝上去，以慾望迎合慾望；要麼，你也許會躲藏在堅硬如石的表面之下，看著那些言詞圍在你身邊跳舞，想辦法吸引你的注意，卻裝出一副若無其事的樣子。在這些言詞的另一面，有一種東西就像一個人一樣。意義也好，藝術也好——都只是爲了掩飾從言詞中所含有的揮之不去的親昵意味中感到的令人尷尬的快感的藉口而已。

致詞

已故的保羅・德・曼(Paul de Man)[1]所著《閱讀的寓言》一書中關於里爾克的那一章，是他的評論文章中最爲奇特而又引人入勝的篇章之一。令德・曼感到不安的，是里爾克詩中充滿的誘惑性，是那麼多讀者心甘情願地臣服於這種誘惑，讓里爾克的聲音變成他們自己的聲音，是他詩歌中充滿誘惑的親暱的招引，以及隱藏在這種招引之後的那種不誠實。德・曼急於展開自己的工作，即描述與心靈透明度之間的關係已經變得問題重重的修辭機制。但他認識到，他必須首先面對誘惑性這一謎團本身，同時確認這類詩歌所通常占有的地域，不管他多麼希望將它們轉移到一個較爲安全的地方。

不管讀者們是一心一意地信任里爾克，還是通過解除詩歌的神秘、明確揭露它的不誠實，從而掙脫他的控制，他們都已經陷入了一種與這個詩人之間既密切而又不同尋常的關係。即使當德・曼攀登到了脫離這種危險關係的一塊更加堅實的地面，他也承認他的行動的起因乃是對別人不那麼清醒的反應的反動。自相矛盾的是，正是他的強有力的克制禁慾，使他成了關係最爲親密的讀者，而他對詩歌的甜言蜜語的抵制則完完整整地勾畫出了其誘惑力

① 保羅・德・曼(一九一九—一九八三)，美國耶魯大學教授，著名的解構主義批評家。——譯注

的形狀。他想要像帕斯卡那樣，讓他人獨處一旁，他想讓里爾克的詩作能夠擺脫它強加於我們身上的一切具有破壞性的私人關係，而獨立展示其自身。那大概是不可能的。除了這樣的一種關係之外，可能就沒有什麼東西了，或者說，沒有可以從這種關係中解脫出來的什麼東西了。沒有一個地方讓我們立足，可以讓我們面對那些提給我們，要我們判斷的問題時，作出中立的判斷，或者可以讓我們談論「不誠實」。只有我們失落的愛情。誘惑只不過是我們給關於力量的種種幻象起的名字而已——這些幻象或者是關於我們自身的力量的，或者極爲迷人，乃至將我們推到一個危險的境地，同時引起對他人動機的不信任，並產生一種逆向運動。

這一類慾望和這一類危險關係，在里爾克的詩中經常是非常地逼近表面。我們立即明白了爲什麼我們會認同他，明白了爲什麼意義、美、眞、藝術、修辭以及語言全都徹底地無關緊要了。這個詩人身上沒有什麼東西是足夠穩定和足夠堅定的，因而就連不誠實也變得不可能了。

你，比鄰而居的上帝，如果太多次我
長夜尖厲的叩門聲打攪了你，——
那是因爲我很少聽到你呼吸

因我知道：你在裡面孤單寂寞。
如果你想要點什麼，身邊沒一個人，
你按個鍵，就爲你端水服侍：
我隨時聽你召喚。只要一點小小的暗示。
我就在鄰近。
只有薄薄的一堵牆把我們阻攔，
這多麼偶然；有這樣的可能：
只要你或我口中發一聲呼喊——
它就會應聲坍塌，
無聲無息，沒一點喧鬧。

它是由你的眾多形象所築造。
你的眾多形象，像名字一樣站在你前面。
一旦我體內的光焰燃起，
藉著火焰我心深處辨識出你，

光焰耗盡，只映出它們的輪廓黯淡。
而我的感官，這麼快就致殘，
無家可歸，從此與你分離。

選自：里爾克，《時辰之書》

這首詩一開頭就是一段口吻親密的致詞，正如詩歌的通常寫法一樣，開門見山地宣布了這首詩產生的背景、我們所處的位置以及詩人所處的位置。他一開始就為自己找了一個藉口，裝作很關心的樣子，這與我們所能設想到的人與上帝之間的關係截然相反，因此一眼就可以看穿，與米開朗基羅把他女人的心稱為雕塑家未曾雕刻的大理石料相比，這一修辭手段的文采一點也不遜色。

在這種透明的偽裝中，我們被允許聽到一種羞怯和緘默。他不能以自己的名義要求得到上帝的注意，只能假藉他人的名義，靠假裝關心上帝的騙局或自我欺騙，來鼓足勇氣前去敲門。這有沒有可能就是我們在里爾克的作品中所看到的不誠實的鏡像：表面上他似乎對我們有興趣，而實際上他只對我們給予他關注感興趣？或者，是不是由於他承認了這些倒置以及支配這些倒置的力量的外部標誌，使得他根本不可能不誠實？即使躲藏在假惺惺的關心背後，這聲音也仍然是羞羞答答、充滿歉意的。但是，從它有能力打破緘默並向上帝致詞這一點中，我們讀到了它的需求的力量。詩歌敘述者的孤獨寂寞變成了「你在裡面孤單寂寞」，而那個「只要一點小小的暗示」的請求幾乎無法掩飾，在他自己所聲稱的看看上帝是否一切正常、是否還需要什麼東西的動機背後，原來是他自己需要慰勉。

他允許我們透過這些言詞，看透它們的動機與具體情境。他就像一個劇作家一樣，把那些無法騙人的透明騙局擺在我們面前，一個赤裸的身體在透明的紗幕底下依稀可見。如此這般地「看透」之後，我們就被引入了關係密切之地。這就要求允許我們穿過那層呈現在世界的其他人面前的、並不透明而又充滿掩飾性的表面。僞裝矯飾和表面文章都是必要的；沒有衣服，也就不可能有脫衣的動作。

致詞的形式——作爲一種有待穿透的表面的言詞——在詩歌的中間部分變成了明顯關注的對象：那堵牆可以輕而易舉地摧毀，那堵牆只是*durch Zufall*，[1]即偶然地存在。自我與他者之間的這層障礙是不自然的，是多餘的，是脆弱的（儘管我們知道，爲了獲得打破障礙的快樂，這層障礙就必須存在）。那個許諾也是一種慾望。牆的表面是Bilder[2]，是形象，是圖畫，是藝術作品——是沒有深度的表面。這首詩引出了深度，引出了藏在牆的另一面的人。

---

① durch Zufall，德語，意即偶然地。——譯注

② Bilder，德語，意即形象。——譯注

那些形象被重新命名爲「名字」，也就是言詞，這些言詞似乎既要將上帝的位置取而代之，同時還是這首詩的言詞。

在詩的結尾處，紗幕幾乎已經掉下來了。顛倒完成了；他承認自己的孤獨和需要，「無家可歸，從此與你分離」，感官被那層障礙弄得殘缺不全，變得麻木遲鈍。要求幫助上帝，變成了要求上帝的幫助。《時辰之書》裡還有一首詩，一開頭也是關切的口吻：「Was wirst du tun, Gott,wenn ich sterbe?[①]（你將怎麼辦，上帝，如果我死了?）結尾則是：「Was wirst du tun, Gott? Ich bin bange」（你將怎麼辦，上帝?我很害怕）。矯飾被剝去了，衣服被脫掉了，而他依然在大聲呼喚，無人響應。皮格瑪利翁的雕像一動也不動。

突然轉向：幻滅

讀里爾克這首詩的時候，我深深被他致詞的強烈性所吸引，總覺得詩是專門爲我寫的。我渾然不知在我周圍有一群人正站在觀眾席上；我忘記了這是一場公開的表演。接下來，我注意到了其他所有的人，每個人都像我一樣感覺自己被包容在致詞的親密氛圍裡。我已經被捲入、被背叛。我氣憤地宣布：它完全是在故作姿態——它只是一場公開的表演，它是給所

---

① 此與下句都是德語，意思如括號中所譯。——譯注

有的人閱讀的。我作宣布時的那種腔調暴露出一種特殊的不信任，這首詩向我保證它對我特別興趣，試圖靠這種方式將我套住，我的腔調表明了我對這種方式的反抗。

我們聽到他在對著那堵牆講話時，為自己找藉口，矯揉造作，同時提出一些假設性的解釋。但是，僅僅因為我們看出了這樣的話語是如何構成的，並不能就說它失敗了。當然，我們不能完全聽信它的自我表白，但是，我們又曾經聽信過哪一種話語的自我表白呢？它已經在詩中承認它自己欺騙別人，也欺騙自己；已經坦率地向我們展示了隱藏和深度的第一結構；如果我們發現了其他的親密和深度，我們也只是繼續被吸引走向親密而已。或許我們會感覺到我們已經被操縱，被玩弄於股掌之上；於是我們退縮回去，剝下其神秘的外衣，表明其親密的吸引其是誘惑的一種手法，揭露其不講對象混亂不堪。但是，這中間也有了一種關係；我們一點也沒有少被它吸引。

為什麼他要這樣一心一意地引誘我們走向親密呢？我們已經知道。那是因為我們這些讀者對他來說很重要。在這裡，他渴望著與所有的人都發生親密的個人關係；他既是上帝，又是唐璜(Don Juan)[①]。這首詩是寫給我們的，不是寫給上帝的。沒有人會發表一首寫給上帝的詩。它的讀者人數太有限了。而且，上帝也沒必要讀這樣的詩：表面也好，深度也好，對上

---

① 唐璜，西方文學中的一個傳說人物，因其風流成性，通常被用作風流浪蕩子的代稱。——譯注

帝來說都不存在。

事實上是，即使我們看出那個潛在的誘惑者要操縱我們，即使那個誘惑者相信其操縱是有效的，他在這件事上投入的精力也暴露出引誘者對我們的需求。在這裡，里爾克向上帝的致詞是他對我們的致詞的影像。我們這邊也對那種需求作出回應；我們渴望著他所許諾的親密的私人關係。詩人展示兩個孤獨的人，試圖跨越言詞的障礙。我們發覺自己處於上帝的位置上，在牆的另一邊，我們也許被那個侵犯我們的獨處卻又裝做對我們表示關心的人攪得心緒紛亂，也許沒有。無論在哪一種情況下，他都是我們的鄰居。

這裡一無所有，只有關係的舞蹈：慾望、分隔以及對背叛的畏懼。在里爾克的其他詩作中，我們確實發現在其共享的親密關係中有某些內容更加實在，比如兩個相愛的人正在談話；他們所講的內容只是一個外殼，言詞交易可以以此外殼爲舞台而翩然起舞。但是，在這首詩中，舞台上是空蕩蕩的，除了兩個輪番上場的舞者。它做的正是它所說的：它迫使關係形成。它是一首猿猴一樣的詩：抓來撓去、到處撫摸、摟摟抱抱、戳戳捅捅。

以自己的人稱進行寫作的作者，有權充當他樂意充當的人或物。他絕不會是個一成不變的人，也不會有什麼固定的或眞誠的性格；而是根據各種場合進行自我調適，以便合讀者的心意，近來的風尚正是如此，對讀者他時常要加以愛撫，並且連哄帶騙。一切都以他們兩個人爲轉移。正如遇上一場風流韻事或情書交易一樣，作者同樣也有特權把自己打扮一新，修飾得整潔瀟灑，同時殷勤求愛，並努力取悅他向之傾訴的那一方。

安東尼・庫柏(Anthony Cooper)(舍夫茨別利伯爵)①，

《人、風俗、意見及時代的特徵》(一七一一)

關於一個只有嗅覺的男人的夢與寐：男人／頑石

那麼，讓我們假設一首詩就是一場通過一堵石牆進行的關係的遊戲。在這種關係之外，沒有一個地方可以立足；除非在這一關係之外不存在任何人。每一種刻意裝出來的疏遠關係或拘謹矜持(當他的愛人戴著寶石赤裸著身體在他面前跳舞，波德萊爾高懸在水晶峭壁上的靈魂)，都只是逆向運動，只是某些來之不易的負面張力的榮耀而已。在這種負面力量的極端處，有可能設想出一個徹底的隔絕，即最堅硬的石頭外殼。在頑石之內，一個人將會成爲

① 安東尼・庫柏(舍夫茨別利伯爵，3rd Earl of Shaftesbury)，一六七一——一七一三，英國哲學家、自然神論者，主張人有天賦的道德感與審美感，可促進人與社會的和諧，其論文多收入一七一一年出版的《人、風俗、意見及時代的特徵》。——譯注

什麼，將會夢見什麼，只有通過微積分學才能知道；總會有某些無窮小的空間，將我們對孤獨的探究與孤獨最終臻於完善隔離開來。在這樣的空間裡，言詞還是有可能存在的。

「現在我是，就這麼著的孤零零地在這個世上……」

我本來會熱愛人類的，不管他們怎麼樣。只有當他們不再成其爲人類，才能躲得過我的情感。所以，他們就這麼著的，成了陌生人，素不相識的，現在終於對我來說什麼也不是了，因爲這正是他們所求之不得的。但就我來說，一旦與他們、與一切事物分離，僅靠我自己，我又算是什麼？這就是有待我探究的一點。不幸的是，在進行這一考察之前，先要粗略看一下我的境遇。這一想法我必須想通了，才能從談論他們轉到談論我自己。

盧梭(Rousseau)[①]，《一個孤獨漫步者的遐思》

「現在我是，就這麼著的孤零零地在這個世上」，「Me voici donc seul sur la terre」。

---

① 盧梭(一七一二—一七七八)，法國哲學家、啓蒙思想家，《一個孤獨漫步者的遐思》是他與自己心靈的對話以及對心靈的解剖。——譯注

「就這麼著的」，*donc*，是一個總結性的詞語，似乎在對某個正在進行的思考過程作一個結論。這是一個假想性的時刻，它閉合了石頭外殼上的最後一條縫隙。然而，在它致詞的修辭中，這一「閉合」的事件又將其召回到它目前正在撤退的空白歷史中。

這個總結性的語詞與這一句子的這種位置是相違背的，此句位於該書的第一句，它作出一個精心策畫的姿態，以此來吸引讀者的注意，奠定這一次文學遇合的基礎。這就是那個從戲劇一開始就已上場的角色，他對我們說著話，好像我們剛剛走進劇場，就聽到一段正在進行的獨白。

「現在我是，就這麼著的」：雖然這聲音將自己定位於徹底孤獨的狀態，它講述的是省察，也邀請我們去省察。它仍然以某種方式陷在關係裡——一個動物爲了求愛而展示自己，它陳獻自己，讓人嗅聞，任人眉目傳情，它讓自己成爲人們慾望的對象：「我在這裡。」而且：「現在我是，就這麼著的孤零零地在這個世上。」這是對一種處女般的封閉、一種公開親密的戲劇性宣言，就像里爾克的詩一樣——但在這裡，這種想得到我們關注的迫切要求是一種眞正的自相矛盾，而不是簡單的拐彎抹角。他表示這是一場獨白的遊戲，他說話是要讓人聽到，卻又裝作是獨自一人；而且這獨白中含有所有的獨白都有的默契，即實情眞話會從獨白中顯露出來，會從他者的關注的壓力下解放出來。在這種獨白中，我們發現盧梭的聲音所說的正是這樣一個問題，即這樣一種在與世隔絕中發現的實情眞話會是些什麼——即使說出實情眞話恰恰使他回到了那個試圖抽身而退的關係的世界中。

甚至連這個最低限度的展示也是暗中安排好的；每一次展露同時也就是一次隱藏。頭腦中沒有問題的活動根本沒有必要大聲宣明，更不必說自賣自誇了。但是，關於一個人的「眞情實況」的戲劇總是一種雙重行爲，也是一種壓制矛盾的行爲，在這一行爲中，受到壓制的負面力量與得到肯定的正面力量是成正比的。

所有的自我展示、尤其是通過語言而作的自我展示的本質就是這樣的；被壓制的因素總是會披荊斬棘向前，重新浮出表面，不管它的回歸方式是多麼迂迴曲折。對盧梭來說，這個聲音宣布自己的孤獨越有力，它陷入與他人的關係就越深。這一對因素是相互支撐的，它們隨著主張和壓制的能量的增長而增長。

被壓制下去的因素重新回到表面來，這打亂了符號的規則，這種規則本應通過沒有問題的排他性而發生作用。以這種方式表達出來的言詞絕不能表達什麼「意思」；它們在闡釋和詳細解說的過程中繼續嘗試，要麼掩蓋被壓制的因素，要麼將它安置於某種穩定的結構之內，並以此來控制它。但是，正是那種繼續下去的必要性加強了對抗，加劇了不穩定性。即使這段話語變得疲倦，最終停了下來，所有人類的話語都一定會這樣的，我們仍會頻頻回顧它——重新讀它，或者開始再一次講述這段故事。

這樣的言詞既是詩的言詞，又是其他某些東西的言詞，它們確確實實說了實情眞話，但是絕不說我們希望想說的或者假裝要說的那種實情眞話。更令人不安的是，它們甚至不說語言應該要說的那一種實情眞話。即使被壓制的因素從各方面來看徹底擊敗了表面的因素，獲得了最後的勝利，那也只會給我們帶來很少的一點不安。這正是弗洛伊德最大的希望：通過被壓在下面的一方的勝利，可以消除二者之間的競爭。

但是，弗洛伊德描述了那些貫穿我們的夢的法則，描述各種邏輯關係——排除與包含、條件與因果——如何在夢裡一一變成了一份林林總總的清單上的項目條款：「有這個和這個，還有這個。」這幾乎就是在描繪這些言詞的過程。他將其稱之爲「夢的作品」的一個要素，並試圖在自己的言詞中忘記眞正的「作品」應該在哪裡發生：將這些相互對立的力勢和關注的集合組織起來，組成語言對附屬、確定以及排他關係的斷言；正是這些力勢和關注構成了一份心靈的詳細清單。

當我們遇到對心靈實況的一般展示時，眞誠地進行的、哪怕是最少的一點思考，都向我們揭示了存活於矛盾表達法中的心靈舊貨店的全部庫存。他面向著聽眾，誠摯地大聲宣布：「現在我是，就這麼著的孤零零地在這個世上。」

這一類因素的配對與集合，絕不是純粹的含糊曖昧。我們甚至可以說這些也確立了一種「語言」，但它們是一種規則截然不同的語言，是一種先於肯定或否定的決斷而存在的語言，是一種只由各種問題構成的關注的語言。正如在我們通常稱爲語言的那種模式裡一樣，這種關注的語言也是通過排他性來表達的——就我們所說的而言，不是通過對那些因素的壓制，而是通過漠不關心的態度、通過那些被視而不見或被疏忽遺忘的東西來表達。確實，當這種關注的語言因素被緊緊地捆綁在一起的時候，它們就會比那種無牽無掛的一般語言中的言詞更爲徹底地讓我們忘記在它們周圍還有一個其他言詞的世界。

在省悟的評注家的那種表面語言、那種決斷的語言裡，這種關注的語言一定會變得清晰流暢起來——它本來是不穩定的，在力圖獲得穩定性的過程中，它常常以倒置而告終。比如說，在關注的語言中，盧梭向我們描述了「與他者的關係」及「絕對的孤獨」；沈思中的評注家可以說：「我和其他人在一起，並不孤獨。」或者說：「我孤獨一人，沒有和其他人在一起。」再或許說：「我曾經和其他人在一起，但現在我孤獨。」或許接著說：「我與其他人的關係迫使我選擇了孤獨。」他可以給我們描述孤獨以及與他人之間的關係的所有變化形式，就像他在第一次「散步」餘下的過程中所做的那樣。這個沉思中的評注家所作的那些特別陳述和所提出的一系列宣言，確實對我們有影響，但他們的連續性、他們的可變性以及他們大聲的堅持，都將我們引回到那個痛苦的時刻，這個痛苦的時刻先於這種表面語言而存在，而這種表面語言是爲了它而存在的。在表達的過程中，心靈中確定的內容通過語言來傳達交流，但是，它躲避意義，躲避所有的語言「之中」能找到的東西。

「我本來會熱愛人類的，不管他們怎麼樣。」由於在矛盾中開始的，他現在又開始把會使針鋒相對的因素彼此離散的那些解釋編織到一起。他使各種關係變形——「本來會熱愛」，這是一個有條件的與他人的關係，是一種未實現的可能性，它再次堅稱一開始的那種孤獨狀態目前依然未變。在這個解釋行爲中，另外的一些因素受到吸引，加入到這一組主關係之中：愛與恨、應該與不應該。「我本來會熱愛他們的」，這裡有慾望、愉悅和痛苦、負罪感和自我開脫。「只有當他們不再成其爲人類，才能躲得過我的情感。」那些他人否定了他們自己；他們正期望如此。這裡講述的是一段有關受挫的愛和拒絕世界的孤獨的故事。

我們一定不要忘記別人正在向我們致詞——不管這種致詞力勢可能會變得多麼扭曲。他的抱怨對象也包括現在正在閱讀他的我們嗎？他在責備我們嗎？在受責備時，我們應當爲我們曾經對他漠不關心的那段歷史感到羞愧嗎？我們要走向他並請求他允許我們出現嗎？或者我們是不是太堅硬了？這同樣也是矛盾的表現：在被貶低爲虛空的同時，我們也在被召喚回到他身邊。

他操縱著這一致詞行爲，爲了替我們打開一個空間。我們從一開頭的「*me voici donc*」（我在這裡，就這麼著的），來到「*les voila donc*」（他們則在那裡）；通過將他們放在「那裡」，他就使我們有可能將我們自己與他們分別開來，使我們從他的排除名單排除出去，而且與他在一起，孤獨地在這世上，除非我們對他的態度又變得冷硬起來。他對在那裡的他們毫不含糊地給予責備，以此來讓我們確信他是不想與所有他者分離的。也許他疑心我們會懷疑他厭惡人類，疑心我們會從他的愛的宣言中讀出某些強壓在心裡的怨恨和輕蔑。他根據我們的目光來推測他自己，他的心靈核心中那一副怨恨他人的模樣，他看得比我們更清楚。他必須再次讓我們確信事實並作如此：「我本來會愛他們的。」他說道。

每當看到自己被人看見，每當聽到自己被人聽見，他都在他的言詞中痛苦地扭動著。在這個世界的目光下，他感覺自己彷彿赤身裸體，而他人卻「把自己藏起來」。不知不覺之中，而且滿不在乎似的，被愛者已經撫摸過裸露的肉體上那深深的傷口：只有強烈的疼痛感，但撫摸的快感作爲一種失之交臂的可能性卻依然存在。受傷的記憶與錯失的快感的記憶，這兩種感覺成分在疼痛的一摸之後都經久不消，兩種感覺同樣強烈，又互相強化：「j'aurais aime」①（我本來會熱愛的）。

他假定存在著一個放鬆解脫的形體。他想像如果完全被包藏在石頭中、包藏在孔狄亞克說的那一尊自覺的完全與世隔絕的雕像裡，這形體會是怎麼樣。「但就我來說，一旦與他們、與一切事物分離，僅靠我自己，我又算是什麼？」這是最純粹的一種假設；他們仍然在幽暗之處環伺著他，折磨著他，迫使他一直說下去。

① 法語，意思如下句所譯。——譯注

低語。
即使只剩下低語。
香氣。
即使只剩下香氣。

但剝去我身上的記憶
和舊日時間的顏色。

痛苦。
面對痛苦，神奇而充滿生氣。

努力。
以眞正慘痛的努力。

驅走那些看不見的人
他們總在我房子四周走來走去！

洛爾加（Federico Garcia Lorca）①，〈一座雕像的渴望〉

走出里爾克之室的另一條路徑：畫壁的崩塌

「只有薄薄的一堵牆把我們阻攔，……它是由你的眾多形象所築造。」我們都願意替這段石頭的故事設想一個不同的結局。由於死亡或者人類的健忘，那個人徹底退到了堅硬的外表背後，餘下的只是映在平板表面上褪色的形象而已。

有一位唐代詩人觀賞前代畫師的一幅畫作。他要用題畫詩的那一套老生常談來表達對它的讚賞，並對這件藝術作品像皮格瑪利翁的雕像那樣獲得生命感到十分驚奇：它被賦予了平淡的逼眞和立體的亂眞效果的生機勃勃的力量，從它的平面中破空而出，而進入觀畫者的世界。但是，如果這雕像碎裂成片，丟失了一部分，或者這幅畫褪色了，污損了，破碎了，它的材料的底子就暴露出來。就像一個凡人一樣，這件藝術作品突然得到一段來歷——一個閃光的成功的過去、一個頹敗的現在以及反思這種今昔懸殊的場合。然而詩人也會注意到，儘

① 洛爾加（一八九八—一九三六），西班牙詩人，劇作家，兼通音樂和繪畫，一九三六年，因參加馬德里反法西斯知識分子聯盟，被殺害。——譯注

管褪色、破碎或者材料的其他改變不可忽視，藝術的本質依然存在，並且，很奇怪的是，一點也沒有減弱。詩人甚至正想知道，在這樣的一件藝術作品中藝術究竟在哪裡——一隻翅膀斷裂了或者畫中的羽毛變得灰黯了，這會影響屬於藝術本質的那些方面嗎？

詩人發現藝術的物質成品不是永恆的：他發現藝術的本質並不隨著其材料受侵蝕而蝕壞，而是一如既往地深植於材料之中，必須隨著畫作材料的消失而消失——至少是從這個世界上消失。在這個悖論之中，又加入了更多的複雜性，那就是這樣一幅褪色的畫的主題可以是一組鶴、是神仙們養的仙禽，再考慮到如果這些畫中鶴來自像薛稷這樣的畫師的壁畫，我們就會期待著它們獲得生命、破壁而飛，變成眞正的仙禽——我們已經聽過許多這一類有關畫鶴的故事。我們面臨著一種艱難的狀態，而對於善寫艱難狀態的大師級詩人杜甫來說，這正適宜他施展身手：

薛公十一鶴，
皆寫青田眞。
畫色久欲盡，
蒼然猶出塵。
低昂各有意，

磊落如長人。
佳此志氣遠，
豈惟粉墨新？
萬里不以力，
群遊森會神。
威遲白鳳態，
非是倉鶊鄰。
高堂未傾覆，
常得會嘉賓。
暴露牆壁外，
終嗟風雨頻。
赤霄有眞骨，
恥飲洿池津。
冥冥任所往，
脫略誰能馴？

〈通泉縣署屋壁後薛少保畫鶴〉

薛稷（六四九—七一三）[①]是杜甫祖父那一輩的大文人、大畫家之一，他在貶謫途中經過通泉縣，留下了這一遺蹟。他的文學作品已不再流行，佚而不傳，只有他的畫還保存了下來；現在這些畫也褪色了。薛稷偏愛而且尤工畫鶴。鶴這種仙禽體現了一種超脫日常世界中常見的憂慮、痛苦以及屈辱的自由。和皮格瑪利翁那尊象牙雕刻的女人像一樣，這些仙禽是薛稷的慾望的具像化。杜甫可能也在這些仙禽身上看到了他本人慾望的化身，但他碰見它們的時候已太晚了，它們已經頹壞了。它們從來沒有破壁飛走。

杜甫是從計數開始的——十一隻鶴，全都是對青田鶴的忠實描繪（「寫眞」，照字面講就是「圖寫其眞貌」）。我們也許願意將其視爲關於仙鶴的一個隨意用典（且不管那個如何才能盡善盡美地描繪一種傳說中的仙禽的令人困惑的問題），而將其略過不提。杜甫精確地列舉鶴的隻數，並強調描繪的都是青田鶴，而杜甫用典中所提到的那個傳說故事同樣也一點不含糊：只有兩隻鶴居在青田洙沐溪畔，得到神仙養護；這一雙仙鶴年年孵下一窩雛鶴，牠們長大後便飛走，只有父母雙鶴留在那裡，始終困守在這麼一個地方。即使算上一年中所孵生的，這幅畫中的鶴也太多了。我們也許想知道，在中國傳統中有各種各樣傳說中的鶴，爲什

① 薛稷，字嗣通，蒲州汾陰（今山西萬榮西南）人，初唐詩人、畫家、書法家，官至太子少保，故世稱薛少保。——譯注

麼這些就一定是青田鶴。也許，使這些繪畫藝術中的禽鳥像青田鶴的，不是其隻數，而是其在原地困守的特點：牠們是神仙們畜養的馴服的禽鳥，或者說，畫出來的這些禽鳥被畫師的手固定在那裡，牠們志存高遠，但卻毫無希望，無法掙脫束縛飛向那裡。在這首詩的展開過程中，我們發現壁畫中的這些鶴，像青田鶴一樣，是與其他那些不受任何拘限、未被馴服、騰空而去的鶴相對立的。

成對的語詞是一目瞭然的：藝術的固定性與生物的活動性及其趨向生命的軟化相對立；約束限制與沒有遮擋的自由相對立；還有，在這裡很奇怪的是，易朽的藝術品與藝術品所表現的對象(或者說，可從藝術品中分離出來的、在坍塌的牆壁之後隱入無形的藝術)的不朽之間的對立。杜甫很關心地要我們注意「眞」的東西：「眞鳥」(原文作「眞骨」)，它們在詩人和畫家眼力所不能及的高高雲霄之上，那是屬於「眞人」也就是神仙的地方。

畫中鶴也許是仙禽的完美的寫照，但我們強烈地意識到，將這些禽鳥固定下來的材料是容易損壞的。畫面明麗的色彩消退了：「蒼然」，一種灰白的顏色，將年光流逝的過程與明麗色彩的暗淡聯繫在一起。然而，它們猶然「出塵」，即「屹立於塵俗之上」，這個詞語本意爲出類拔萃，在這裡卻變成其字畫的意義，因爲這些畫中的鶴依然從牆壁的塵垢中展露身形，依然從這個人間世界的塵土中升騰而起，衝向純潔不朽的高空。這也是本詩主導性的矛盾：作爲物質材料的繪畫已經毀滅，而深植於這種不能永久的物質材料中的藝術作品與動物形象卻永久流傳。

偉大的畫作中所畫的動物，有一種能夠超越畫家所給予的固定姿態之外的獨立性：它有自己的慾望和意圖，超越了人類的慾望和藝術的意圖，而正是這種藝術意圖創造出了畫中的動物。畫中的鷹與畫作乾癟的平面搏鬥，盡力要掙脫出來，去擊殺獵物，眞正成爲一隻鷹。這些鶴有偉大的畫作中常能見到的那種獨立自主性，還有某種東西，使它神秘地超越了任何反抗畫幅囚禁的單純的藝術自主性。這些鶴超然出塵，對畫作的固定性及其物質材料的易朽滿不在乎。牠們志存高遠。

畫中鶴可能一點也沒有注意到這樣一個事實，即從經驗上說牠們正在消解；但是，我們和詩人卻不能與牠們引以爲榮的漠然置之相互呼應，我們還是必須注意盤旋不去的畫中精神與其物質條件之間的對比。我們迷戀鶴在艱苦條件下的那種高貴姿態，迷戀古代儒家「固窮」的道德準則，迷戀那些畫中鶴，牠們的精神是一股指向其他地方的力量，即吏其形式在一堵普通材料的牆壁上褪色消解。杜甫認識到，在這幅作爲物質材料的畫中，不管眞正的藝術在哪裡，它反正不在物質材料之中。它在「粉墨新」之外。

低昂各有意，
磊落如長人。

佳此志氣遠，
豈惟粉墨新？

一次遠離和消退，似乎對應著另一次遠離、另一次飛離這個滿是塵土的物質世界。不管這些成對的遠離是在杜甫的想像中發生的，還是在對前景的某些幻想中發生的，這些鶴現在似乎都在離開我們，退入畫面背後那些非物質的空間裡，輕鬆逶迤地展開萬里前程。這飛行毫不費力，是一種精神的運動。它們消失在遠方，與白鳳這種從未被我們見過的鳥兒融為一體，從此離開了將牠們與凡鳥緊緊拘繫在一起的畫作平面。

這些鳥兒已經遠逝——在精神上——但這些正在瓦解破碎的畫作還在原處。我們考慮一下這空落的物質實況。縣署高堂的屋頂塌陷了；壁畫暴露了出來。我們並沒有看到神仙，看到的只是一個困陷於時間之內並且有著自身歷史的東西。這些畫中鶴是在中國西部一個小縣城的縣署屋壁後發現的。它們的超然態度，曾經使那些貶謫到這片窮鄉僻壤的帝國官員們想到這個塵世發生的種種事件都是無足輕重的。那時候，粉墨還是新鮮的；描繪的畫面與慰藉人的作用也都一目了然。如今屋頂塌陷了；畫中的某些東西似乎非常容易消亡。這個對骯髒世界的力量的骯髒證詞使得其慰藉作用更難發揮出來了。

這些褪色的鳥兒是「寫眞」，即忠實的複製；那些身在暗處、在看不見的高空的鳥兒是

「眞骨」，即眞正的鳥。這些眞骨眞實並不是原型青田鶴，那些原型是馴服的，它們固定在一個地方、一個像洙沐溪那樣的「洿池津」。眞正的鳥不是這個破敗的牆壁上摹畫的那些惟妙惟肖的鶴。這些日漸褪色的畫鶴模仿的是這個世界，形貌依然可見；而眞正的鳥是看不見的，牠們在幽暗的空中，也可能是在那種籠罩壁畫並使之暗淡褪色的幽暗之中。

薛稷在貶謫中來到這偏遠之地。他在這個縣署屋壁堅硬的牆面上留下了他的慾望的圖形。這幅畫不像皮格瑪利翁的作品，而像我們這個塵世中普通雕塑家和畫家的那些作品，它從來沒有獲得生命。他繼續畫著他的鶴，一遍又一遍，困於重複之中。數十年之後，這些鶴依然色彩明麗，它們的形狀迷惑了每一位漂泊路過此地的官員，使他產生希望，他夢想這些鶴就像傳說中的那些鶴一樣，會破壁飛出，並帶上這個疲憊困頓的人一起飛走。此刻，杜甫經過這個遺蹟，看到了這件藝術品以最令人困惑的形式體現出來：困住仙禽的堅硬牆壁坍塌了，這些鶴從這個世界遁逃，退入縹緲太虛，退到那個「志氣所向的遙遠地方」。

米迪爾下象棋贏了埃俄基德國王，他得到了伊丹的一吻，這是比賽的賭注。就在那一瞬間，他和伊丹變成了一對天鵝，穿過國王大殿的煙道，騰飛而出，回到了仙國。

第四章　置換

成禮兮會鼓，
傳葩兮代舞。
姱女倡兮容與，
春蘭兮秋菊，
長無絕兮終古。

《禮魂》，《九歌》之亂
（西元前四—前三世紀）

儀式依然如故，同樣的歌，同樣的舞，只是一組舞者讓位於下一組舞者，每一次從表演者手中傳遞過來的花枝上，都還存留著退下場的舞者手心的溫熱。位置的交換雖然就這麼簡單地完成了，但它卻促使這首儀式性的歌曲確認了轉換的那一瞬間；這首歌曲慶祝並建構那個在更大的圈子內持續不斷的自然變化與交換的瞬間。我們立即體會到在這首歌曲對自然永恆與儀式永恆的慶祝中，還隱藏著什麼憂鬱。舞者的花枝依次傳遞，這一行爲提醒舞蹈的參與者，同時也提醒觀眾：跳舞的那個人並不就是舞蹈，而且算不上舞蹈。塡充舞者角色的那個人只不過像一種有機材料，塡充了應時鮮花的可愛形式而已。

在置換的這一瞬間，求助於儀式角色的永恆性，並將其與變換位置的個體區分開來，這種做法是習以爲常的。這種求助保證位置變換在遇到反抗和猶豫之時能夠順利進行：退下場的人有失去位置的痛苦，新上場的人穿著這麼晚才出名的舞衣一點也感覺不到舒服，而是感到忐忑不安。那些歌者既默許每一個體空洞無力地要求得到自己的位置，又默認放棄這種要求的必要性，這首歌曲中憂鬱的回聲，就隱藏在這種默許和默認之中。

當一首歌曲求助於這種必要性，它就削弱了開放的可能性和對未定結局的爭競。同樣，當一首歌曲給兩個人分派各自在儀式性交換中的固定角色，它也就削弱了各自獨立的個體之間那種極其私人化的關係。在他們心中，退下場的人和新上場的人相互爭奪這個位置，做出種種彼此愛慕、嫉妒、恫嚇以及競爭的姿態。接下來，在爭先恐後地參加表演的這場儀式中，這首歌曲正是他們所必須表演的，他們要歌唱這個儀式循環往復的永恆性，歌唱他們同樣自願在這一重複的機制裡扮演各自的角色。個體之間的爭競被壓制下去了，即使在個體當行本色、流暢自如地表演輪換的動作時，也只有在其憂鬱的回聲中，才能找到爭競的蛛絲馬跡。

置換事件將先驅者和新來者聯到了一起：此時此刻，他們各自的身分都在與他人的關係中得到了確認。在新來者既敬畏又嫉妒的記憶中，在那些看到了前後兩方並對他們有所比較的人的記憶中，先驅者依然活著；新來者總是在先驅者的陰影下展現才藝，並且知道，既然先驅者可以取而代之，他或她也注定有朝一日會被人取代。

改變位置與奪取位置，讓出位置與爭奪位置，這種對立的陣形正是我們人類的基本處境。這些內在對立形式本身，也共同受到一種莫名的必要性原則、一種對私人意志和私人慾望滿不在乎的流暢節奏的對抗。作爲這類儀式的專注觀眾，我們必須記住，在這個陣式中，每一方都不會孤立地出現，而總會引出各種與其關係錯綜複雜的對立面。在這首默許的儀式性歌曲中，我們聽到了黯然下場者失落痛苦，聽到了新來者歡呼雀躍要求得到權利的聲音；在新來者的幸災樂禍中，我們也聽得出來，由於人們樂此不疲地將其與先驅者作對比，由於人們知道他已接受了終將被置換的約定，他心裡是忐忑不安的。每一次謙卑的聲明，都激起了心中暗暗的自豪；每一次自豪的聲明，都引起了自我懷疑。不僅表演者如此，他的言詞亦是如此：在聽眾面前，每一個言詞都有其位置，使人回想起它的艱苦努力，回憶起將其帶到目前這個位置的規則的作用。

堅持我們的日常語言和我們的姿態，要靠積極主動地堅守位置並壓制其對立面才能做到。這些對立面徘徊在我們的意識的邊緣。如果我們密切注意，就會看到他們在暗處影影綽綽地聚在一起。但是，在一種類似上述這首儀式性亂曲的特殊語言或行爲中，置換變得清晰明確，並呈現到表面上來。這是一首眞正的亂曲，它不是儀式循環的一個內在組成部分，而是被置於這個循環之外，成爲這個循環的一個外部框架，以保證循環順利進行，不斷延續。它爲交換位置的緊要關頭辯護，號召躲藏在角色之中的人作爲表演者參加表演。在已經取代舊的儀式性語言的那種世俗言詞中，這篇儀式性的亂曲作品(摘除角色的面具，露出置換的眞相)屬於文學藝術，尤其屬於詩歌。

詩歌是一門錯綜複雜的置換的藝術，詩的每一個層面都會發生置換。在詩歌中，所有東西都受到在這一關係中發生作用的那些強大力量的觸動。在最微妙也最基本的層面上，這類言詞承認它們是從他處來的，要占據它們所占有的位置——它們顯然已經取代了其他言詞，或者取代了更具危險性、更難以捉摸的那些先驅者、那些意義以及那些閃爍其詞的意圖，那些東西都已經退下場，再也找不到了。我們知道這類言詞被認眞挑選出來，去塡補對它們顯得那麼陌生的那些位置，至於他們取代了什麼，就難以想像了。

在詩歌中，在某些言詞裡，我們清清楚楚地看到了置換的證據。這些言詞表現得極像新來者，它們持久不懈地宣揚它們賴以占據其位置的爐火純青的造詣，而又從各個方面顯示它們的局促不安——它們在普通語言中習慣扮演的角色扭曲了，變形了，每個都大聲演唱著各自的角色，並且走調得可愛。在其破碎的句法編舞術中，在其隱喻、過分強調的沈默和緊張中，有一種正是從其笨重拙劣的姿態中獲得的特殊的莊嚴堂皇。它們那種爐火純青的境界是煞費氣力才達到的，這種悠閒從容的外表來之不易。像所有新來者一樣，它們引導人們注意它們在各自占據的位置上的個體存在。

置換和篡奪以更大的規模重複進行，以便被帶到詩的前台：新的詩句使人想起了舊的詩句，只是爲了將舊的詩句取而代之；新的詩取代了舊的詩；詩人處心積慮地篡奪他們偉大前輩的地位，與舊有的每篇名作一爭高低。至於我們讀者，則取代了詩人的位置，以我們的聲音來重複他們的言詞，並且使這些言詞表示我們的意願。在詩歌中，沒有人可以安然自若：我們知道這些言詞以及這些言詞所設定的位置是從他處取得的，而且隨時有可能被取走。

是否有被取走的可能性，取決於詩歌的所有權原則。他處的言詞純粹是某一瞬間的意圖的手段而已，並消解於空氣之中：它們被用盡了。我們說的是別人可能早已說過的話，這一點卻被我們自己忽視了。有一條很細的線，將說一些別人碰巧早已說過的話與引用別人的話區別開來。在新的說話者與缺席的先驅者之間，引用造成了一種複雜的關係，在這些特定的言詞中，先驅者已經留下了他或她的印記。所有權法則，最初是由詩歌所賦予的，在現代世界中變成了通用的版權。個體可以通過詩歌來提出使用某些特定的言詞的權利（即「引用」

的原則），正如我們發現這些言詞有其「適當」的意義。只有在轉移的可能性出現的時候，所有權與適當性——盜用與免費贈品的權利，或者言詞占據了「不恰當的」地方——才有意義。就像在這首儀式性亂曲中接過舞者手中花枝的那個人一樣，我們也有權接收這些言詞為我們所用，不過，我們也被要求向其不在場的眞正主人致敬。詩歌強迫我們關注這一置換事件；它使占有、遺贈、合法使用以及濫用制度化了。

要置換某物，要求先將此一「某物」挪位：自願退出、被淘汰、繼而消失。每一個位置都是繼承而來的，只有當先驅者死了，才能得到這個位置——因此，中國帝王習慣上自稱「孤家」。但是，先驅者僅僅因其曾先據要津，仍然對這一位置擁有某些基本權利。新來者可能總覺得自己是一個篡位者，既然他露出了這樣自我認定的跡象，別人也就這樣地看待他了。作為篡位者，他擁有力量，但這種力量中有一種局促不安的成分，使他從來不能對其所占有的位置感到完全坦然自如。因此，他堅持不懈地提出要求，不厭其煩地聲言這個位置他當之無愧，並要求我們表示贊同。

我們現在談論的這個位置，可能只不過是從置換事件所產生的張力中產生的一種虛構而已：它是一種記憶、一個印記、一種形式，它們比已經逝去的先驅者活得更久。所有先驅者——無論是被置換的人、物還是言詞——身上都帶有一個神秘的原始先驅者的光環，它占據著那個位置，卻渾然不知，甚至渾然不知那是一個位置——在最初那些日子裡，人與角色、言詞與事物是完美地融爲一體的①。隨著第一次移位和置換，這樣一種關於角色和職責的觀念也應運而生：一個空間的形狀，一種空虛，丟下的衣服上依然帶著先驅者外形輪廓的

---

① 這基本上就是席勒《素樸的詩和感傷的詩》中的關於素樸的神話。例如，席勒是這樣描述在素樸的狀態下語言的作用：「它是這樣一種表達的風格，在這種風格中，符號完全融化於其所指，語言一任其所要表達的思想裸露著，這樣，如果不同時將思想隱藏起來，人們就沒有別的辦法表達思想。正是這種寫作方式通常被人稱爲是天才的寫作方式，它充滿了精神。」席勒深知，在素樸的狀態下事物的諧和性，使我們羞恥於(*beschamt*)我們的工巧，使我們感到不自在。要消除這種處於下風的自卑感覺，新來者就需要發掘某種新的優越感，發掘其在努力爭取守住這一位置的過程中所表現出的某種品質。這樣的努力爭取，變成了感傷的力量，實際上，席勒的立場就是一種古老的宗教比喻的變形，通過變形，神的符號在後來的這個世界的缺失，變成了我們的榮耀，我們有能力有信心獲得個人的成就，而無須外在的確認。因此，蘭斯洛特·安德魯斯在一六二二年耶誕節的耶穌降生布道詞中，詳盡闡述了那些賢人們對太陽這個恆星的看法，並總結道：

我們不能說，*Vidimus stellam*：那個星星早已消失：(現在)看不到了。但(我希望)儘管這樣，*Venimus adorare*，我們還是來此禮拜。雖然沒有見過它，(但)我們仍然禮拜它，那就更可以接受了。我們從經文中讀到它，這就夠了；我們看見它，在那裡。並且確實(如我所說的)。只要那曾經在他們心中的太陽也同樣在我們心中升起，天上到底有沒有那顆星星是無關緊要的。只要它的全部五條光線被我們看到，也同樣如此。這樣，它裡面就有了我們的一部分，一點不比他們少，不，是像他們一樣充實圓滿。

[譯者按]蘭斯洛特·安德魯斯(Lancelot Andrews,一五五五—一六二六)，英格蘭基督教聖公會神學家、欽定本《聖經》翻譯者之一。*Vidimus stellam*，拉丁文，意爲「星已見過」。*Venimus adorare*，拉丁文，意爲「來崇拜」。

印記。

當後來者「取得這個位置」，在合身方面，總會出點這樣或那樣的問題；有些地方綳得太緊，有些縫隙過於寬大，這一切都提醒我們和新來者，他或她本身與其所占據的位置之間還是有區別界限的。在置換之後，死亡與歷史接踵而至：新來者從外面進來占據了這個位置，因此也就知道他、她或它最終可能而且必將會失去這個位置。每一個體都發現自己處於一脈相傳的悲劇性結構中。既然位置已經與填補位置的人分開來，其間的關係就一點也不牢靠。新來者想方設法把這個位置變成自己的位置，將其外形輪廓罩在自己身上，希望要麼被人當作是先驅者，要麼改變此一外形，以便將自己所承載的形狀轉嫁給下一個新來者。我們冷眼旁觀著：既然人和角色已經分開，那麼，這一場表演就可以好好給它打分數，細細地予以評判了。

也許，從來就不曾有過什麼先驅者——只有像我們自己一樣的局促不安的後來者一脈相傳，他們臉上戴著先驅者戴過的古老面具，總是被擠夾得難受。從來不曾有過一個人，這一職責對他而言正相適宜、因而不僅僅是職責而已。我們都是冒名頂替的，裝扮成那個從來不曾存在過的死者。沒有一個詞曾經用的是它的適當詞義(既然用詞得當只是以用詞不當爲先決條件)。在一個達爾文的時代裡，我們侵奪了亞當和夏娃的語言，我們吸收了一筆由於誤信原來的某些投資而神奇地增長起來的隱喻資本。

在那次墮落之後，我們可以推想，亞當和夏娃把她們的語言擴展到新的物體和觀念上，特別是那些伴隨著痛苦的物體和觀念；要做到這一點，有時候他們要創造一些新的詞彙，有時候則將舊詞賦予新義。不過，他們的語言仍然是十分有限的，因爲他們只有一個人可與交談，因此不能將其知識擴展到大千世界的林林總總；也因爲他們的基金十分有限。因爲在某種程度上，一種語言的歧變與成長就像存款一樣，靠利滾利不斷增長。

大衛・哈特萊(David Hartley)①，《對人及其結構、責任及期望的觀察》(一七四九)

推斷先驅者從來不曾存在過，這一推斷是否正確並不重要；這種推斷給我們帶來的任何安慰，對我們都不起什麼作用，除非我們打算以某種方式將其變成我們自己的神話。先驅者的大謊以及他或她所拋棄的職責外殼，成爲我們賴以生存的眞理。眞正重要的是那種局促不

---

①　大衛・哈特萊(一七〇五—一七五七)，英國哲學家、心理聯想說的創始人之一，此處所引著作是其代表作。——譯注

安感，是那身很不合身的衣服。沒有一位父母對做父母這件事眞正感到輕鬆自在；只有在孩子的眼裡，他或她才顯得輕鬆自在。沒有一個角色是中立的；我們自己的表演徒勞地抓住或者激怒了別人的表演，無論是在想像中還是在事實上，別人的位置都已經被我們搶走了。

但是，我們且不要裝得過分不情願。每一個篡位者都貪婪地攫取空出的位置，爲能夠占據別人的位置而洋洋自得。通過這一行爲，新來者變得完全像一個人，他套上的衣服難看而不合身，他想掙脫從他處接收來的這種衣型，就在這一過程中，他發現了自己的身分。控制從來不是完全徹底的：總有某些省分的某些地方不肯降服，人們聽到那兒的農民們還在發牢騷，還在回憶在前一個統治者治下昔日的那些美好時光。由於新來者最終的目的是要絲毫不爽地塡補這個舊的空位，與此同時又要保持自我，因此，其結局總是不安、絕望和最終的失敗——挑剔抱怨的低語，一定會被要成功和要舒適的大聲反訴求所湮沒。然而，我們的失敗也隨著這一體系而被注定了。

沒有什麼是固定的：一旦置換和替換開始啓動，多種多樣一層又一層的替換、移位以及掩蓋就形成了。我們也不可能透過這一層層，追溯到某個最初的先驅者，對這先驅者來說，其他一切都只是它的標記而已；我們所有的只是「一個線團」，細絲紛亂雜出，方向各異，而每一條線索都信誓旦旦，要帶我們走出這迷宮。我們所能期望的最好的安慰，就是在某一時刻停住，以慶賀幻想中的退場，而所有人所有事物似乎都各得其所。莎士比亞式的喜劇一路向前發展，最後揭曉結局，所有人物最終都露出其本來面目——至少當演員走到後台，卸去化妝，脫掉戲服，也不再用假嗓子，同時也向人們表明，台上那些純眞無瑕的年輕愛侶們，原來是這些一臉滄桑而且已經上了年紀的男人女人演的。他們之所以能夠爭得這些角色，是因爲他們遠比純眞無瑕的年輕人更能夠將追求已失去的東西的慾望注入這些角色之中，而且表現得令人心悅誠服。

空床：鰭片上的快樂

在那篇「古詩」中，那個女人站在窗前，發出了這樣的引誘：

> 昔爲倡家女，
> 今爲蕩子婦。
> 蕩子行不歸，
> 空床難獨守。
>
> 《古詩十九首》之二

詩人很明智地在此戛然而止。如果詩歌允許這個站在花園中窺視的男人去接受女人的引誘，去占據空床上的那個位置，他就會發現，他渴望的是舒服和位置，結果換來的卻是心裡的不安：他不僅成了通姦者，而且是個篡位者，他搶占了這個位置，就意味著他自己的位置隨時可能被人奪走，要麼被回來的先驅者，要麼被她的下一個情人，這種念頭長期不斷地糾纏著他。

但是，詩歌確實伸出手來奪取別人的位置，正如它夢寐以求的是有人將位置拱手相讓，是引誘。戲劇是很不相配的角色的偉大遊戲，在這一遊戲中，劇作家和演員以扮演別人為遊戲。他們十分了解這種演出的眞正本質：某些劇中人物，他們可能扮演得很好，或者扮演得很不好，他們獲得成功的第一條件，就是有能力讓我們忘掉劇作家不過是在創作台詞、演員不過是在扮演一個角色而已。如果我們在後台請教他們，他們就會向我們轉述這樣一種看法，即他們所扮演的人物在我們的現實世界中是根本不存在的，但這種轉述也只是出於老生常談而已；他們知道，只有看作是一種有違常規的扮演行為，他們的藝術才顯得莊嚴堂皇。

抒情詩人把他自己裝扮成別人眼中的那個他，並且聲稱自己就是那個他。這一行為非常具有危險性，其最常見的結果就是擺出一副緊張的姿勢，或者一副自衛的、職業化的中立姿勢。比戲劇演員更甚的是，我們既不理解姿勢動作本身，也不理解擺出姿勢動作的那個假想的人物，但我們卻理解形象與慾望之間那種動態的關係，理解裝模作樣矯揉造作這個複雜而朦朧的事件。這是一種奇異的經過深思熟慮的行為；將外人的位置占為己有，同時希望一個聽眾或許多聽眾承認並接受他就是那個角色。但是聽眾還是感覺到了使角色活起來的那種緊張的希望，而不僅僅是其精心設計的表面。

為自己創造一個角色，然後據為己有，這是一種體現私人慾望的行為，它不可避免地與社會群體形成對抗，因為社會群體是將限定與分配位置的權力保留在自己手裡的。民謠中那些群體求愛之聲與其角色類型大體上是彼此相安無事的：愛人可以通過反覆使用社會群體所通常擁有的那些言詞來表述自己。但是，一旦這個愛人在語言中將自己塑造得有個性，他就跨越了那些經過認可的求愛語言的範疇；他的個性違犯並且背離了社會規範。因此，這種個性化的愛情詩經常與反正統的通姦文化有著密切的同謀關係，也就應當不會令人驚訝了：在古羅馬、在中世紀日本以及普羅旺斯，這一點表現突出；在但丁以後的歐洲愛情詩中估計也是如此[1]。在抒情詩中，置換的結構不斷重複並加強自我。渴望將外人的位置占為己有的抒情詩人在若干意義上都是這麼做的——而且他經常渴望將社會分配給他人的床位占為己有。詩所創造的這個特殊的愛人角色必定是對抗並且「取代」配偶的角色。但是，且不要誤解詩在這個反正統文化中的功能：儘管詩可以偽裝成很有性影響力，只想達到肉體的結果，但事

[1] 後來，這類愛情詩，即使是未婚男士向未婚女士的殷勤致詞，也呼喚著某種激情，經常即是呼喚著某種性關係，尤其是那種超越了社會規範所認可的婚姻關係的那種性關係。

實上，它只不過是這種結果的一種夢想性替代而已，而只有當它遇上了另一個夢想者，當他或她將詩人的幻想攫為己有，它才實際上獲得了成功。

詩的自我建構以及詩聲稱對那些特殊言詞擁有所有權，使得各種方式的攫奪和扮演成為可能：這是一個裝滿幻想的潘朵拉之盒。在讀詩的時候，所愛的人可以將詩中的愛人與他或她自己的幻想融為一體；同樣，詩人不僅可以扮演他自己，也可以攫取所愛的人的思想（通常還有其聲音），並在錯綜複雜的置換戲劇中夢想著她的慾望。

徐州故張尚書[1]有愛妓曰盼盼，善歌舞，雅多風態。予為校書郎時，遊徐、泗間，張尚書宴予，酒酣，出盼盼以佐歡，歡甚，予因贈詩云：

醉嬌勝不得，
風嫋牡丹花。

[1] 原書此處及下文皆將尚書理解為張建封，其實張尚書應是張建封之子張愔，曾任武寧軍節度使。此誤相沿已久，參看朱金城《白居易年譜》。——譯注

一歡而去，爾後絕不相聞，迨茲僅一紀矣。昨日司勳員外郎張仲素續之訪予，因吟新詩，有《燕子樓》三首，詞甚婉麗。詰其由，爲盼盼作也。續之從事武寧軍累年，頗知盼盼始末，云尚書既歿，歸葬東洛，而彭城有張氏舊第，第中有小樓名燕子，盼盼念舊愛而不嫁，居是樓十餘年，幽獨塊然，於今尚在。予愛續之新詠，感彭城舊遊，因同其題，作三絕句（今錄其第一首）：

滿窗明月滿簾霜，
被冷燈殘拂臥床。
燕子樓中霜月夜，
秋來只爲一人長。

白居易，〈燕子樓〉

這一年是西元八一五或八一六年。聽張仲素吟誦其題爲〈燕子樓〉的三首絕句之後，白居易很受感動。他充滿好奇，想了解這幾首詩的創作背景，如果用原文的說法，就是「其由」。這幾首詩中有某些東西——某些特殊的細節，抑或其地方特色十分明確的詩題〈燕子樓〉——引起白居易的注意，並促進他深入追究能夠解釋這幾首詩的創作動機的特殊背景。

白居易的詩序滿足了我們原先可能有的好奇心，正如張仲素回答了白居易本人的好奇探詢一樣。在追蹤自己這幾首關於盼盼的詩的寫作緣起時，白居易把他向張仲素提出的問題以及張仲素的回答合成一體。這種詮釋策略體現了孔子所教導的詮釋學的本質，如何解讀這個世界上的各種行爲(包括言詞的行爲)：首先要「視其所以」①，就像白居易一開始就注意到張仲素的詩具有「婉麗」的風格特點；接下來，要理解這種特點，就要「觀其所由」，即考察其背景由來——這正是白居易的第二個問題。但是，在孔子的教導中還有第三條亦即最後一條，那是最不容易做到也最難以捉摸的一條：「察其所安」——隱密的慾望一旦實現，就會給行爲者或言說者帶來心靈的安寧，可是這隱密的慾望又在何處呢？所有重要的言詞和行爲都是不均衡的力量，在言說者或行爲者身上尋找失落的均衡。

至於盼盼，我們清楚地看到她現在的「其所以」：她自甘孤寂，在這座以那些最馴良的鳥兒命名的燕子樓中。傳說中燕子有很強的生育能力，對於她目前這種孤獨不育的生活處境，這是個嘲諷。我們也看到了「其所由」，事件的鏈條環環相連，將她帶到目前這種背景裡，這背景同樣也成爲張仲素寫作絕句的起因，而這些絕句又成爲白居易自己創作絕句的起

① 此處所引孔子語，出自《論語・爲政篇》：「子曰：『視其所以，觀其所由，察其所安，人焉廋哉？人焉廋哉？』」——譯注

因。但是，最後，在絕句所假定的這種背景下，我們可以看到這樣一種推斷，即爲了讓盼盼心有所「安」，只靠孤獨地堅守貞操，贏得自尊，還是不夠的。白居易的詩所能預見到的是，她獲得心靈的安寧，只有死者復生一途，而那是不可能的。

這些詩並不是盼盼在爲自己說話，而是兩個男人的聲音在替她說話，他們取代了她的位置；從他們賦予她的那些慾望的騷動不安中，我們正可以讀出他們自己的慾望在騷動不安。我們也看到了白居易的「其所以」；對十二年前一個歡樂的夜晚充滿想望的回憶，在對她的孤寂的憐惜中，閃露出他那揮之不去的慾望的光亮。他讓我們讀「其所由」，即隨後產生了這些情感的那些過去的情景。我們還可以猜測他未說出口的希望，猜測估計他可能求得心安的可能性。他這種隱密的慾望要想與她隱密的慾望達成和解，只有一種辦法：那就是假如他可以替代死者的位置，就像以前在徐州那一次他站在張建封的位置上一樣。

十二年前一個酣醉的晚上，盼盼被帶出來「佐歡」。這樣快樂的經歷也就僅此一次而已。接下來，他也描寫了在他幻想中的她的慾望，在性的沉醉中她已不能自持；也許，當她分享著他對她的慾望的幻想之時，她也得到了歡樂。「醉嬌勝不得，風嫋牡丹花。」我們無法知道，他記憶中的歡樂究竟是來自一次實實在在的性遭遇呢，還是僅僅由於她在性玩笑中使慾望中止，並將這種慾望在其歌舞中表演出來，從而給詩人留下了深刻的印象。但我們知道這是一種親暱關係。白居易是外人，卻被允許站在只有張建封才有權站立的地方，觀察她，並在詩中寫下她的慾望的形象。而且，他占據這個位置，是得到張建封本人的授權的。

如今，盼盼出於本人的選擇，十分顧念她與張建封之間的那份情感契約。她寧願受他那永久而無聲的權威的約束，而不願將自己置於某個新的男人的權威之下：她有嫁人的自由，但卻不願出嫁。這時候，她頭腦冷靜，頗能自持。只有張建封有權占據她床上的空位——要麼，經過他授權的代理人或許也可以。

一種充滿憂傷渴望的香豔氣氛貫穿著白居易的這首詩。他想像她孤獨而居，充滿飢渴，想像他可以塡補這個空位，想像他能夠把她忍受的淒冷的不眠之夜，變爲溫暖和安眠之夜，使兩人各自得其「所安」。白居易在詩中對盼盼的慾望所作的幻想，同樣也替代了張仲素詩中未得到許可的幻想。至於盼盼的來龍去脈，詩小序中已交代清楚了。最起碼，這些抒寫永遠無法實現的慾望的詩，替代了具體的行爲，替代他的身體在遙遠的彭城盼盼臥床上占有那個空位。哪裡發生過一次替代的行爲，哪裡就會發生很多次。

白居易不能到彭城去。一個飢渴的身體被遺落在那裡，等待著。一晃過去了兩個半世紀，到了西元一〇七八年，另一位詩人眞的來到了彭城，並占有了這個白居易從來不曾想要占有的地方：後來的這個詩人在「燕子樓」中住了一夜。不幸的是，他來得太晚了，見不到實實在在的盼盼本人了。他也寫了一篇詩歌，以替代他那無法實現的慾望。同樣，這篇詩歌替代了白居易那篇眾所周知的詩作，自此以後，它就變成了與盼盼的故事聯繫在一起的一篇詞作。白居易的詩及其小序在這裡降格為一個腳註。後來的這位詩人自號「東坡」，讓我們回想起白居易曾經寫過的一處著名的「東坡」①（儘管後代總是將後來的這位詩人稱作蘇東坡，而不是他的正名蘇軾；並且幾乎沒有人記得白居易這個先驅者）。蘇東坡是中國傳統中的「篡位」大師；他大聲地扮演許多借用來的角色，而且總是強調他的輕鬆自如與自我實現，聲稱他不是在扮演角色，而只是在扮演他自己。

永遇樂

彭城夜宿燕子樓，夢盼盼，因作此詞。

明月如霜，
好風如水，
清景無限。
曲港跳魚，

① 白居易寫過〈東坡種花二首〉、〈步東坡〉、〈別種東坡花樹兩絕〉、〈西省對花憶忠州東坡新花樹因寄題東樓〉等詩，可知這個東坡在忠州（今四川忠縣）。——譯注

圓荷瀉露，
寂寞無人見。
紞如三鼓，
鏗然一葉，
黯黯夢雲驚斷。
夜茫茫，
重尋無處，
覺來小園行遍。

天涯倦客，
山中歸路，
望斷故園心眼。
燕子樓空，
佳人何在？
空鎖樓中燕。
古今如夢，

何曾夢覺？
但有舊歡新怨。
異時對黃樓夜景，
爲余浩嘆！

在他取代了別人的位置之時，他知道他自己的位置也將被取代；在詞的最後兩行，蘇東坡搶先一步占有了能夠篡奪現在的將來。將來某一天，如果其他人來到這裡，站在蘇東坡自己曾住過的這座黃樓中，回想起蘇東坡，他們就會明白，蘇東坡已經將自己置於他們的位置上，已經將他們所能想像的全都想到了。在詞的前後兩節中，他將自己塑造成既是回想的主體，又是回想的客體。在這齣小小的替換劇中，蘇東坡把自己寫成各種角色；他既和那些回想往事時充滿慾望的人站在一起，與此同時，他又承擔了盼盼這個因其慾望而被人懷想的角色。

但是此時此刻，蘇東坡在燕子樓中住了一夜，並做了一個綺豔的夢，在漢語中，這就叫「夢雲」（這種表面詞語取代並掩蓋了那些被禁用的性詞語）。如果這種夢雲發展到傾盆大雨的程度，那麼，它就會到處播撒生命的液體。然而，蘇東坡成功地做到的卻只是使傾盆大雨中斷，更鼓雷鳴般的震響，以及隨之而來的萬籟闃寂中一片枯葉飛落小徑的鏗然之聲，將夢中身體的性衝動導向了歧路。這可能就是所謂「想在舞台上表演迷狂的人，……應該把迷狂交給睡著的人」；但睡夢中的詩人卻保持緘默，而且詩的所有迷狂都能在睡夢前的期待或夢醒後的失落中發生[①]。

每次性遭遇都必須有個媒人，或者拉皮條的，一個負責介紹女人、號稱對她有控制權的人，他向新來的客人提供篡位的合法性或刺激性。對蘇東坡來說，這個角色是由白居易充當的。白居易的詩序和詩作向世界介紹了這位與塵世自我隔絕的盼盼，她一方面厭棄性關係，同時又露出揮之不去的慾望，白居易披露了寓於這兩者的張力之中的她的美妙可人之處。原先那個要求占有這個位置的人一定要退走；白居易是這樣退走的：他去世了，留下一個空缺讓蘇東坡填充，就像這個空缺當初是由張建封死後留給白居易本人的一樣。這個替換的本質已經改變了。唐代詩人白居易想要取代一個對這個女人有實際控制權的人；白居易的先驅者是張建封，是一個有很大的政治權力的大臣。宋代詩人蘇東坡則要篡奪前代詩人的位置；他搶奪幻想。

很久以前的過去，在她的陪伴下，曾經有過一次歡樂的經歷。接踵而來的詩人極力要回

---

① *Horn of Oberon: Jean Paul Richter's School for Aesthetics*, trans. Margaret R. Hale（Detroit: Wayne State University Press, 1973）, p. 29. ［譯者按］奧伯龍：歐洲中世紀民間傳說中的仙王，泰坦尼婭的丈夫。讓・保爾・李希特（一七六二—一八二五）：德國小說家，並有論著《美學入門》。

到那個歡會時刻，但它從來都是遙不可及。總有某些東西阻隔或者妨礙這一結局的實現；而詩歌正是在有阻礙之處應運而生，並取代了結局的完成。

白居易至少保留了基本的審愼與矜謹。他在詩中想像她的孤獨寂寞，想像她的飢渴的身體，於是，昔日他對盼盼的那種慾望又重新燃起，但是，他很有分寸感，沒有說出來。他並不試圖跳過那隔離的空間，唐突冒昧地去搶奪張建封的位置，因爲盼盼決定讓這個位置空缺在那裡。但蘇東坡卻利用了夢的特權：——「在做夢的時候，我們個個都像野蠻人。」①——跨越了這個空間，或者甚至更自大地，讓盼盼跨過這個空間走向他。他要從性的方面幽靈似的占有這個已經失去的身體，這個身體的美如今只是一個傳說，永久地存在於古老的詩篇中。過去是一塊用言詞編織成的布匹，它已經取代了眞正的事實。濟慈也臨時客串扮演了文本中的愛人：

> 蒼白是我見過的甜蜜的唇，
> 蒼白是我吻過的唇，那身形的窈窕

---

① Friedrich Nietzsche, *Human, All too Human*, trans. Marion Faber (Lincoln: University of Nebraska Press, 1984), p. 20.

我隨它輕飄，伴著憂鬱的風暴。

濟慈，〈讀但丁〈帕奧羅和弗蘭西斯卡之插曲〉後有夢〉

外部力量阻礙了這個綺豔之夢的完成，這些力量總是會這樣做的。這些抒情歌詩就是在遭受失敗的後果時寫的，這些新的言詞取代了舊的慾望之詩。白居易絕句片斷又回到了蘇東坡的詞中：它們分散在各處，深深地嵌入新的背景之中，它們被完全篡奪了，以至於在此後的九百年中，所有人都認爲這些詞語是蘇東坡自己的。「明月如霜」，這個很平常的明喻就是從白居易的詩中撏撦而來的：「滿窗明月滿帘霜」；但它是與另外一個更大膽而且更令人難忘的比喻緊密結合在一起的：「好風如水」。這個比喻象徵性地使詩人這個觀察者沉浸於他自己的詩歌建構中。緊接下來的就是一行欣然自得的詩句。蘇東坡在這句詩中無聲地宣布他已經占有了這塊禁地。他不必要像白居易那樣，僅僅想像這個女人被封閉在燕子樓裡；他讓我們知道，他就站在她的臥房裡，向外張望。所有分界性的圍欄都被打破了，無限風光，無古無今，在當年的那個女人和如今的這個詩人的眼中充滿了同樣的光景：「清景無限。」

有一個連續性的背景，在這裡過去與現在連成一片，在感覺中無法區分，在這一幕基本的變形場景中，那個去世已久的女人可以在一場潤濕的綺夢中與當今的這個男人相會。在這個背景上出現了諸種突入打斷的形式：一條魚嘩啦一聲躍出水面，又掉回水中，圓圓的荷葉上盛滿了露水，露水太重了，荷葉不能自持，於是露水瀉落到水中，而水面卻留下了風的形狀。「蓮」與那個表示兩性情感的字「憐」是諧音雙關，這個用法由來已久。而蓮花這一形象本身又通常用來比喻女人的性，就像露水這個形象通常用來比喻男人和女人的性愛液體一樣，此刻，當微風拂過水面，露水瀉落到水中。

開篇的這幕情景出現於詩歌性的而不是敘述性的空間裡。直到下面幾行，蘇東坡才從夢中醒來，同時目睹一種空寂的場面：「寂寞無人見。」這個開頭並不屬於詩人醒來後睜開的雙眼，也不屬於夢中那雙眼睛。這是一種只能存在於詩歌之中的情形，只有在詩歌中古代麗人和當今詩人、過去的詩與當今的詩才能走到一起來。但是，當這首詩歌在小序中簡要重述詩的本事之時，開篇的這幕情景就取代了夢境，取代了夢境的未能實現，液體瀉落，過程遽然被打斷，突如其來的聲響打破了飄蕩之中的寂靜。

這個行爲失敗了，言詞替代了行爲的完成，在慶祝這一失敗的過程中，言詞成功地替代了所有的先行者，也替代了所有的後來者。但這是一個可疑的（「靠不住的」[①]）安慰。我們飄浮在夢境之中，飄蕩在如水的風中；突然之間大水退落，只留下一批碎片和一鱗半爪的東西：

① 原文爲「fishy」意爲「魚似的」，「像魚一樣的」，在英語口語中又可理解爲「靠不住的」，因下面一首詩提到魚，故此詞在此一語雙關。——譯注

一如尼羅斯(Nilus)①退潮的突然，
到處留下魚鱗，一片又一片，
也許在別的什麼地方，一片魚鰭，
在退潮之前他曾經是魚：
夢境也這樣，它漲溢如潮，
離去時留下一鱗半爪，
由於他們的殘破，我們只好稱其爲
在魚鰭或者鱗片上的快樂。
若當我匆忙吻她的淚滴，
淚珠風乾了，戲弄了我的狂喜，
我難道不可以說河水淺落，
並在我欲飲時戲弄我的乾渴？
若當我去觸摸她的乳房，

① 尼羅斯，希臘神話中的尼羅河河神，希臘人認爲它是埃及最初幾個國王之一，是遠古灌溉系統的建造者。——譯注

沒有摸到卻拽住她的衣裳，
我難道不可以說蘋果那時
已經落下來，又被重新拾起？
睡眠並不意味是死神的兄弟；
它帶來的是恬適，不是懲治。
當這在陽光下完結，
當尼羅河剛開始退卻，
我的幻想將飛越睡眠的主題，
從而將夢幻的網絡一一織起：
夢河枉然退去，你仍在抗爭：
不管我還怎麼想，夢早已醒。

威廉・卡特萊特（William Cartwright）（一六一一—一六四三），[1]〈夢破〉

這首詩寫的既不是被無端打斷的那種恍惚忘我的夢境，也不是貿貿然允諾將破碎的夢的

[1] 威廉・卡特萊特（一六一一—一六四三），英國劇作家、詩人、牛津大學學者。——譯注

網絡——實現的那種幻想。正如斯賓塞所說的：「我發現這種工作與蜘蛛織網相同，一絲微風就能使它勞而無功。」本詩既缺少夢的這種脆弱的完美，又沒有幻想的那種部分的自由。它只是對恍惚忘我之境的一種不完全的替代，指向一個被打破的恍惚忘我的夢境，夢境中的狂喜要麼退回到過去，要麼等待著有朝一日能夠以某種方式實現：它只是權宜之計。港灣中，那條魚嘩啦一聲躍起，留給詩人的是「魚鰭上的快樂」，是已逝去的事物的鱗爪，他只能想像著這些東西的復活。像那首儀式性亂曲一樣，本詩也不是實實在在的演出，而是各場演出之間的接合部：它並沒有觸摸伊甸園中的肉體，並沒有觸摸那乳房的蘋果，而只是想像著、或者追憶著、或者期盼著能夠觸摸到。更重要的是，在想像、追憶或是期盼的過程中，詩歌知道它只是影子的影像而已，沒有一點是眞實的。其言詞是對在現實世界或者甚至在精神世界中的行爲的置換，既可愛，又有瑕疵。如果說這些言詞有什麼價值，這價值必定是從行爲中創造或者獲得的。

言詞／行為

Eisoptron[①]：對於詩歌製作來說，鏡子是最古老同時也最悠久的隱喻之一。明亮的鏡

---

① *Eisoptron* 希臘文，意爲「鏡子」。——譯注

子，不管是磨得發光的銅鏡，還是鍍銀的鏡子，看來都能絲毫不爽地捕捉住形象，並將其映現出來。這樣，鏡子就變成了對模仿的隱喻式模仿。但是，就像所有的模仿行爲一樣，鏡子本身的這個隱喻卻欺騙了我們，使我們忽略了觀察某一形象時所存在的基本的逃避或明顯的扭曲現象，我們原希望將其看作是眞實的毫無扭曲的反映。

這面模仿的鏡子將人類行爲的形象、自然的或心靈的形象返回給我們。確實，不管什麼東西進入其光線角度，這面鏡子都會一概將其複製下來。在反映來到它面前的事物時，這面鏡子就是這樣毫不猶豫，這就使我們忽略了這麼一個事實，即這面鏡子只是爲了一個目的而製造的：爲了向我們每個人展示在這個世界上我們除此之外根本無法看到的那個形象——正在看著鏡子的我們自己的臉。

我們願意相信，一件藝術品確實是一面鏡子，它以這樣一種方式向我們展示這個世界，使我們能夠對它進行「反思」，並從中發現支配其令人困惑的外形的模式。但也許，藝術的鏡子卻只給我們那個感知者的形象，不管這感知者是藝術家還是我們自己：

假如是這樣，在堅硬的石頭上
人們把所有他人的形象都比作自己，
我就讓它變得灰白，常常是蒼白，

就像我也被她弄成這樣。
因而我曾以我爲原形，
打算讓它成爲她。

米開朗基羅

是鏡子向我們展示了以前我們從未見過的他者。那喀索斯凝視著池塘，發現了那個最稀有最美麗的情人，就是這樣一種情形。如果我們「拿一面鏡子對準自然」，它就會擋住我們的視野：我們看到的只有我們自己的眼睛在看著鏡子。

但是，且讓我們彬彬有禮，假裝——這個古老的關於模仿的隱喻也會勸使我們相信——這面鏡子絕對向我們揭示了一切，除了我們的自我在觀察這一事實以外。繪畫和雕塑完美地反映視覺形式，而詩歌則傳達了更難以捉摸的現實：「我們只知道以一種方式反映可愛的行爲。」平達(Pindar)[1]曾如是說。

大概在西元前四六七年，埃癸那島年輕的索杰尼斯在涅墨亞競技會的少年五項運動中奪

①平達(約公元前五一八—前四三八)，古希臘抒情詩人，以寫合唱頌歌著稱。傳世作品四十多首，內容大多讚頌希臘神話和奧林匹亞競技的獲勝者。——譯注

冠，爲了慶祝這個勝利，平達寫了一首合唱頌歌。一開始，平達照例讚揚了這座城市和它年輕的冠軍，接下來，他就轉到了一個他情有獨鍾的話題，即藝術的力量可以保持勝利的榮耀，使之不致落入被遺忘的黑暗之中。

如果好運落到一個行爲身上，它會撞上
泉水之源，帶著甜甜的思想，這泉水來自
繆斯的河流；因爲了不起的行爲
如果缺少歌聲就會黯然無光；
我們只知道以一種方式反映可愛的行爲：
如果靠追憶，靠她閃亮的冠冕，
我們會在廣爲傳唱的歌詞中
發現對痛苦的補償。

熟練的水手們知道那場暴風
肯定在第三天
會颳起來，獲利的希望也不會

損壞行爲；富人，窮人
一起走到死亡的邊緣。但我相信——
奧德修斯的故事多於他所曾經經歷的
——因爲荷馬精緻的言詞：
因爲在那些謊言和高明的詭計多端中
有一種神的力量；他嫻熟地誤導
用它的故事行騙；有一種盲目
在所有人心中都存在。假如他們看到了
眞相，堅強剛健的埃阿斯(Ajax)[1]絕不會，
爲那副甲仗而怒，將那柄
光滑的寶劍刺進自己的胸膛。

① 埃阿斯，亦譯作哀杰克斯，希臘神話中的英雄，薩拉密斯國王的兒子，海倫的求婚者之一，在特洛伊戰役中，他被雅典娜女神逼著去奪回英雄阿喀琉斯的屍體和盾牌，立了大功。阿喀琉斯的母親提議把兒子的甲仗送給他，奧德修斯卻用計謀得到了這副甲仗，埃阿斯憤而自刺身死。奧德修斯探訪地獄時遇見埃阿斯的陰魂，埃阿斯仍然懷恨在心，並拒絕同他講話。——譯注

詩筆巧妙地騰挪變換，這一段最後轉到了埃阿斯的故事。埃阿斯是希臘當時健在的最偉大的勇士，在阿喀琉斯死後，他要求得到這位英雄的甲仗。但是，奧德修斯對此提出爭議，並用一些動聽的花言巧語，企圖說服聚會者將甲仗授予他。已經被女神雅典娜逼瘋了的埃阿斯，最終被迫自殺。他從這場競爭中退了出來，把戰場留給了奧德修斯（他無疑屬於那種會在戰鬥中丟棄盾牌、事後卻吹噓自己如何逃命有方的人）。

平達用誘人的言詞和對於永恆的承諾，輕柔地開始了這一段：「如果好運落到一個行爲身上，……」，運動會上的體育競爭已經結束，勝利的興奮已經消退。曾有那麼一段短暫的片刻，少年索杰尼斯及其家族爲眾人所矚目，引起一片欣羡和嫉妒；此刻，充滿羡慕的目光的人群已經開始轉身離去，回去處理各自的日常工作了。詩人提醒勝利者，他在運動會上這些榮耀的行爲與其來之不易的成功只是轉瞬即逝的，「如果缺少歌聲」，他的榮譽難免「就會黯然無光」。他提出了一個防護措施：反映行爲的歌聲就是勞苦的補償，是給勝利者越來越看清勝利之脆弱的一種安慰。在這首詩中，這個少年的行爲將被人銘記，受到尊重。

詩人在這裡儼然像一個職業藝人一樣言說。他的藝術——爲運動會上的勝利者創作合唱頌歌——是一門待價而沽的技藝，儘管這筆買賣也必須僞裝成自發獻禮的假相。本詩即屬於這樣一個交易系統：以言詞置換行爲（或者更準確地說，以言詞置換那種希望其行爲被看到被承認的渴求），以金錢的回報置換言詞。但是，詩人是一位很有經驗的商人，他要席捲所有，巨細不遺：「獲利的希望也不會損壞行爲。」這個篡奪者的攫取，是與其自身的不安全度相應的。宣布他的藝術有價值，同時也就是在維護他的生計。即使在西元前六四七年，詩歌也需要某種方式的辯護，需要公開揭示自身的價值。不過，這種奇怪的辯護最終誤入歧途，並道出了其撒謊的眞相。在整個過程中，配合可愛的行爲而自發舉起的鏡子，在不知不覺中已轉過來反映那隱密的驕傲，這驕傲潛藏於這個言詞藝術粗糙的力量之中，靠假話的那種騙人而又神聖的力量，它能夠將一個英雄推向毀滅。詩人站在一邊，看著他的對手，洋洋得意。

一首詩應該反映已經完成的行爲，但它沒有這樣，卻反而將其取而代之。詩是一面歪曲眞相的鏡子，它用這樣一種假相來哄惑讀者：明明是在滑向如今已從視野中消失的行爲所在的地方，卻還要聲稱是在同時反映這一行爲。正如在眞正的鏡子中映像隨著動作而消失一樣，這面隱喻的鏡子也這麼飛快地消失了，而對那首紀念性歌曲的演唱和慶祝卻長盛不衰。鏡子的位置被*klutos*即名譽所取代，這名譽傳得很遠很遠。在詩中，*klutos*不斷重複、傳播開來，持久地流傳下去，但在行爲上，這卻是無根之木，無源之水。它可以隨意改變自己的說法，說一些人們愛聽的謊話。

還有一個很有威脅性的黑暗：死亡和遺忘。面對這類危險，人們就就像一個期待有所捕獲的水手一樣，冒著險行走到很遠很遠的地方。詩人的言詞，也就是*klutos*的傳播者，同樣以這種方式四處流播。但是，詩人四處流播的言詞的軸心卻是*pleon*即「更多」。奧德修斯的*logos*即「言詞」和「故事」，更爲持久，比最著名的遠遊者奧德修斯或者他的行爲所持續的時間「更多」。並且，這種*logos*散播到比奧德修斯著名的流浪行程還要遙遠的地方。突然之間，這些引人注目的行爲——涅墨亞競技會上那個勝利者的行爲，甚或久經磨難的奧德修斯的行爲——在詩歌的扭曲性威力面前，一下子黯然失色了。詩歌是不朽的，而那些行爲則是易朽的，詩歌使這些行爲顯得比實際更高大(在這個地方，它已坦白承認，這些傳播名聲的言詞確實已經替代了實際發生的行爲)。

可見，人類對言詞甜蜜的謊言向來是盲目的：他們認爲那是眞話，甚至認爲那是行爲的不折不扣的反映。《奧德賽》中的各種奇蹟是一派謊言，與奧德修斯實際遭受過的苦難相比，無論從哪一方面看，都言過其實。突然間，平達又折轉回來，他回憶起關於奧德修斯的一段很有欺騙性的故事，這段與眾不同的故事賦予那種認爲奧德修斯的故事或言詞(*logos*)「多過他曾經經歷」的說法以雙重意義。在第二種同時也是占主導地位的意義中，這句詩指的是奧德修斯在與埃阿斯爭奪阿喀琉斯的甲仗時當著議論紛紛的希臘貴族的面聲稱他自己的功績比埃阿斯更大。當時的問題是哪個男人將要取代阿喀琉斯的位置，是這個行爲的男人，還是那個言詞的男人，那個人雖然較少行動，卻通過歪曲眞相的花言巧語的威力誇大了事實。正是通過言詞，奧德修斯贏得了這副甲仗，他迷惑了那些人盲目的心靈，那些人看不到埃阿斯的功績更大，儘管他眞正展現了「了不起的行爲」，但他缺乏奧德修斯能說會道的本領。當這些心靈盲目的人們拒絕把阿喀琉斯的甲仗獎給埃阿斯時，這個英雄走了出去，走進暗夜中，他已經被雅典娜女神弄得盲目，他殺了一群動物，以爲它們是人。接下來，埃阿斯從迷亂中清醒過來，看清了自己行爲的眞相，就用劍自殺而死。直到後來，直到奧德修斯在冥界又遇上他的時候，埃阿斯才變得能說會道，而且，那時候他的口才也還藏在緘默之中。

這裡，我們碰到了一個很難解開的結子，一邊是眞切的洞察，一邊是盲目；一邊是眞實，一邊是欺騙；一邊是與流傳不朽相聯繫的美妙動聽的言詞，一邊是與死亡以及普通的寂滅相聯繫的默默無言的行爲。詩的線索彎彎曲曲，伸進這個結子裡。這時候，我們看得出來：詩人對自己的這個職業的判斷力不知何故已經失控了；當那個言詞的男人被安排與那個行爲的男人競爭並最終戰勝了他，本詩開頭那些安慰性的老生常談，比如說詩歌是光榮的行爲的補償之類，也已經經歷了一次奇怪的變化。

我們只能對平達對涅墨亞競技會上那個勝利者說的話感到驚奇。他以涅墨亞競技會上那個勝利者和他「了不起的行爲」的名義，唱著迷人的言詞；在這些言詞中，他告訴人們，荷馬關於奧德修斯的迷人話語的迷人言詞是如何大爲言過其實，奧德修斯如何利用這類花言巧語，爲他自己贏來「了不起的行爲」的獎賞，而使那個訥於言辭的行爲的男人忍羞詬恥，最終走向自我毀滅。我們一路追隨著這個變化，從作爲行爲的鏡子的詩歌，變成比行爲「更多」的詩歌，再變成與行爲相競爭並戰勝行爲、毀滅行爲者並將其打入「黯然無光」之地的詩歌。

這絕不是那種普通的老牌冠軍最終被新來者、被狡猾的篡位者推翻的競賽。它是這樣的一種競爭，靠花言巧語獲勝的勝利者在勝利中找不到一點輕鬆愉快；篡位者最終之自我挫敗，已經由這種關係的形式所決定。他必須展示他的成功，因爲沒有得到公眾的確認，他自己的勝利就會喪失，就會墜入黑暗之中。爲了做到這一點，這個花言巧語的勇士必須恢復那個盲目的人群的視力；他必須誇耀自己怎麼歪曲事實，必須表明埃阿斯才是眞正的英雄，雖然被陰謀詭計打敗，卻是比他偉大的對手。然而，在這麼做的時候，他卻恢復並傳播了那個他竭力要將其「打入黑暗之中」的人的*klutos*即名聲。

迴廊：自殺與鮮花

爲了盡情享受自己的勝利，平達最後被迫提醒我們注意那個被擊敗的行爲的男人的尊嚴。靠言詞取得的勝利，最好也不過是顯得可疑而不確定，在最壞情況下則只是附在英雄的莊嚴肅穆旁邊的空洞噪音。爲了使這場勝利贏得不那麼可疑，詩人必須讓那個行爲的男人說話；必須給予相形見絀的埃阿斯以辯才。不幸的是，完全限在言詞所熟悉的領域裡爭論這個在言詞與行爲之間的問題，使彼此雙方都受到削弱：行爲的男人憤怒地吼叫，言詞的男人證明自己占有優勢，但這優勢只是針對一個不善言辭的人。行爲的男人所受的這種徹底的羞辱，是與言詞的男人心中的嫉恨和忌妒成正比的。詩人剝奪了英雄的位置，不允許他擁有自己的位置，無論在生前還是在死後。

奧維德斯在其《變形記》第十四卷中複述埃阿斯的故事時，也正是這樣做的。一開頭是一段智力和體力之間的程式化的爭論。埃阿斯爲自己極力陳詞，但卻沒有尤利西斯（奧德修斯）[①]說得動聽，他雄辯的自我表白爲他贏得了裁決，贏得了阿喀琉斯的甲仗。接著，奧維德給了埃阿斯最殘忍的一擊，他貶低飽受羞辱的英雄，寫他戲劇性的怒吼，由此埃阿斯在不止一個意義上走到了他糟糕的生命盡頭。

一群王子們亂成一團，
　最終結果表明力量
來自精妙的言詞：能言善辯的人
　贏得了勇士的甲仗。

---

① 尤利西斯是奧德修斯的拉丁文名。——譯注

他曾那麼多次獨自承受
　赫克托耳、利劍、戰火
和朱比特，現在卻不能忍受
　這麼一個齷齪醜行；痛苦
征服了一個未被征服的人；
　他猛地抽出寶劍，說道
「這劍不用說是我的！難道尤利西斯
　也會爲自己索要這柄寶劍？
我要用這劍對準我自己；雖然
　它向來經常流的是
特洛伊人的血，此刻它要扎進
　它那主人的傷口，
除了埃阿斯沒有一個人
　能夠戰勝埃阿斯。」
他說著，胸膛敞開迎向

利劍，終於受到了
它的第一個創傷，他向胸膛深處
深藏這柄致命的利劍，
手也已經沒有力量把
深插的劍柄再推向前：
鮮血使劍迸射出來，大地
被他的鮮血染紅，
開出了一朵紫色的花
從那翠綠的草地上，
這樣的花最初曾開放在
海阿辛斯(Hyacinth)[1]的傷口上。
花瓣上寫著字跡

---

① 海阿辛斯，希臘時代以前的植物神，是阿波羅的寵人，是形象英俊的美少年。風神仄費洛斯出於嫉妒，在阿波羅教海阿辛斯擲鐵餅時，將阿波羅擲出的鐵餅吹到海阿辛斯頭上。從海阿辛斯的血泊中，長出了風信子花(hyacinth)。——譯注

這個男人和少年一同
分享：那是一個人的名字，
也是另一個的吶喊。

這一節詩句的讀者有正當理由不同意埃阿斯的死有一朵紫色的花就足夠了，不同意裏上這麼一大堆紫色的言詞顯得有些過分。但是，《變形記》中這幕絢麗的死亡場面最終竟轉到了一種植物的起因。

在事物的名稱背後，隱藏著許多古老的傳說；天眞的觀察者曾認爲純粹是自然的東西，人們卻發現其中有著深刻的歷史蘊涵。有時，關於某個具體事物的傳說太多了。這朵花的花瓣上的標誌的起因很多樣。花瓣上寫著「ＡＩ」，這是世界上最早的一個意義曖昧的文本，它允許各種解釋爭執不休。優先選擇的說法是，當阿波羅無意中因鐵餅失手而殺死了海阿辛斯之後，他悲傷地驚呼道：「ＡＩ！」；阿波羅把自己永久的悲傷銘刻在這朵花的花瓣上，他用海阿辛斯的名字命名這種花（儘管他預見到有朝一日海阿辛斯要和埃阿斯一起共享這個題字）。奧維德甚至不願意讓被打敗的埃阿斯完全擁有自己的花。埃阿斯（哀杰克斯）是個新來者；他也是在死後變成了這種花，但他不能擁有這種花的名字（這名字早已被詩歌之神阿波羅分配給了海阿辛斯）。爲了爭奪對花瓣上所刻的音節的所有權，他提出了ＡＩ是他本人名字的第一個音節的說法。一個凡人被另一個凡人所替代，可以說無非是塡充應時鮮花這一可愛的形式的有機材料的交換而已；但是，當雙方爲了爭奪花瓣的所有權，都在其上留下了含義模稜兩可的題字時，那就完全是另外一回事了。可憐的埃阿斯只剩下一半的要求，只要求擁有名字的一半。

這是一個既可愛又意義曖昧的神話傳說：一個名字，一段歷史，竟被縮略爲物體表面的一個題字——題在書頁上或者花瓣上。它們經歷了一次變爲言詞的變形，這些言詞存留了下來，並且散播到遙遠的地方，這些言詞也許「超過他所曾經經歷的」——但是，這些謊言在我們看來太可愛了，我們根本想不起來去追究它是不是眞的。接下來就有年輕後生接踵而至，試圖將題字攫爲己有，這題字遂變得主屬不定，懸而未決。

諸如此類的神話傳說也許會誘惑人死後化作鮮花(或者變爲一部選本，或者一個用「言詞的花朵」紮成的花環)，並攫取海阿辛斯和埃阿斯的聲名的形式，假如不是攫取與海阿辛斯和埃阿斯有關的那個音節的話(儘管爲了避免競爭，這個人必須小心翼翼地做到使花朵的名字完全屬於其本人)。這種散播聲名的幻想，是一種反向運動，它與人們所恐懼的某些東西，例如羞辱、死亡以及遺忘、危險、厭棄石頭之類背道而馳。另一種方法就是聲名即 *klutos*，這種聲名傳得很遠，它逃避了實際的若干和苦難，卻獲得了飽經苦難的名聲。這樣的名聲可以通過寫於普通書頁之上的詩作、通過選本中的篇什來傳播。

　我要把我的痛苦送給全法蘭西，
比飛馳的箭矢還要快速，
我要用蜜蠟把耳朵塞住
爲了不再聽我的塞壬的聲息。

　我要把眼睛散進泉水裡，
把心散入火裡，讓石頭掩藏我的頭顱，
讓腳混跡於樹幹，爲了永不接觸
她那高貴的人類可愛的品質。

　我要把思想變成鳥兒
把輕柔的嘆息化作風清新溫和，
滿世界散播我的悲懷。

　我要用臉色的蒼白
讓一朵花在盧瓦爾河盛開，

花上寫著我的名字和我的悲哀。

龍沙，《情歌》第一卷（一五八七），一六

正像埃阿斯的劍從其身上迸射而出一樣，龍沙的痛苦也像箭一樣四向迸射。他的痛苦的名聲散播到整個法國（在本詩的另一種版本中，此句作「送給整個世界」）。開始的時候，他像奧德修斯一樣，躲避著塞壬們，漂泊天涯，最終，他像埃阿斯和海阿辛斯一樣，死後變成一種花。他關鍵性的肢體散入到堅實的自然界，變成了與其相應的東西，直到餘下的全都是如風一樣輕快的思想、嘆息，最後，臉色，那薄如蛛網似的皮膚表面，造就了這朵以他爲名的花，回到他的故鄉盧瓦爾河畔，完成了一個像奧德修斯當年一樣的還鄉之旅①。這花是這身體的最後一個替身，它銘記著先驅者的名字，也銘記著他的經歷的實質。海阿辛斯和埃阿斯這兩位先驅者在爭奪花瓣上題字的意義究屬誰家：正像奧維德所寫的，「那是一個人的名

① 一些注家說，他的花就是龍沙（Ronsard）家族徽章上的花：黑刺莓開花的莖條稱做ronce，燃燒起來叫做ard（譯者注：ronce和ard都是法語，兩者合起來構成龍沙的名字）。讓我們再一次回憶一下另外那個變形故事，臉色在藝術品的表面變得蒼白。米開朗基羅：「假如是這樣，在堅硬石頭上／人們把所有他人的形象都比作自己，／我就讓它變得灰白，常常是蒼白，／就像我也被她弄成這樣。／因而我曾以我爲原形。／打算讓它成爲她。

字，也是另一個的吶喊。」龍沙詩中最後一句的用典即出自此句。龍沙要獨占這朵花；爲了保持語義雙關，他又要求兩者兼得。

變形爲散播的名聲和變形爲花，似乎是一種自主的行爲，是一種反向運動，與面對強迫性的吸引力——塞壬的歌聲讓人慾望衝動，檣傾舟毀，死了也不留下一絲痕跡①——之時的束手無策是相悖逆的。

---

① 甲仗再次失落：人們也許會補充說，在奧德修斯飄遊的過程中，阿喀琉斯的甲仗被丟失了，最後卻自己「還鄉」，回到其所應該歸屬的地方，正如龍沙在其翻譯的一首希臘諷刺短詩（Gayetez, Traduction de quelques autres epigrammes grecs, 一〇）中說的：

尤利西斯被吊著被海浪顛簸搖晃
風暴收回到水淋淋的懷裡的
是珀琉斯的盾牌，又寬又重又大，
怯懦的累爾提斯根本不配使用，
而埃阿斯卻因此而自殺身亡。
但是海洋執法更加公正
勝過阿特里底斯和其他希臘人，
從細碎的浪花中吐出阿喀琉斯的盾牌
推送到埃阿斯的墳頭，而不是伊薩卡的海岸。

［譯者按］珀琉斯是阿喀琉斯之父，累爾提斯是尤利西斯之父，伊薩卡是尤利西斯的家鄉，三者分別指阿喀琉斯和尤利西斯。

這是有關女人／頑石的男性神話的一種變形，是恐懼和慾望的象徵：塞壬們坐在岩石上，他們使聽歌的人心裡軟化，原來綳得緊緊的弦慢慢放鬆了。

不管是誰，
因爲無知而被打動，只要聽到
隨便哪個塞壬的呼喚，他就會拋棄
妻子和兒女，中了塞壬的妖術，
他的心情再也不會惦記著家中，
他們不會爲他而喜，他也不會因他們而悅。
塞壬就這樣用歌聲軟化
（歌聲悠揚，具有那麼強的蠱惑力）
讓他心靈渙散，以至交出自己的頭。

奧德賽，第十二卷，五八—六六行（據查普曼英譯本）

龍沙則在專心致志的黑影中「爲自己創造了名聲」。但是，這個形象地表現他在受苦受難的反向運動，只不過是他走向那個有強烈吸引力的聲音的倒置反映而已。

爭奪名字

在你的詩歌採取的形式裡
我希望找到我自己。

歌德，〈模仿〉

大約在一二四七年，蘇菲派信徒詩人魯米(Jalal ud-din Rumi)[1]終於成功地把四處行遊的托　僧人山姆西·大不里士趕出了科尼亞(Konya)[2]，其實在精神上這個大師已經漸漸迷上了山姆西·大不里士。驅逐了山姆西·大不里士之後，魯米變得鬱鬱寡歡；其後，在他的所有詩作的最後一句即「署名句」中，他都簽署了「山姆西·大不里士」的名字，以代替他自己的筆名魯米。有時候，他還用山姆西·大不里士另外一些各不相同的筆名。

愛慕、競爭、忌妒、效法：這一組由互爲對立面的因素組成的矩陣，將他與這個人捆綁

① 魯米(一二〇七—一二七三)，波斯蘇菲派(Sufi，伊斯蘭教的神秘主義派別)詩人，主要作品有長詩《瑪斯納維》(《訓言詩》)以及抒情詩《夏姆斯詩集》。——譯注

② 科尼亞，土耳其中部偏西南的一個城市，位於安卡拉以南，從十一世紀到十三世紀，科尼亞是強大的塞爾柱蘇丹帝國的首都。——譯注

在一起。他無處不在，那個他者必須除掉——要麼是被那些認爲其行爲有違師訓的徒弟們在不經意之間趕走，要麼是由於死去而被人替換掉，從此成爲過去。於是，他就可以踏步進來，塡補空出的這個位置；他搖身一變，既是他自己，又是他者。

在其垂暮之年，歌德受約瑟夫・封・哈爾爾——珀格斯塔爾翻譯的波斯詩人哈菲茲（Shamsoddin Mohammad Hafiz)(約一三二六—一三九〇）[1]的抒情詩的啓示，出版了《西東合集》（一八一九）。這是一部獨一無二的詩集。集中的詩不是翻譯的作品，盡管它們從翻譯的哈菲茲的詩中借用了許多素材。我們也許會自鳴得意地說，它們是「以哈菲茲的風格」寫成的；但是，其中很多詩篇是那麼多地討論「哈菲茲的風格」，以至於變得與「哈菲茲的風格」全然不同。歌德不容許自己剛剛接手這個位置，就這麼簡單地自我消失無蹤：他必須爭奪這個位置，必須顯示他是從外面來的，正在靠自己的力量奪取這個位置——不管反覆提出這一類要求會引起多少對他對這個位置的所有權的質疑。

這些詩是眾聲喧嘩的抒情詩，有著競爭、戀愛和友誼關係的各方來來往往，彼此之間反覆訴說歌德扮演了全套角色，有時候在詩題中標明其角色，有時候則不予標明。他既是對著

---

① 哈菲茲(約一三二〇—一三八九）：波斯詩人，能背誦《古蘭經》，他的名字的含義就是「熟背《古蘭經》的人」。——譯注

哈菲茲訴說的歌德，同時又是對著歌德訴說的哈菲茲；他既是哈特姆，通常扮演情人角色，向他所鍾愛的蘇蕾卡訴說衷情，同時又是蘇蕾卡，回應著哈特姆的訴說[1]；他既是那個無名詩人，又是這個無名詩人的同伴「侍酒者」，即波斯詩歌中的*saki*[2]。他發出各種聲音，一半是抒情詩人，一半是劇作家，他揭示了隱藏於兩者之核心的那種特殊感情：一個是藏於抒情詩中的隱秘的劇作家，他把一個他者寫得就像是他自己；另一個是藏於劇作家中的隱秘的抒情詩人，他把自己寫得就像是某位他者。透過所有這些聲音，我們看到了另一個歌德，他知道，在他多種多樣的變形中，他已經不知不覺地漸漸掙脫了拴繫，而散入到分散的各種名字與喋喋不休的各種不同聲音之中。

他是那個愉快的盜名之賊。畢竟，這些在波斯詩歌中已經如此眾所周知的名字只是*Beinamen*，即「化名」，只是某些角色、性質以及存在方式的代號而已，在不知不覺中，早已外在於那個「靠」這樣一個名字行世的人。這些名字曾經被當作禮品送給從前的詩人們，或者已被從前的詩人們通過一種自我闡釋的故意行爲採用過。而現在，就像空出來的房子一

---

① 「蘇蕾卡」(Suleika)是瑪利安·封·威爾默的化名，她是歌德所心愛的人，有一些「蘇蕾卡」詩是她寫的。

② saki，波斯語，意即「cup-bearer」，侍酒者，即將酒遞送給飲酒者的男童，往往成爲飲酒者的慾望對象。——譯注

樣，這些未被占用的名字彷彿在等待新來者提出對它們的要求，並搬進去。那個舊所有者，現在雖然不在房子裡，也可以在想像中召回，並使之溫文爾雅地交出這個位置。

在那首題爲*Beinamen*，即「筆名」或「化名」的詩中，歌德用穆罕默德・沙姆斯—奧登（哈菲茲）的「專名」召回哈菲茲，並詢問他是怎樣獲得哈菲茲這個意爲「保存者」或「記憶者」的名字的。哈菲茲是一個有教養的人，他很禮貌地回答歌德，向這個新來者解釋說，人們給他這個名字，是因爲他能夠「靠記憶保存」《可蘭經》經文——可以說，他是靠這種能力爲自己贏得了聲名。

哈菲茲絕不是攫奪者；他是一位古老的詞句的記存者。但是，歌德覬覦著這個現在已無人使用的名字，並要將其加入自己的詩集中。他是信奉歷史主義的現代詩人，他既已「進步」到超出從前的詩歌，又能將從前的詩歌包容在內[①]。他向哈菲茲說明爲什麼這個名字現

---

① 先前人們認爲，歌德的「普遍性」體現在他能夠在其心中吞沒所有的歷史差異。弗利德里希施・萊格爾《關於詩歌的對話》：

但是，這裡至少還保存著一個傳統，即人必須回歸古典時代，回歸自然，這一火花在德國人中燃起了火焰，當他們逐漸以前人爲榜樣開展工作，溫克爾曼教人考察古典時代，是將其當作一個整體，並且提出了關於藝術應當如何建立於其形成史的基礎之上的最初的榜樣。歌德的普遍性是對實際上分屬各國各個時期的詩歌的溫和的反映：一系列取之不盡用之不竭而且堪當楷模的作品研究、速寫、斷片和實驗，文體各式各樣，形式也各不相同……翻譯詩人的作品以及對其韻律節奏的再創造，已經變成爲一種藝術，

在應該屬於他了：

那麼，哈菲茲，在我看來
我可以不必對你退讓：
因爲當我們像其他人一樣思考
我們就變得與那些人一樣，
因而我和你完全一樣，
吸取了榮光的影像
從我們自己的聖書中，
正如在那萬布之布上
印上了耶穌督的身形
並復活於我寧靜的胸膛，

（續）

而批評已經變成爲一種知識的形式，它消除了舊有的疵病，爲理解古典時代打開了新的視點，在這種背景下，一部完美的史詩就出現了。

萬事俱備，只等德國人進一步運用這些方法，歌德已經在他們面前樹立了典範，他們亦步亦趨，爲了能夠使所有的藝術形式復活，或者將它們重新結合，他們要追蹤這所有的藝術形式，追溯直至其本源。

不管那些拒絕、阻止還是偷竊，
帶著信仰的幸福影像。

哈菲茲從他人手裡得到這個名字，是隨意而不受拘束的。歌德與其不同，他要求獲得這個名字，是靠他的正當權利。他提出理由，說自己也能記誦《聖經》，這與哈菲茲在《可蘭經》方面的學問旗鼓相當，來證明他將這個名字據爲己有是正當合理的。歌德不僅以自己的聖書替代了《可蘭經》，而且對其自誇的能夠記誦《聖經》的本事也沒有任何一點承諾。這僅僅是他爲滿足慾望而施的計謀，僅僅是他爲奪取這個名字而採用的手段而已。一旦他變成了「哈菲茲」，熟知《聖經》這一回事也就被完全忘到九霄雲外去了：他眞的想得到先驅者的那個位置，不僅要用上先驅者的名字，還要保持他原先的身分。一旦他以他人的名字披掛出場，這個新的條頓人的哈菲茲說的就是《可蘭經》式的宇宙了。

先驅者總是說得恰到好處，而新來者即攫奪者則說得太多。他忙著提供榜樣、說服別人、苦口婆心、羅列證據，而在這種場合下對他最有好處的卻是沉默。在這一類過分行爲中，不可避免地會有某種東西使事態複雜化起來，而本來它是極力扶持這種事態的。哈菲茲因爲是一座《可蘭經》詞句的巨大寶庫而得名，與此不同，歌德這個歷史主義者的記憶的象徵是基督印在裹屍布上的身形影像：是留在紡織品和《聖經》文本上的難以確定的殘留影像

（afterimage，德語作*Nachbildung*，意爲「模仿複製」），是死亡和缺席的印，它會招來質疑，並且有待闡釋，就像那朵風信子花瓣上的「ＡＩ」標記。它是一種影像，它的意義必須受到追問，對它的解釋要求有一種對信仰的主動肯定。

千萬不要相信他的諾言。他沒有絲毫忠貞可言；他的承諾只不過是意願，是權宜之計而已。偉大的植物學家歌德一定會欣然將風信子花瓣上的「ＡＩ」字樣看作是大自然隨意畫出來的線條。不過，如果它有助於達到他慾望的目的，他也能夠作一次想像性的承諾。他一定會樂於把這些以及其他一些標誌看成是一個死去的先驅者留下的印記。接受了死者拂之不去的印記的並不是那種記憶，而是當他要這麼解釋那些標記的時候，他可以將自己拱手讓給那個角色，並主張信以爲眞，同時將所有其他可能性統統替換置入一個總體存疑的框架中。儘管他在詩中要求我們拒絕這一類懷疑，但他總是說得過分了。爲了控制懷疑，他提醒我們注意存在於暗處的懷疑。對這個歷史主義的詩人來說，自我可以突出表現，然後定居下來；而先驅者則是一個空的軀殼，什麼人都可以住進來，可以加入到詩集中。

他解釋這個名字，解釋這個古老的標記，並突出這個空出的位置和角色；然後，他就搬進去占有了這個位置。他踏上這一段旅程，他是移民，而不是遊客。他與自己先前的過去訣別，一個新的時代、新的曆法由此開始，就像伊斯蘭教紀元是由穆罕默德從麥加到麥地那的那次逃亡開始一樣。

北方與西方和南方彼此分手，
王座爆炸了，帝國在顫抖；
趕快逃到純潔的東方去
呼吸家族酋長統治的氣息。
享受著愛情、美酒和歌聲，
你會在基瑟泉邊越活越年輕。

在那裡的純潔和公正中
我要深入地追蹤
追溯人類的最初起源，
在那裡他們從上帝手裡依然
得到用塵俗語言表示的天智
而不必爲此打破頭爭來爭去；
在那裡他們高度崇敬父輩
並且把外來的奴役擊退。

我想體會一下年輕的局限：
思想狹隘而信仰寬闊無邊，
因爲言詞在那裡那麼重要，
只因那是說出來的言詞。

我要和那裡的牧羊人混在一起，
在綠洲中恢復自己的體力，
當我隨著沙漠車隊到處遊歷，
做些披肩、咖啡和麝香的交易；
我要把每一條小路走遍
不管它在城裡還是荒原天邊。

我追隨高下起伏的險峻山嶺
哈菲茲，帶來慰藉的是你的歌聲，
就像沙漠商隊的領頭人欣喜欲狂
騎坐在自己高高的騾背之上

用歌聲喚醒滿天星斗
也用歌聲把強盜們嚇走。

我要在那些浴室和客棧裡
想念你，聖潔的哈菲茲，
當我的愛人把她的面紗掀開，
她顫動的頭髮有珍饈的香味傳來：
是的，來自詩人的愛的私語低吟
哪怕是天仙也會春心萌動。

如果你爲此對他心懷忌妒
或試圖將其破壞得一塌糊塗，
你可要明白詩人的言詞
是在天堂門邊盤旋不去，
它們總在輕輕地叩門，
要求得到永恆的生命。

「逃亡」（Hegira）[①]是《西東合集》開卷第一首詩。它宣告歷史已經終結，又回到了那個永恆不變的世界的原初起點。它是回歸伊甸園這一詩歌神話的歷史主義版本，在這一版本中，知情與無知相遇並融合到一起：那個終極先驅者的位置就這樣被攫奪了。

這樣一種回歸包含了諸多令人愉快的悖論，永遠也解決不了。歌德自願選擇讓自己屬於那個以確定不變爲其主要吸引力的世界；他會改變，從而使自己變成那個恆定不變的世界的一部分。他的身分已經是一大堆角色的集合，是企圖將一切事物都包容起來的一種永久的變形。最終，只有一個條件他不能達到，正是他所採取的那種達到的方式，使他達不到這個條件：他永遠不可能成爲一個統一的整體，永遠不可能是獨自的單一事物。

詩頁上寫著那些古老的標記，寫著那個《可蘭經》記誦者哈菲茲的名字，他從中讀出了一個伊斯蘭教的東方，那兒社會穩定，長治久安，正是那夢寐以求的定居的地方——在那個地方，他會感到自由自在，平靜安詳。但是，那裡對他恰恰是可望而不可即的，中間隔著一條再細不過的不可能的界線。變形從來不可能是自由自在的，因爲他總是會想像那種自由自在的感覺究竟如何。對這一悖論，歌德理解得太過深刻了。如果他不能解決這一悖論，至少

---

① Hegira，逃亡，特指西元六二二年穆罕默德從麥加到麥地那的逃亡，標誌著伊斯蘭教紀元的開始。亦寫作hejira。——譯注

他可以與之遊戲。在這樣的遊戲中，這一悖論依然是重要的而且是活生生的。

他開始踏上走向心靈嚮往之地的旅程，裝作這是很有必要的：各方都爆發了暴力，只有東方仍然是可以逃亡的方向。他富有啓示地想像了哈米吉多頓(Armageddon)①，想像了伊甸園的再生，在想像中，許多地方崩潰了，變成一個地方，世界陷入了歷史，退回到無始無終的永恆。這是那個最古老的世界，同時也是那個最年輕的世界，在這個地方，所有的對立面都可以成立：這是一個酋長制的世界，這裡將會尊重歌德老人；不過與此同時，這也是一個返老還童的世界，老人在這裡將變得年輕。它是一個天眞無邪的世界，極近於糊塗遲鈍；不過，它也是一個偉大的智慧的世界——不是寫下來的言詞、而是說出來的言詞的世界(或者因此之故，他才以讀翻譯的哈菲茲作品爲題寫詩)。它是一種西方對東方的幻想，是極端的東方主義，在這種情況下，一切的屈尊俯就同時也是對他者的極度渴望。在這個他者身上，存在著各種相互矛盾的兩極：年輕和老年，世故老練與天眞稚嫩，聲色犬馬的感官享受和優雅得體的限制約束②。

---

① 哈米吉多頓，按《聖經》中的說法，這是世界末日善惡決戰的戰場。——譯注

② 具有諷刺意義的是，歌德對於東方的看法去不知不覺中吸收了伊斯蘭詩歌中對「東方主義」的說法：由沙漠商隊和綠洲構成的詩歌中的貝都因人的世界，給予那個彬彬有禮的城裡的波斯人，那個極端世故的哈菲茲的感覺，正如伊斯蘭世界作爲一個整體給予歌德的感覺一樣。

這個攫奪者和新移民對邊界感到入迷了，只要跨過這條界線，就會感到一種變爲他者的快樂。他把各種限制、禁令以及各種遮蓋物一一登記下來：老齡和必死的命運，法律和風俗，過去的負擔。但是，這個世界是「無邊無際的」，每一種限制都能以某種方式突破並化解。跨越這條邊界線的強烈慾望是情色的慾望：面紗遮蓋了臉，並垂掛在那裡，這只是爲面紗被揭開的那一瞬間積聚力量而已。而揭開面紗又是由詩的力量完成的：

當我的愛人把她的面紗掀開，
她顫動的頭髮有珍饈的香味傳來：
是的，來自詩人的愛的私語低吟
哪怕是天仙也會春心萌動。

這些詩句既是哈菲茲的，也是歌德自己的，它們是從一個既是新人又是老人、既是歌德又是那個擁有神力的古老言詞的記誦者哈菲茲的人的嘴唇裡吐出來的。這些言詞帶著他穿過遮擋，進入天上仙女們居住的天堂，從而將彼此對立的兩方，即伊甸園和人類墮落後的那個

（續）

［譯者按］貝都因人（Bedouin），在阿拉伯半島和北非沙漠地區以游牧爲生的阿拉伯人。

性的世界，又重新統一起來了。

通過回首，歌德創造了一個歷史的循環；在這一無窮無盡的循環中，他獲得了「無邊無際的」(*Unbegrenzt*)的空間：

你不能作出讓你偉大的終止，
也不能作你命中注定的開始。
你的歌聲在旋轉就像那星空，
開始與終結從來沒有不同，
中間部分所帶來的東西
顯然已見於結尾和開始。

你是眞正的快樂的詩人的泉源，
流瀉出無數的波浪前後翻捲；
一張嘴總是在期待著親吻
一首歌在流淌著愛情的胸中；
一個喉嚨總是渴望著暢飲，

一顆善良的心傾吐自己的情衷。

且任憑整個世界沉淪，
我願意讓你，哈菲茲，只讓你一個，
做我的對手。讓痛苦和快樂
給我們這一對孿生兄弟分享著！
像你一樣去愛，像你一樣暢飲
應當是我的榮耀，應當是我的生活。

現在就帶著你的火離去吧，歌聲，
因爲你比我更老，又比我更年輕。

他踏入這樣的一個關係圈，於是，他擺脫了線性的歷史，脫離了世代衍續的世界。在那個世界裡，先驅者的位置總會被有效地奪去，新來者也因之而隨時面臨著最終被驅逐的結局。在世代衍續的地方，自我和他者是成雙成對地出現的。線性的時間彎曲成一個圓圈，像歌曲周而復始，永生不朽。

在一件純屬家族風流韻事的世代衍續的過程中，蘇東坡取代了其先驅者白居易的位置。白居易已經離開人世，他的詩作也隱身於後來的那個詩人的那首詞作中。歌德闡釋那個先驅者的名字，他依然將其當作是一個孿生兄弟，並與其一起鎖閉於永恆的愛和競爭之中。在這一循環中，沒有任何東西完成或失去了；他者被轉變成了一種闡釋和描述。

這是歷史主義的作品：把他者的聲音包容在闡釋的遊戲裡。各種各樣不同的關係共存，不需要在彼此之間作抉擇決斷：他就是他者，他就像他者，他不同於他者（「現在就帶著你的火離去吧，歌聲」）。既有對對立的肯定，又有向對立面的運動，也有相對立的雙方的聯合：西方的詩人變成了東方的詩人，現代的詩人變成了古代的詩人（從另一個意義上說，後來的現代的詩人變成了原初的詩人），老人恢復了青春；而且到了後來，當他以蘇蕾卡的口吻寫作時，男性詩人變成了女性詩人。儘管他有一種錯覺，認爲他與先驅者或者他的所愛之間關係緊張，詩人仍然可以扮演任何角色，可以介入各種關係，因爲並沒有一個難以駕馭的他者把他束縛在某種特定的關係中，或者某個特定的位置上：他既可以是任何角色，又什麼都不是。

儘管他無法逃脫，歌德還是清楚地知道這種變形遊戲的結果。不斷地與原來的身分告別，總是在蛻去舊皮，這就使他永遠達不到原初的那種穩定，而只能達到某種最終的不穩定。這個詩人有著像風一樣的形體，他獲得任何名字都是有條件的，即必須「把自己想像爲」他者。但是，任何名字、任何思想、任何言詞都不會持久。

他可知道與他同行以及他變成的是誰？
他總是在瘋狂中才有自己的行爲。
他被一心一意的愛
驅趕入無邊的荒野草叢。
他寫在沙上的韻文的悲哀
同樣也被風吹掉，
他說的話他自己並不明瞭，
他說的話他也不會堅持。

摘自，〈控告〉

這是不可避免的。第一次的替代行爲總要帶出許多他者；它從不給人帶來那種翹首盼望的滿足感，而詩人則不斷地被驅使去重複這種替代行爲。就像後代出生的皮格瑪利翁再也不可能塑造出那尊最終讓人滿意的塑像一樣，變形者再也找不到那個讓他感到自由自在的輕鬆自如的自我了。他的心變得居無定所，流浪四方。他掙脫了拴繫，踏上了一個連續不停的變形過程，他要追求一連串永無止境的夢寐以求的他者的形式，他渴望將這些形式據爲己有。

在這個連續不停的自我創造的過程中，產生了一種嚴酷的不朽；它要求連續不停的自我毀滅，在這條小路上，到處散落著被遺棄的自我的軀殼。

在所有諸如此類的攫奪他人的位置的行爲的核心，我們會找到羞恥、自我仇恨以及無限的針對自我的暴力能量。迫在眉睫的是某些可怕的威脅：被敵人捏在手裡只待一死，或者被社會群體判處死刑，或者是自殺。但是，詩人並非聽任身體的毀滅，而是要摧毀棲居於身體之中的自我。① 阿耳喀羅科斯丟掉了盾牌，在刀鋒和恥辱的威脅下，他用言詞創造了一個新人：

就我來說，
我已經獲救，那我還管什麼
盾牌——隨它去吧。
我會再賣一面同樣好的。

---

① 處於相同的境遇之中，蘇格拉底卻作出了恰恰相反的選擇。也許因爲這個原因，哲學家永遠不能原諒詩人：這個選擇使他們想起人的靈魂是會變的。而且，在壓力之下，人會變得怯懦，他在鼓吹其勇氣、聰明以及機智的時候所展示的靈活機變就是見證。奧德修斯就是以這種方式贏得了阿喀琉斯的甲仗。

在西方抒情詩中，最古老的自我表白行爲之一就是將史詩的戰爭主題替換成抒情詩的愛情和酣飲主題。也許，拒絕史詩中的暴力始於阿耳喀羅科斯從戰場上的那次脫逃；《阿那克里翁體詩集》[①]第二首召喚荷馬的七弦琴，但需要的是一種更加沉醉的音調。然而，最生動的一幕見於《阿那克里翁體詩集》第九首，在這首詩中，詩人是這樣開頭的：「我要，我要變得瘋狂。」他接著又舉了其他一些變得瘋狂的例子，最後講到埃阿斯的例子。埃阿斯得到赫克托耳的劍，欣喜若狂，正是用這柄劍，埃阿斯自殺身亡。遭遇這個類似的結局之後，這個抒情詩人立刻突然轉向，轉向一個替代行爲，聲稱自己手上還有別的一些東西：「但我有酒杯／還有花環。」

然而，這個新的角色一點也不穩定，從來沒有使人滿足；而他卻渴望著穩定和滿足。他心甘情願甩掉現有的形式，以便再去取代另一個人的位置，並且在其言詞作品中始終重複這個行爲。但是，每一次取得新的位置的行爲都是對自我橫加暴力，都是自我的自殺，是「自殺性攻擊的神風攻擊隊員」，在新的言詞中，在傳播得很遠的*klutos*即名聲中，他的自我又獲得了新生。他總是用這些言詞，使打擊不要落到他身上，使曾經對準埃阿斯的劍不要對準他

① 《阿那克里翁體詩集》(*Anacreonta*)：阿那古里翁(西元前五七〇?—四八〇?)，古希臘宮廷詩人，其詩多以歌頌愛情醇酒爲主題，後人多有模擬，稱爲「阿那克里翁體」。——譯注

自己。

在這二千個我和我們當中，我想知道，哪一個是我？
讓耳朵聽聽我的喋喋不休，不要將你的手放在我嘴上。
既然我已經失去控制，不要將玻璃放在我的路途中，因爲
如果你放了，我將跺腳踏碎所有被我發現的玻璃。
因爲每一刻我的心都與你的幻想混在一起，如果
你高興我也高興，如果你正悲傷我也感到悲傷。

你是原版——我是什麼人？你手中的一面鏡子；
你照什麼，我就顯示什麼，我是一面地地道道的鏡子。

薩拉—依・迪・烏・登的恩典在我心中閃耀；他是
這個世界上心靈的蠟炬；我是誰？是他的杯子。

魯米，《加札爾》①

但銘刻的背後沒有什麼東西，
它是它自己，它必須告訴你
很久以後，在心滿意足中
你會高興地說：是我說的，我！

摘自歌德，〈好遠的符記〉

走向隱喻

《晉書》中講述了這樣一段故事：石崇(二四九—三〇〇)得一美伎，名叫綠珠，姿色美豔。攝政王越王倫的親信孫秀權傾一時，欲得到綠珠。孫秀派一個使者向石崇索要綠珠爲「禮物」。當時，石崇正在金谷別館裡，登涼臺，臨清流，身邊環侍著一群女人。使者稟告了孫秀的要求，石崇當著使者的面，盡數出示其婢妾；個個都穿著輕羅綺縠，散發著蘭麝的香味。石崇說：「請挑選吧。」使者卻說：「你的婢妾確實美麗；但我受命來此，只是要帶綠珠回去。不知道哪一位是她？」石崇隨即說：「綠珠是我所愛；你不能帶走她。」使者竭

① *Mystical Poems of Rumi*, trans. A. J. Arberry (Chicago: University of Chicago Press, 1968), pp. 143-144.

力要說服他，提醒他注意抗命的後果，結果徒勞無功，石崇仍然不願交出綠珠。孫秀得知石崇抗命不從，勃然大怒，就催促越王倫收捕石崇。石崇和他的一些朋友風聞孫秀等圖謀對自己不利，就孤注一擲，策動了一次反陰謀，企圖推翻越王倫。這個計謀被孫秀發覺了。當士兵來抓他的時候，石崇正在高樓上舉行宴會，看見士兵站在門口，他立刻明白發生了什麼事。他對綠珠說：「事已至此，乃是爲了你的緣故。」綠珠哭泣著回答：「既然如此，我現在就死在你面前。」說罷，就從樓上縱身跳下。

石崇及其全部家人，包括其母、兄、妻、子等，都被越王倫的軍隊帶走處決。

此人姓石，名崇，有「崇高、榮崇」之意，這是帶有吉兆的一種品格，他被勸戒要實現這種品格。「綠珠」是一個家奴身分的歌伎，她只有這個以一種貴重物品、一種寶貝命名的名字。正如她可以被人占有一樣，她也可以以石崇的政治安全爲價錢而被賣掉。但是，石崇拒絕這種交易：他告訴使者他「愛」綠珠，用「愛」這個詞，表達的不是他對作爲另一個人的她的慾望和牽掛，而是他十分珍惜她的價值，乃至於「捨不得」（這也可以說成是「愛」）將她讓給另一個人。爲了保住這個婢妾，石崇拚死一賭，她只是作爲性的物體而得到珍愛；他放膽冒險一賭，結果輸了。

她作爲物的價值的確很高，幾乎超過了任何東西所可能有的價值。最後，綠珠決定把石崇對她的價值的高度評價看作一個機會。她以自殺的方式，摒棄了她作爲私有財產物（收捕之後，她將與石崇的其他家產一起被孫秀沒收）的地位的那種安全感，從而爲自己，至少在她縱身跳樓的那一短暫的瞬間，奪回了一個人的地位。經過自己的選擇，她介入了封建關係中的那種致命的經濟關係，這是建立在接受和償還債務的基礎之上的。綠珠聲明自己是一個好的婢妾，像中國上古故事中許多優秀而令人同情的門客一樣，她以自己生命的通貨償還了債務。一個人突然浮現於一件可愛的物體的表面之後；那從樓上墜落的身體是一個人，而不是一件物品。

九世紀上半葉，詩人杜牧尋訪石崇金谷園舊址，在那裡，他回想起這個雖然毀滅了身體這個寶貴的東西、卻爲自己奪回了人性的女人。像燕子樓中的盼盼一樣，她通過一個表面上看起來是自由自願、而實際上卻是強加於她身上的拒絕行爲，進入了只有人類才有資格進入的歷史。後來的人們似乎總想要「重新占有」她，讓她重新成爲一個物體，並通過這種方式讓她復活。蘇東坡打破了盼盼守節不嫁的誓言，至少對其幽魂來說是如此。身在金谷園的杜牧則把墜樓破碎的身體轉化成金谷園景色中的塵屑。

繁華事散逐香塵，
流水無情草木春。

日暮東風怨啼鳥，
落花猶似墜樓人。

杜牧，〈金谷園〉

傳統作爲玩物的女人提供了一套過時的隱喻：她是一朵花，有她陪伴的那種綺艷的快樂就像是繁花盛開，像一個繁華的季節。漢語文本允許我們將第一句詩解釋爲一段古代故事，或者解釋爲對暮春落花的即景描寫，這可以暫且擱置一邊不下定論①。「香塵」既可以指花瓣碾碎後的粉屑，也可以指美人的遺骨。四季輪迴，這使悲傷的激情故事和激情的終結永久流傳，在這個永無休止的重新扮演落花戲劇的

進一步替代：因詩而死，因小說而死

現在，我們必須講一講對盼盼暗中所作的潤色文飾。詩的替代經常是延續的一種姿態，是一段且待下回分解的故事；由於還沒有結束，它就有了繼續發展的可能。因此，盼盼決定守寡，對白居易來說，這就是一種可能性，一張空床。白居易對盼盼的慾望所作的想像，進而重新點燃了他自己的慾望，重新激起他在夢中阻止盼盼步步退縮的力量。對其他人而言，這個危險的缺口必須要堵住。

在後來的奇聞軼事中，人們再次講述

① 其所以難以確定，是由於漢語詩歌語言中缺乏時態，過去時的陳述，現在時的陳述或者進行時的陳述以及永恆現在時的陳述都完全一樣。

過程中，自然展現了它對痛苦無動於衷的一面。自然沒有讀過什麼故事書，也沒有什麼補過性的記憶，它缺乏那種教導我們面對痛苦應該採取何種措施的更加精緻的情感。自然一無所有，它不動聲色地貢獻萬物，讓人類擁有：萬物既不知道它們已被人擁有，也不在意被人擁有。

杜牧這首詩中的比喻說法有些地方是非常成問題的。暮春景致中各種不同的植物類景物，替代了故事中那種岌岌可危的高度、墜落的人體以及粉身碎骨的結果，但是，這種替代卻只能使我們想起人與自然物體之間的距離與差別。雖然詩人強調，春天的東風吹落樹上的

了這個故事。在複述中，他們擴展情節，改變措辭，還加上一個結尾，使之成為嚴格意義上的故事。的確，他們在不止一個意義上給了這段故事一個結尾。而且，正如奇聞軼事所習以為常的，這些潤飾扭曲了故事的背景，使盼盼的故事轉變成一段故事新編。

這段故事聽起來似曾相聞，因為它依據的是那段古老的綠珠的故事。七八世紀之交的詩人喬知之有一愛妾，名字叫做碧玉[1]。據說，碧玉被武后的一位很有權勢的親戚從喬知之手中奪走。喬知之就寫了一篇歌詠綠珠忠貞自盡的可愛的小詩，偷

① 喬知之卒於七世紀末，沒有活到八世紀。又據《本事詩》等書記載，喬知之有寵婢，名窈娘，爲武延嗣所奪，而《朝野僉載》卷二所記二人名則作「碧玉」、「武承嗣」。——譯注

花朵，使鳥兒們感到苦惱，但我們知道，像這樣把人的情感反應歸結到鳥兒身上，只是一種藝術的行爲，只是對漫不經心無憂無慮的鳥啼的一種詩的比喻的說法。

對於本詩最後一句的隱喻——把落花直截了當地比作墜樓自殺的綠珠——而言，本詩前面部分的全部內容都只是一間前廳而已。如果綠珠只是一個自然死亡的古代美人。我們對把她比作晚春景致中粉碎的花瓣而感到的不舒服就會少得多；這個比喻就是一個老生常談，就只是失去的某個可愛的物體替代失去的另一個可愛的物體而已。但是，以翩翩然飄墜的落花，替代那個爲了顯示自己的人性而自我採取暴力行爲的女人，這是一種詩的暴力行爲：它的不協調表明，在女人和花朵之間、在死了就無人可以替代

偷送給碧玉。面對前輩綠珠，碧玉羞愧難當，她把這首詩繫在裙帶上，投井自盡。屍體撈上來後，那首詩也被發現了。不久，勃然大怒的皇親就害死了喬知之，就像石崇被孫秀所害一樣。

老故事在新故事中被複述，並且往往在複述中問題得到了解決。「事情發展到這一步，是為了你的緣故啊。」石崇說這話，並沒有逼迫綠珠去死，他只是將她的價值告訴她，怎麼做是她自己的事。在這段新的軼事中，使人去死的力量則轉移到了這個男人身上，他用詩使碧玉羞愧到自殺而死。對講故事的人來說，這首詩僅僅是結束敘述的一個敘事手段而已。下一次重新講述因詩而死(或者因詩體故事而死)，就會害死這個女人而救活這個男人。

的眞正的人和自然令人乏味的循環重複之間，有一道不可跨越的裂口。這些可愛然而沒有心腸的後來者，不能塡補那個先驅者的位置，無論她是多麼可愛；將它們放在她的位置上，只會使人回想起那曾經失去的東西。這些隱喻都是因爲缺乏適當的說法而權且一用的比喻。

也許，這個隱喻是用來使一道隨時可能合攏的裂口保持開裂狀態。這道裂口可以極其輕易地跨過去。有一個嚴酷的用經驗可以感知的變形把先驅者和後來者、把塵土中的女人和花聯繫在一起。身體變成了物，變成了塵土。既然墜落到這裡，她確實可以轉變成這些落花，落花愚騃地模仿著她墜樓自殺的行爲，而那個行爲是她自由自在選擇的，她的選擇賦予那個行爲以意義。

在盼盼故事經過潤飾的版本中，張仲素所吟誦的三首詩被認為不是關於盼盼的詩，而是盼盼自己寫的詩（這三首平庸的絕句也被塞了進來，因為白居易的三首絕句正好可以看作是對其的回應）。添加的結尾則是基於對白居易第三首絕句的誤讀：

今春有客洛陽回，
曾到尚書墓上來，
見說白楊堪作柱，
爭教紅紛不成灰？

白居易的詩序及其第一首詩在慾望中搖擺不定。雖然白居易的第三首絕句不是一首很好的詩，它還是使這組詩歸結到承認盼盼對張建封忠貞不　。聽說張建封墓上種的身體是地面，是暴烈的變形和替代發生的地方。我們都有變成物的危險。在我們的人性和這個物——這個被殺害、被損害、受傷的身體——之間的這些奇異的裂口，在隱喻的作用下，一直開裂著。這些隱喻一直是鮮活的，它們可以通過強力攫奪或可笑的欺詐延續那個人的生命，而將更多萎頓無力的言詞推到一邊，這些言詞本身也曾經是隱喻，但已經死亡並且腐爛，化成自鳴得意的物名。生命的血從裂口中滲漏出來的時候，正是歇斯底里的才智一施身手的時刻，而各種隱喻則在爭奪著正在變形成物品的身體的位置。

怎樣的一種震動——

樹已經長得十分高大，盼盼才意識到張建封死了已有很長一段時間了。這使她內心充滿悲戚，她已經比他多活了這麼多年，現在她恨不得一死。

但是，對那些根據這幾首詩編故事的人來說，第三首絕句並不是對她的柔情的讚美的想像，而是白居易暗示她應該自殺。這個反問句變成了一個實實在在的問句。他們把故事繼續編下去：收到白居易的絕句後，盼盼羞愧萬分，氣憤無比。她抱怨白居易徹底誤解了她的意圖，她之所以沒有自殺，只是為了讓張建封的名字不致被流言蜚語所玷污。她又寫了一首絕句，以洗刷自己的清名，隨後她絕食，沒過多久就死了。

故事就這樣包容並吞沒了詩。故事向前發展，終止了懸而未決的局面，並封鎖了詩曾經打開過的那些慾望空間。

我的拇指而不是一個洋蔥。
頂端幾乎掉了
只剩下一種東西連著

一層皮，
像帽耳一樣耷拉著，
死亡的蒼白。
接著是紅色的豪華。

小小的朝聖者，
印第安人已經砍掉你的頭皮。
你火雞垂肉般的
地毯捲起

直接從心底裡。
我踏在它上面。

抓緊我的瓶子
裝著粉紅冒泡的飲料。

一個慶典，這是，
躍出防線缺口
一百萬戰士在跑，
每一個都穿著紅衣。

他們站在哪一邊？
啊我的
侏儒，我病了。
我已服下一粒藥丸去殺死
那瘦細的
紙一樣的感覺。
陰謀破壞者，

神風攻擊隊員——
污點在你的
紗布三K黨
巴布什卡(babushka)①
變暗並失去光澤而當

那球形的
你的心汁
面臨著它那小小的
無聲的磨坊

你怎樣跳出——
掉進陷阱的老兵，
骯髒的女孩，

① 巴布什卡，東歐及俄羅斯婦女的頭巾，或譯爲老婆婆頭巾。——譯注

拇指殘餘的一截。

西爾維婭・普拉斯(Sylvia Plath)，〈切口〉①

在這個隱喻的狂歡節中，替代的才智變成了言詞對自我所遭受的物質暴力、對被轉化爲物的激烈抵抗。在西爾維婭・普拉斯的詩中，身體總是處於被變成物的危險之中；她用言詞將其擊退，使身體回歸生命。這首詩是阿耳喀羅科斯的第二面盾牌，是一面言詞的盾牌，它填上了那個威脅著要把我們變成物的裂口或切口。假如他能夠用這些言詞，

堅強剛健的埃阿斯決不會，
爲那副甲仗而怒，將那柄
光滑的寶劍刺進自己的胸膛。

---

① Sylvia Plath, *The Collected Poems, ed. Ted Hughes* (New York: Harper and row, 1981), pp. 235-236.
[譯者按]西爾維婭・普拉斯(一九三二—一九六三)，美國當代著名女詩人，一九五六年嫁給英國桂冠詩人特德・休斯，後離異，一九六三年二月自殺。

她想切的這一刀是朝著外面的，朝著日日相見的洋　；但是，一刀下去滑脫了，刀滑向操刀的身體。於是不知怎麼搞的，拇指這個侏儒在詩中取代了洋　的位置，猶如以撒(Issac)要取代公羊的位置一樣①。

血流變成了隱喻之流，試圖激活被變成物的自我，但是，當其笨手笨腳地努力塡充刀口和流血的位置，它們也引起了對迫切需要進行替代的注意。「鑑賞是一種靠滿足或不滿足來判斷一個客體或一種表現方式的能力，但其中沒有任何利害關係。這樣一個讓人感到滿足的客體人們稱之爲『美』。」康德在《判斷力批判》中要求把距離，即毫無個人利害關係或關切感，作爲一個審美判斷的中心條件。一個「審美客體」就要接受一次既是善意好奇的又是公正不阿的檢驗：

頂端幾乎掉了
只剩下一種東西連著

---

① 以撒，據《舊約·創世紀》，上帝爲了試驗亞伯拉罕是否敬畏自己，指示亞伯拉罕將其子以撒獻爲燔祭，正當亞伯拉罕準備將以撒獻爲燔祭之時，上帝變出一隻公羊，並讓亞伯拉罕以公羊取代以撒獻爲燔祭。——譯注

一層皮……

當迷思的對象就是自己身體上的傷口時，言詞就會試圖去掩蓋，但並不能完全隱瞞利害的深度。詩人試圖在隱喻中抓到遊戲的自由，但每個隱喻又都被這中間所隔著的讓人絕望的距離所敗壞；它們的自由只不過是對更深層的無自由(肉體會流血)的否定而已。這些隱喻的遊戲，就像晚期資本主義社會的「度假」遊戲一樣，人們在那裡完全變成了工作結構中的一個角色，工作以外的所有時間都只被理解成是對工作的急切否定。自主的選擇雖然編造得很複雜，卻被引發它們的無自由敗壞了。

切割及其隱喻在自我的邊緣運作，隨著這首詩的進展，這些隱喻一步步在這場將身上的創口置換成其他的戰爭(「他們站在哪一邊?」)中失利：一開始時「像帽耳一樣耷拉著」，但創口越陷越深，拇指變成了一個侏儒，一個被砍了頭皮的朝聖者，最後，戰爭結束了，一個「掉進陷阱的老兵」，如今束手無策，無法再用隱喻擊退進攻，而被迫直截了當地承認那個完整的刀口：「拇指殘餘的一截。」

她以她的隱喻和她的詩、她的被止痛片抑制住的「紙一樣的感覺」，進行這場戰役(也力圖通過某種方式將弗洛伊德所描述的閹割圖景與美國的暴力歷史混合在一起)；它也是一個掩蓋起來的過程——一條繃帶，取代了皮膚的「帽子」，用的是三K黨徒的頭巾和東歐人的巴布什卡，也許就是受三K黨徒迫害的猶太人的頭巾。但是，血還是滲透出來，污跡斑斑並黯淡下去，說出了覆蓋之下的眞情，「直接從心底裡」。

她的隱喻、她的言詞都不會持久。新來者總是出現，將舊的取而代之，沒有一個可以穩居其位。他們每一個都試圖輕鬆地、如同兒戲一樣使其位置成爲藝術；他們試圖掩蓋創口。但是，他們遊戲的條件卻是痛苦。

填補一個裂口
插入造成裂口的那個東西——
用其他東西
填塞起來——它將裂得更開——
你不能用空氣
焊接深淵。

愛米莉・狄金森[1]

---

① THomas H. Johnson, ed., *The Complete Poems of Emily Dickinson* (Boston: Little, Brown, 1960), no.546, p. 266.

變形

身體背叛了我們；它是在變形爲物的威脅之下背叛的。雙眼注視著皮膚膜上的裂口，身體就從中洩漏出來。詩人自告奮勇去爲這些變化命名，去喚起物的生命力，並用自由的他性的語言去替代自然的那些平淡乏味的變形。與這一類奇異荒誕的名字相遊戲的自我一點也不比身體更穩定；它只不過是一個位置，一個處於慣常關係系統之內的無形空間的外殼而已。只要自我守住其在這一熟悉的系統之內的位置，它就是穩定的，恬然自得地忍受著對它的壓迫。它擁有其所處地位通常所用的名字，其變化的軌跡也穩妥可靠。自我是由其所屬的社會群體塑造成形的。這一點眾所周知。將自我置於一個新的

對小說之簡短而不公平的指責

小說是那種屬於總體化的並且最終是極權主義的群體的藝術形式。這種文體獲得其英文名稱，是由於它有能力把與新奇事物的各種危險的遭遇全部吸收，變為這個形式對普通人所作的深刻承諾。就像國家一樣，它利用持久不變的重複和習俗使我們習慣於一切恐怖。它是對社會群體權力的模仿，這種權力制服了所有個體，給他們指定「合適的位置」，指定各自在整體背景中所具的相對的價值。所有與某一特定的他者、某一特定的物或某一特定的關係的獨特的結合，都根據其所處背景而被理解成「痴迷心竅」。即使小說因這種痴迷心竅而變得十分迷人，它的任務也是讓其各歸其位。正如巴赫金說

系統之內，它通常會自我調適，沾沾自喜地製造新的社會群體同意其製造的任何恐怖，並且改造自己，使之對任何壓迫都逆來順受，因爲這些壓迫是社會群體給這一位置開出的價碼。如果，由於某種不正常的經歷，這個自我拒不接受指定給它的位置，這個社會群體就會施加壓力，直到它屈服，或者被毀滅。

對這種公開指定位置的做法，只剩下一個凶猛的對手：這就是某種注意力、慾望和恐懼的絕對集中——即執迷不悟或痴迷心竅。在這種迷途的緊張中，自我擺脫了在習慣的系統之內的羈束，變得凝聚於某個單個的「一」。將其栓繫在一個安全位置的多重關係都解體了，裸露出來的只是一些細絲。心靈圍繞著一個固定而堅硬的點形成自己的的，小說展開「對談」，因而變成了有許多聲音組成的戲劇；但在這麼做的時候，這個文體企圖包容這些聲音，正如歷史主義包容過去一樣，小說證明，沒有一個正在爆發的對系統的威脅是不能最終使之恬然安適，並置之於「適當」的視點之中的。當然，在小說吞沒這些聲音之後，仍然留下了一些外部的聲音，但這只是外殼而已；虛構的團結緊緊擁抱，有些東西就被擠壓出來了。在這馴服的多種聲音的群體之內，對多樣性的任何要求都是謊言。

小說所永遠無法包容的東西，是詩歌的局限性及其單一性。我們不斷回到詩歌；我們不能就此罷休；那裡有一些東西博得了我們的注意，這些東西拒絕被吞沒於關係、起源以及結果的系統之中。小說的計畫是通過軌跡。這本身並不是詩，但它是詩歌所賴以發生的區域。在這個區域中，我們發現，一個引人注目的個體的景象比包含個體的整體更爲重要。

在各種不同的文化中，都有愛情詩與婚外情偕出的現象，這並不是因爲受了小小的性越界的誘惑。這一類詩不允許對自我提出任何要求，除了集中注意力和慾望之外：從社會方面來說，愛人是「瘋了」①。就像阿耳喀羅科斯一樣，愛人威脅著社會整體的完整性，因爲他逐一向每個人大聲呼喊，對每個人低聲密談，

徹底的延續，擊潰這些帶有反叛性的注意力：它使人心神疲憊。從核心來看，每一部真正的小說都是另一部《埃涅阿斯記》(Aeneid)②，教導我們服從大化播弄的必要性，只有脆弱的人，像狄多一樣，才會那麼拘執，以至於自殺。每一次恐怖，每一種激情，都只是一段插曲而已。

這種指責所指的不僅是那些形式更為傳統的小說，不管一部當代小說的全

① 這就是伊斯蘭詩歌中愛人的原型Mainun(意爲「瘋的人」)，其世俗的深情與宗教的感情在愛欲神秘論和神性愛情詩之中是混在一起的。然而，在愛欲神秘論的情況下，這個「愛人」會利用社會群體自鳴得意的要求反過來對付群體自身。他們本來可以虔誠地表示他們相信他們隸屬於那個絕對的一，而現在他們卻被置於一個反抗這一信仰所潛含的對社會聯繫的危險的否定這一困難的位置上。對人間的戀愛對象的深情則更爲激進，因爲它不能要求別的任何權利，只能要求這個愛人的慾望。

② 《埃涅阿斯記》，古羅馬作家維吉爾最重要的史詩作品，共十二卷，描寫特洛亞王子伊尼亞斯在特洛亞滅亡後的漂泊經歷及其與迦太基女王狄多的故事等。——譯注

勸他們扔掉盾牌，按照最粗野的慾望行事，在詩歌中，這慾望已成爲有形之體。

對單一個體的全神貫注，是靠其拒絕愛人的關懷來維持的，我們曾用女人／石頭和男人／石頭來比喻這種頑固拒絕的不透明性和不可滲透性。愛人所要求的是不能要求的東西：被愛。當其所愛的人抗拒的時候，愛人就覺得自己被錯待了。「他受到錯待；他由此產生了一種對權利的要求，同時又必須拒絕這種要求，因爲他所想要的只能是自願給予的。」[①]愛人不

景是多麼異常，不管它是多麼激進又多麼有實驗性，其結構的運作仍然是以同樣的方式為國家服務，即整合和包容；這類工作是革命性的，它們以赤色高棉和國家社會主義(納粹主義)為楷模，以社會群體總體的粗暴權力迫使每一個體參預被群體宣布為其規範的任何恐怖行為，並為此而歡欣鼓舞。(少數幾個詩人小說家，像卡夫卡和羅布—格里耶，在我的指控範圍之外，因為他們理解這

---

① Theodor Adorno, *Minima Moralia*, trans. E. F. N. Jephcott (London: Verso, 1974), p. 164.接下來的幾句儘管有著日耳曼語的不透明性，仍有其自身的優美之處：「在這樣的痛苦中，被回絕的他變成了人。正如愛情堅決地背叛全體，變成個體，只有在個體中，前者才能得到公平的待遇，現在，全體，作爲他者的自治區，又轉過來給它以致命的反對。全體正是通過它而發揮影響的這場反駁，對個人來說，顯得好像被排除在全體之外；他失去了愛，知道自己被所有人拋棄，這也就是他不屑於被安慰的原因。他被剝奪時毫無感覺，他被動地感覺到各種純粹個人的滿足都是假話。但他因此醒悟過來，對全體性，對被所愛的人愛這種不可剝奪也不可起訴的人權，有了自相矛盾式的意識。

能強迫其所愛的人自主自願地回報他的愛，但是，他也不會僅僅因爲面臨著不可能就放棄這種慾望的自由——這種愚蠢的自由正是在掙脫了社會群體的奴役性視點的過程中所取得的。不可能性導致了變形，導致一連串的條件被假設出來，導致自我轉換，以求打破界限。

沉迷於愛情，就對拘守社會性自我的那些條條框框暫時棄置不顧。在這個專注執一的範圍內，是不會有什麼眞正的相互界定的(儘管這樣的相互關係總是一種希冀；如果實現了這種希冀，那麼，它的極度喜悅和沉默，就會使詩歌無容身之地)。但是，被愛的人是頑石，是固定不變的，他不會改變形狀；改變對方的慾望遭到了反抗，並反作用到愛人身上，於是，愛人進入了一種無拘無束的變形狀態。詩歌與變形以及那種爲尋找一種與被愛的人和相互界定能有接觸的形式而作的不顧一切的努力相

種文體的真正目的，理解它的協調一致是出於迫不得已，他們披露了這些目的，同時對視點和整合有可能隨著小說的「不斷進行」而獲得這一點加以嘲諷。）

抗拒它的影響力。翻開一部小說，只讀其中的一段；讀上許多遍；拒不「往前」。另外某個時間，再翻開另一處地方，隨意讀其中另一段。最後，你就會明白段落比整體更為重要，整體總想要吞沒它們，削弱它們。由於只讀這些段落，你違反了在理解小說方面的禁忌；你在使段落這種東西「脫離全文背景」。記住，它只是一本書：你高興怎麼讀，就可以怎麼讀。

遊戲。愛人努力要變爲他者，要占據被愛的人的慾望的假想形狀。這樣，想把自己的意志加給另一個人的企圖便不可避免地導致對自我的重新塑造。無疑，愛情（或者說得更恰當一點，那種被愛的慾望）導致了變形：戀愛中人穿著奇裝異服，他們的聲音也帶著怪腔怪調，他們還裝模作樣地對他們自己提出一些要求，其實他們只想變成那個照他們的想像看來應該被愛的人。而且，他們對以這種冒名頂替的騙術贏得愛情所造成的後果似乎一點也沒有感到不安。

變形者陷入迫使其所愛的人進行自由選擇這一悖論之中。這種強迫是通過假想的暴力起作用的：這種暴力或者是針對自我的，或者是一種推想性的對他者的侵犯，或者是針對她的暴力。所以，米開朗基羅企圖雕刻出被愛的人的心，而龍沙則要變成一個「隱身的精靈」，深入他所愛的女子的身體之內，改變她對他的態度，然後功成身退，重新變回做人，並接受她自願奉獻的愛之財富。《仲夏夜之夢》中演出的就是這樣一種異乎尋常的情感世界；這齣戲劇中，變形和外在的強制力令人不安地與自由選擇纏綿在一起，這種自由選擇可以使慾望得到惟一一次有效的滿足。

當慾望不可能被釋放出來，它只能向言詞求助。在文藝復興時代的詩歌中有一個常見的主題，即詩人表達願意變成某種異物的慾望——變作一隻昆蟲，一隻動物，一件衣服——爲了能夠被他愛的那個女子的身體所接受，爲了能夠跨越這冷冰冰的石頭的障礙，實現與她的接觸。

即使在古代，愛人也可以通過變成她的物品，想方設法穿透環繞在其所愛的人周圍的障礙：

我願意是一面鏡子
你就可以總是看著我；
我願意是你的內衣
你就會一直穿著我；
我願意是水
那樣就能清洗你的皮膚；
女人，我願意是沒藥樹的膠脂
塗抹在你身上；
女人，我願意是你胸前的帶子，
是你喉邊的珍珠，
我願意變成拖鞋
只要你願意踩著我。

《阿那克里翁體詩集》

如果詩人眞的實現了他所提出的那些變形，變成拖鞋、內衣或者胸衣，他就不能對他這種心滿意足的狀態評頭品足了，這是令人悲哀的。在其他時候，詩人所提出的變形也可能是奧維德式的神和女神的變形，詩人巧妙地使這些神祇降尊紆貴，從而能夠得到其所夢想得到的某個可望而不可及的男人或女人。

我眞願變成一派金黃璀璨，
把一場黃金雨的點點滴滴
撒在美人卡桑德拉(Cassandra)的雙膝①
當睡眠輕輕溜過她的雙眼；

我還願變成白色然後變作
一頭牡牛馱著她遠遠離去，
當她走過四月最嫩的草地，
她這一朵花迷倒了一千朵。

① 卡桑德拉，詩人所愛戀追求的女子的名字。——譯注

爲了減輕我的痛苦我眞想
變作那喀索斯（Narcissus）①，而她是池塘，
我跳進池塘裡求一夜安眠：
　進而我還願意這一夜的睡
地久天長，而黎明永遠不會
喚醒我，當它喚醒新的一天。

龍沙，《情歌》第一卷，二〇

這個女人是頑固的石頭。因爲她不願軟化自己，或者自動改變，她的愛人就只能希望自己變形。根據經驗，這樣的意願行爲都是軟弱無力的；它們只能存在於表達慾望的言詞之中。最初，她的反抗激起了暴力，那是一種針對被愛的人的有力行動，一場想趁她不注意攻其不備並違抗她的意願的夢，這是以宙斯所犯的兩起古代強姦案爲原型的。在詩中所描寫的

①那喀索斯，希臘神話中的美少年，因拒絕回聲女神厄科（Echo）的求愛，死後化作水仙花。一說他對水自鏡，顧影自戀，相思而死。——譯注

變形中，人變成了由相互對立的兩個極端構成的聯合體：這兩個極端就是具有無上權力的神祇和低於人類的生物。他願意變成黃色，變成液體，帶著他所愛的人沐浴在使人受孕的黃金雨中，就像宙斯得到被鎖閉在鐵塔中的達那厄(Danaé)[①]之時的情景一樣。接著，他要變成那隻馱走歐羅巴(Europa)的牡牛宙斯[②]。但是，這些暴力都僅僅是隨便說說的言詞罷了。沒有一樣是他眞正想要的；每一樣都被某種繼之而起的奇幻的變形所取代。

這裡沒有什麼值得注意，惟一引人注目的是這種相互倒置的變化，即與其所愛的人互換位置(這是龍沙前一首十四行詩中隱密的前提，在那首詩中，他試圖鑽進他所愛的人體內，變成「隱身的精靈」)。當他以言詞對她施法時，她變成了自我，也變成了他者。一開始，我們看到了性質的互換：他要液化，變成一場黃金雨，但後來，卡桑德拉變成了他溺死的那個池塘。如果他幻想迷倒卡桑德拉，實際上她已經「迷倒」(ravish)了一千朵花，她本人就是一朵花，等待著被愛她的人迷倒，這個愛人變成那喀索斯，那喀索斯本人就是穿過死亡而化身爲花的。

① 達那厄，希臘神話中阿克里西俄斯的女兒，其父相信其所生子將對己不利，將其關起來，宙斯化作黃金雨同她幽會，使其懷孕並生下兒子珀耳修斯。——譯注

② 歐羅巴，希臘神話中的古代農神，傳說她與女友在海濱玩耍時，宙斯變成一隻白色牡牛將其劫到了克里特島，後嫁給克里特國王。——譯注

這些互換都發生在第三個願望所期盼的那個奇怪的變形中——正如在一篇好的童話故事中所常見的那樣，第三個願望往往帶來最終的福氣或者毀滅。它是一個隱密的慾望，是自殺性的，針對他者的暴力倒轉過來變成針對自我的暴力，而且，更奇怪的是，對於他者的慾望也倒轉過來變成了對自己的慾望：卡桑德拉將變成那個池塘，他對著池水顧影自鏡，並跳進了池塘，他 取代了那喀索斯的位置，深深地愛上了自己的倒影。他死後變成了花。我們不應該忘記那喀索斯命中注定要遭到這個奇特的命運，因爲他自己對待回聲女神厄科心如鐵石。命運注定厄科要重複她所聽到的每一個聲音，她是一面聲音的鏡子。在這種幽暗的液體中，不會再發生什麼對鏡自照的事，而愛人和被愛的人卻互相交換了位置。他提出要永遠睡在她那幽暗的水裡，正如先前趁著睡眠溜進她眼中的時候，他化作黃金雨，來到她身邊。此時此地，既沒有鏡子，也沒有自我，更沒有他者——只有一個與晨曲表達的古老願望相符合的希望[1]，願黎明永遠不要降臨。

但是，最後的變形與液體的匯合永遠都是不完美的，在這一過程中，身體的整個表面都是觸點。記憶倖存於水邊的花裡，這朵花絕不可能是它本身，而只能是一個替代者。它將永

---

①晨曲，原文爲法語詞aubade，是一種具有特別主題的抒情詩名稱，詩中往往表達偷情的愛人願黎明不要來臨（猶如南朝樂府中「一年都一曉」）之類的意思。——譯注

遠被哀悼，即使在那個除此而外以健忘為其特殊的忘川世界裡。

游蕩在大森林中，在
無情的光線下，在沉甸甸彎下腰的
蘆葦和罌粟中，在靜默的湖中
水波不興，湖濱沒有一點聲音，
它的堤岸在朦朧的光線中褪隱，
花兒受到哀悼，它們曾經是
年輕男子和國王們的名字。

奧索尼烏斯（Ausonius）①

寓言

多情卻似總無情，
唯覺樽前笑不成。

① 奧索尼烏斯（約二一〇—三九三），拉丁文詩人，曾任羅馬皇帝格拉提安的家庭教師。——譯注

蠟燭有心還惜別，
替人垂淚到天明。

杜牧，〈贈別〉

他們坐了一整夜，茫然的臉與茫然的臉相對凝望，蠟燭越燒越短。兩個人都盯著對於沒有表情的臉，試圖從中讀出一點什麼。他們既不能通過交換表情團聚在一起，也不能打破這種充滿張力的對視，各走各的路。

在表面上，這首詩是一個對於隱喻(metaphor)的寓言。人的情感，當受到一定強度的壓抑，就會退縮到一些掩蓋內在眞實的表面現象之後——或者表現爲其反面，或者表現爲漠不關心，或者表現爲一些虛假的行跡。但是，這些掩蓋了內在眞實的表面現象從來不是一片虛無空白；它們帶來了某些含蓄的證據，表明哪些東西被抑制住了，這些證據或許是說得太響亮的歡樂，或許是說得過於大聲的對於激情的表白，或者，就像在這首詩裡一樣，是微微顫動的嘴唇，本想擠出讓對方寬慰的笑容，但隨即又收斂起來，變回那種缺乏表情的木然。

並不是我們的姿態和表面不說眞話；而只是它們用以說眞話的那種語言比我們通常所認爲的要精緻微妙得多。它把各種情感的精確度、動態性及其強烈程度，通過它所特有的那些帶有隱藏性的行爲，一一做成密碼。我們都知道如何解讀這些密碼，我們還在我們的報告中作一些相應的隱藏，並聲稱我們只讀其表面文章，以此向人表明我們能夠掌控這類雙重姿態。一種旨在隱藏的語言，一旦與人共享，就再也不能隱藏什麼了，但它仍然和表裡一致、裡外透明、沒有潛台詞的伊甸園式語言迥然不同。誠然，我們都在藏藏躲躲，但是，我們躲避的是誰呢？

壓力導致了隱藏，同時也產生了反壓力。被抑制下去的東西，在聲稱表裡一致的的那個物的世界裡，看來又重新露面了。蠟燭就是這樣一個東西，它承擔了被隱藏的情感的形象。在具有雙重含義的語言之中，失落於面孔這堵牆壁之後的人類情感，會掙扎著浮到表面。蠟燭有一根芯，也就是一顆「心」，從包藏著它的蠟裡冒出頭來，在燃燒中展示自己。它熔化了包藏它的東西，而自身也同時銷蝕了。它取代了躲藏在自己的面孔背後的那些人，它還對他們表示同情。（這是同情他們即將離別的痛苦呢，還是同情他們不能表達自己的痛苦這件事呢？）蠟燭替他們軟化了，消熔了，垂淚到天明。

將情感置換成一個替代物，僅僅是供人思考的一種觀念；它並不強求我們相信。置換和替代被展現爲詩的行爲，即巧妙運用雙關語（「芯／心」）的詩歌行爲。在表面上看來，它們十分坦白直接，就像詩的第一行故作坦白地展露被掩蓋的東西（「多情」）一樣。

如果我們按照這首詩自身的隱藏原則來閱讀它，我們就會透過它的坦誠的表面，識別出躲躲閃閃拐彎抹角的蛛絲馬跡。試圖解讀對方那張茫無表情的臉時，我們不免將信將疑；對於對方怎樣解讀詩人自己那張茫然無表情的臉，我們也是有焦慮的。由於需要對所存在的一段深深隱藏的感情彼此都感到放心，這種將信將疑被壓制下去了。從這個層面來看，蠟燭也同樣受到了隱藏的情感的壓力，不是表現爲它那哭泣的臉，而是表現在作爲被鎖閉的慾望以及兩人之相互猜疑的僵持狀態的曖昧證據：燃燒的蠟燭使他們相互凝視「到天明」。如果眞情是通過他們的臉或嘴唇來交流，抑或，如果他們發現彼此間居然沒有一點感情，於是各走各的路，蠟燭就有可能熄滅，但是，蠟燭繼續燃燒著，繼續銷蝕著自己，因爲他們正被一種強烈的牽掛所驅使，正費盡心機去解讀對方面孔的另一面。

尾聲

……如果某個特定的藝術已經完成，它就會在一件玩物之中孳生另一種小小的藝術，這個小小的藝術將帶上它原有的一切印記。

普羅提諾(Plotinus)，《九卷書》，三・八①

① *Plotinus,* trans. A. H. Armstrong (Cambridge, Mass.: Harvard University Press), 1967, p. 375.
[譯者按]普羅提諾(亦譯作普洛丁，二〇五—二七〇)，古羅馬哲學家，新柏拉圖主義最重要的代表之一。最主要的著作是其門徒波菲利匯輯成的《九卷書》(亦譯作《九章集》)。

開元（七一三—七四一）初年，玄宗皇帝有一匹愛馬，名字叫做「玉花驄」。皇帝陛下很想爲這匹馬畫一幅畫以爲紀念，但他的宮廷畫師中沒有一個人能夠盡力捕捉住這匹駿馬的眞正神采。最後，皇帝把這項任務交給他手下最出色的藝術家曹霸。幾十年後，詩人杜甫在偏遠的西部遇見曹霸，那時曹霸已經垂垂老矣，漂泊於帝國的干戈擾攘之中，他當年的高超技藝早已被人遺忘。於是，杜甫回憶起曹霸畫玉花驄的那個獨一無二的時刻：

先帝御馬玉花驄，
畫工如山貌不同。
是日牽來赤墀下，
迥立閶闔生長風。
詔謂將軍拂絹素，
意象慘淡經營中。
斯須九重眞龍出，
一洗萬古凡馬空。
玉花卻在御榻上，
榻上庭前屹相向。

至尊含笑催賜金，
圉人太僕皆惆悵。

節錄杜甫，〈丹青引贈曹將軍霸〉

就像一幅照片可以攝取其對象之魂一樣，一件藝術品也能取代活生生的動物；它會奪走這匹眞馬的名字，奪去這匹眞馬在皇帝陛下心目中的地位。一切都以這一時刻爲中心：眞馬與畫馬彼此面對面，一個掛在皇帝寶座旁邊，享受著全新的愛賞，另一個則立於下面的庭院當中。兩雙炯炯有神的眼睛彷彿對視著，目光中都流露出驕傲。然而，這場景是一個假相。藝術似乎極其完美地反映了動物的神采，因而奪取了眞馬在其主人心目中的地位，但實際上，畫上馬的眼珠是視而不見的；它只有僵硬、靜止的表面，只是玩具。碰上了這樣沒有深度的鏡子，眞馬就算完了，它的生機活力被榨走了——圉人太僕的惆悵就表明了這一點。這種生機活力究竟流向何處是不確定的。也許它退入隱藏於二維繪畫背後的藝術的第三維之中，並將力量賦予那個僵硬不動的畫面上的畫馬形象；也許它完全消失了。

桓公讀書於堂上，輪扁斲輪於堂下，釋椎鑿而上，問桓公曰：「敢問，公之所讀者何言邪？」

公曰：「聖人之言也。」

曰：「聖人在乎？」

公曰：「已死矣。」

曰：「然則君之所讀者，古人之糟粕已夫！」

桓公曰：「寡人讀書，輪人安得議乎?有說則可，無說則死。」

輪扁曰：「臣也以臣之事觀之。斲輪，徐則甘而不固，疾則苦而不入。不徐不疾，得之於手而應於心，口不能言，有數存焉於其間。臣不能以喻臣之子，臣之子亦不能受之於臣，是以行年七十而老斲輪。古之人與其不可傳也死矣，然則君之所讀者，古人之糟粕已夫！」

《莊子・天道》

第五章　裸露／紡織物

赫拉請教迷惑心靈有何辦法時，阿佛洛狄特這樣回答：

於是她脫下了胸脯上
那件精美華麗的飾衣，
就是在那件胸衣裡
織進了所有魅人之術：
那兒有愛戀，和慾望，
和那迷人的親暱話語
甚至偷走了
最賢明的人的才智。

她把這放在赫拉的手裡，
她喚著赫拉的名字：
「把這件繡花胸衣拿去，
裡面藏著所有好的東西；
把它穿在你胸前，我相信
沒有哪一件事你辦不成
無論在你心中
想做的是什麼事。」

《伊利亞特》卷十四，行二一四—二二一

此外，在詩歌藝術中，有許多對於一個年輕人的心靈來說甜蜜而且有助於其成長的東西，除非在讀詩的時候，年輕人恰好能得到適當的教誨和引導……

「那兒有情，還有慾望，
和那迷人的親暱話語
甚至偷走了

最賢明的人的才智。」

普魯塔克，《道德論叢・年輕人應該怎樣對待詩歌》

三個關於漫不經心的前廳

關於第一個有案可查的裸露事例及其帶來的驚人後果，以及伴隨這種漫不經心而來的危險與快樂：

亞當想都沒想，
就吃了個飽，夏娃也不怕
重蹈覆轍，卻越發用她的
柔情愛意來安慰他，此刻
兩人如陶醉於新的美酒
沉浸於歡笑和幻想，感覺
體內的神性長出了翅膀
以此嘲笑人間，但騙人的
水果開始施展別的法力，

欲火燃燒起來，他對夏娃
開始有色慾的目光，她也
報以放蕩；他們燃著慾望：
於是亞當開始調戲夏娃。
夏娃，此刻我看你善鑑賞，
又嫻雅，你是大大的賢明，
我們賦予味道各種意義，
稱味覺爲明辨；我把讚美
給你，今天你供給得多好。
我們已失去多少快樂，若
不嘗這快樂之果，至今還
不知其眞味，這樣的快樂
如果在禁物中，則可期盼，
因爲這棵樹曾被禁十次。
來，果子吃過，我們遊戲吧，
如此美餐後遊戲最適宜；

你的美從未像今天這樣
從初見你娶你的那天起，
盡善盡美，燃燒我的感官
對你滿心喜愛，你比過去
更美麗，是這寶樹的恩施。
他說著，不惜勾引的眼神
和調情的把戲，夏娃早已
深知，眼中迸出動人的火。
他握著她的手，走向河岸，
樹蔭青翠濃密遮覆其上
她高興地跟著，鮮花作睡榻，
三色董、紫羅蘭和日光蘭，
風信子，大地最新柔之膝。

《失樂園》卷九，第一〇〇四—一〇四一行

這一節爲讀者也爲其兩位主角提供了許多快樂。伊甸園極樂世界的種種枯燥乏味，在這違抗天條的時刻似乎都得到了補償。如果這個講道德的詩人被迫以其所造成的後果的歷史，給這一甜蜜的時刻抹黑，那麼，仔細衡量一下，那後果是否全然超過了這一時刻的價值，也不是完全可以肯定的。在這場盛宴之前，他們彼此以視而不見習焉不察的目光看待對方；如今，轉瞬之間，他們平添了「色慾的目光」。愛是先前就已經有了的，但不是這種透著飢渴的光，那是再也不可能靠溫柔相伴而得到徹底滿足的。這個故事一再強調是羞恥之心在後來促使他們穿上衣服，遮蔽裸體；但這一解釋本身也許只是一層遮蓋，想掩藏一個赤裸裸的眞相——這就是說，衣服只不過是行頭，三番五次被用以重新上台表演這個時刻的快樂。

以前那麼不情願的亞當已經直衝向前，幻想得到一種新的、被美妙地禁止的快樂：

這樣的快樂
如果在禁物中，則可期盼，
因爲這棵樹曾被禁十次。

亞當已經掌握了未來人類社會秩序的本質：完全是由於禁令的備增，才使許許多多誘人的犯禁有了可能。「它是*amabilis insania, et mentis gratissumus error*，那麼迷人，那麼美妙，使他離不開它。」[①]當亞當開始讚美夏娃的「鑑賞力」和優雅風度，讚美她是「大大的賢明」，他發明了第一種用溫文爾雅的恭維掩蓋肉體慾望的語言，其目的正是「調戲夏娃」。這聲音以恭維爲遊戲，接著，似乎漫不經心似的，將他的目的和盤托出：「來，果子吃過，我們遊戲吧。」這個不可小看的水果，起先在很大程度上曾經是他們意圖的焦點，此時此刻只被看作是爲主菜快樂預備的開胃餐而已。

但是，這裡插入一個小從句，爲犯罪的快樂補充了一個基本條件：

你的美從未像今天這樣
從初見你娶你的那天起，
盡善盡美，燃燒我的感官
對你滿心喜愛，你比過去
更美麗，是這寶樹的恩施。

① Robert Burton, *The Anatomy of Melancholy*, ed. Holbrook Jackson (New York: Random House, 1977), p. 71.［譯者按］amabilis insania, et mentis graissumus error，拉丁文，大意爲，「可愛的瘋狂，以及令人愜意的心靈的迷失。」

看到夏娃赤裸的身體，這不是第一次的看，而是第一次重看或者重溫：他看見她的第一天，是可以與這一時刻相比較的，而這第一次犯罪開啓了回到原初的可能性——儘管今天「更美麗」，因爲這次回歸是通過意志的行爲、通過造反並從充滿習焉不察的盲目的永恆的伊甸園中解放出來而實現的。

應該注意到，直到犯罪的這一時刻，亞當才眞正記起夏娃第一次在他眼裡顯得多麼可愛；他可能記起這麼一個事實，那就是在他第一次看見她的時候她顯得格外可愛，但只有吃下那個水果、類似第一次的事再次發生，這記憶才有可能被

警告：致可能誤解我是彌爾頓研究者的粗心讀者

當然，我沒有告訴你整個故事。但是，如果你回想一下，我曾答應過絕不對你講「整個故事」。據說這故事的其餘部分與此大不一樣；儘管彌爾頓最終也許希望避免「可惜肉體是憂傷的」這樣的結論，但是如果過分沉迷其中，肉體仍然似乎有可能遇到確實很不幸的後果。雖然我全力推薦這部史詩的各個部分，但你幾乎沒有必要去閱讀「整個故事」。整個故事難免將這個時刻放到一個適當的位置，難免給這場盛宴投下陰影，難免把這個時刻的快樂叫做色慾，難免提醒我們注意：衣服終究是要穿上的，水果吃得過多會引起腸胃問題，更不用說會引起與權威的衝突問題。簡言之，我已經將巨蛇撒旦的一面之辭交給你了。這仍然是一個頗能蠱惑人心的解釋，它曾經深受我們祖先的喜愛。

激活。這是那棵樹的贈禮，是它的恩施。

這樣的故事說了一遍又一遍，有許多種版本，有許多不同的演員參與：皇帝被一個女人迷住了，這女人通常就被稱爲「傾國」。她獲得了皇帝的專寵，皇帝的慾望狂熱地鍾於其一身，最終導致政權的瓦解。這類故事中有一個說的是北齊末代皇帝（五七〇—五七六年在位）[1]迷上了宮姬小憐（「憐」是「愛憐」之意）。他須臾不能沒有她的陪伴，只能對他在晉陽的軍隊棄置不顧，沒有了統帥，晉陽很快就落入來攻的敵國——北周的大軍之手。

唐代詩人李商隱（八一三—八五八）在諷刺詩中回憶這一連串事件時，認爲這一系列後果是不可避免，而且毋庸多言的。故事集中敘述的是皇帝目不轉睛地看著她的玉體的那一個時刻；當她裸露身體的時候，荊棘已經開始在宮殿廢墟上生長出來了。

一笑相傾國便亡，
何勞荊棘始堪傷。
小憐玉體橫陳夜，
已報周師入晉陽。

---

① 〔譯者按〕此說不確。這裡的北齊末代皇帝指的是後主高緯，他於天統元年（五六五年）即位。

在這個傳統中，慾望根本不是罪過，而是一個可怕而危險的注意力錯誤，即專注於某個肉體，而對好好治國理政則三心二意；它使人忽視那些對社會群體來說至關緊要的事務。它是一次違犯，是一種過失，是一個裸露的空間，這個空間打破了彼此休戚相關的盾牌陣。據說唐代皇帝玄宗爲了窺視浴中的楊貴妃，曾費盡心機，他自己也被出浴的玉體迷住，最終導致他的帝國的毀滅，而他自己則付出了王位的代價。詩人白居易曾用兩句詩明確地說明了唐玄宗激情的危險性：

後宮佳麗三千人，
三千寵愛在一身。

實行強制性的一夫多妻制，本來是試圖以過剩的肉體來控制帝王的激情，以源源不斷的肉體來沖淡帝王慾望的濃密度。這是一個很靠不住的解決方案。

在寫小憐和那個北齊皇帝的時候，李商隱像彌爾頓一樣，承擔了以歷史道德家的身分發言的職責；但他只用一句詩就把這一事件的影響力和盤托出了：那個時刻，那個夜晚，那個裸露的身體①。正如彌爾頓描寫盡情享用蘋果的場面時所發生的那樣，本詩也通過某種方式，削弱了故事原始素材中所具有的倫理道德內涵。裸露的身體使人聚精凝神於此，專心致志於斯；我們了解到詩人想告訴我們的東西，那就是：如今沒有任何行爲能抵抗住這些災難性後果之錯綜複雜的結構。但是，我們也知道了他不由自主地告訴我們的東西：那就是由於身體的介入，這些後果無論如何已經不再是最重要的了。

曾經一度，眾神並未遠離人群。

---

① 李商隱明白，這個場合比一場簡單的責任與慾望的衝突、比重演復辟者安東尼與克婁巴特拉的故事更爲深刻。他所觀察的是集中在一個時刻和一個場景的所有前因後果——這是敘述故事的另一種直截了當的辦法，同時也導致敘述的崩潰(只留下一種被排除方可能性：「何勞……」)。這種結構是意味深長的：廢除公共倫理道德，只有在一個以「偏愛」、限制和拒絕全景爲主題的事件中，才有可能會發生。就像一件有框架的藝術品一樣，這個專寵的身體也以某種方式現身於一個較大的世界裡，但與此同時，它又力圖結束自身與外界的各種關係；這裡有一種不連續性，有一個被巧妙地建造起來的小小世界，一個伊甸園。這樣一個獨立空間的發現，使那個較大的世界面臨著傾圮的威脅，因爲這個較大的世界需要的是毫無縫隙的整體。像那個小男子和堤壩的寓言所說的一樣，這個世界哪怕只有最小的一點點裂縫，都會被洪水沖垮。

人和神一起慶祝婚禮，
所有的生命都在慶祝，
而命運在此得到了
短暫的均衡。

摘自荷爾德林（Holderlin）①，〈萊茵河〉

他們的習俗是，那是些天堂的習俗
所有人參加，拜訪完美無瑕的
英雄們的家，並且現身於
凡人的歡會，在虔誠受嘲弄之前。

摘自卡圖盧斯（Catullus）②詩，第六十四首

① 荷爾德林（一七〇〇—一八四三），德國著名詩人，創作活躍於十八世紀末至十九世紀初。——譯注

② 卡圖盧斯（約西元前八四—約前五四），古羅馬詩人，作品傳世一六〇篇，以抒情詩著名，大多抒寫他對勒斯比婭的愛情。——譯注

這一類「凡人的歡會」(*mortalis coetus*)，讓人想起性的結合(*coetus*)，在人和神一起趕來慶祝海中神女忒提斯(Thetis)[1]和珀琉斯的婚禮這樣的場合，性結合是最重要的目的。眾神的露面可以比作性的展示，看作是既使人敬畏又讓人著迷的焦點。正在進行的這場婚禮也只不過是這樣一種展示的結果而已。神女新娘忒提斯爲了觀看那艘出發去尋找金羊毛的大船阿耳戈(Argo)[2]由此經過，與其他海中神女一起浮出水面，在波濤洶湧中第一次展現她那赤裸的乳房。

當船頭尖角犁開海風吹過的水面
波浪，船槳飛轉，變成白色的泡沫，
從海面閃光的旋渦中湧現出
海中神女，驚訝地注視著這個奇蹟。
這時，破天荒第一次，那些凡人水手的眼睛看見了

---

① 忒提斯，海中神女，與凡人珀琉斯(Peleus)結婚，生下阿喀琉斯。眾神全被邀請參加她的婚禮，只有紛爭女神厄里斯(Eris)未收到邀請。於是，在婚宴過程中她投下一個寫著「送給最美麗的女神」的金蘋果，引起一場紛爭，最終導致了後來的特洛亞戰爭。——譯注

② 阿耳戈，希臘神話中的一艘大船，英雄們乘坐這艘船遠航科爾喀斯去尋找金羊毛。——譯注

神女在光亮中，乳房赤裸，
從船槳擊出的灰白漩渦中升起。
就在這一瞬間，珀琉斯心中湧起了
對忒提斯的愛情。

卡圖盧斯講述了這樣一段故事：神女現身，眾神都贊成他們對彼此的慾望，凡人和仙家終於美滿地結合了。他講述這段故事時，是用一種希臘化的方式，即亞歷山大派的那種風格，精雕細鑿，使這故事能夠開闢一些空間，插入那些華麗精美的東西。但開口處卻變成了一個黑暗的缺口。

賓客雲集於法耳薩羅斯，有凡人，也有神祇，他們都來到珀琉斯富麗堂皇的宮殿裡參加婚禮，婚床上鋪著一條*vestis*即一條布滿刺繡的床單。刺繡上繡著阿莉阿德尼（Ariadne）[1]的

①阿莉阿德尼，希臘神話中的人物，國王米諾斯（King Minos）之女。雅典王子忒修斯（Theseus）到克里特島，要消滅住在迷宮中的怪物、阿莉阿德尼的同母異父姊妹米諾托（Minotaur）。阿莉阿德尼給忒修斯一個線團，使忒修斯在殺死米諾托後，靠這個繫在迷宮門口的線團走出迷宮。忒修斯把阿莉阿德尼帶到那克索斯（Naxos）島，趁她酣睡，獨自離她而去。回國時，他忘了與父親埃勾斯（Aegeus）的約定，若成功即懸掛白帆，反之則懸掛黑帆，其父看見黑帆，以為他已死，就投海自盡。——譯注

像，她是國王米諾斯的女兒，與米諾托是姊妹關係。阿莉阿德尼把忒修斯從迷宮中救了出來，卻被他拋棄，被遺棄在那克索斯島黑暗的海濱。在床單的刺繡像中，她站在海邊，浪花拍打著她那赤裸的乳房。

忒修斯是*immemor*（沒有記憶的），記不住他應該記住的東西，他的健忘不幸地與紡織物結合在一起。像所有男人常做的那樣，他忘記了怎樣才能走出迷宮，他能獲救完全是靠那個「線索」，靠阿莉阿德尼提供給他的那個引路的線團。在那克索斯島離開阿莉阿德尼之後，他又忘了升起那面白帆，告訴他的父親他還活著，他從與米諾托的戰鬥中凱旋歸來了，結果他的父親悲哀難任，從懸崖上投海而死。在這裡，*immemor*，總是心不在焉，他忘了他有負於阿莉阿德尼，而她被遺棄的故事則被繡在布上，繡在珀琉斯和忒斯修婚床的床單（vestis）上。

在這個紡織物中，在其面上或其底子裡，凡人和不死的仙女在慾望中結合在一起（*sese mortali ostendere coetu*，即「使她自己現身於凡人的歡會」），它表現的是又一次露面，又一次裸露，是阿莉阿德尼在海濱的露面和裸露：

> 不要把絲綢冠帶一直戴在她金髮的頭上，
> 也不要讓她的胸部罩上輕紗，

更不要讓她沉實的乳房躲在華麗的飾衣裡：
所有這些從她身上次第落下
當鹹的潮水撲打著她的腳丫。

當新娘神女忒提斯來到婚床邊，這條圖案美麗的 *vestis* 會告訴她些什麼？她會在這裡看到她自己的翻版、看到裸露的身體從水中出現、成爲慾望的焦點、接著慾望又被人遺忘嗎？——也許，她看到的是對那些 *immemor*、那些失去記憶、心不在焉的凡人的局限的一個警告。阿莉阿德尼從海邊發出了這個警告：

只要一顆渴望著的心，強烈渴望
達到目的，它就不怕立下任何誓言，不怕
許下任何諾言，但心中飢渴的慾望
剛剛滿足就又毫無顧忌，
不怕言而無信的後果，不在乎失信食言。

那在慾望中熠熠閃爍的「色慾的目光」也漸漸變得健忘，遁入伊甸園枯燥沉悶的日常生活中。這就是紡織物給我們的一個教訓：在紡織物下面的是女人的肉體，不管是站在海濱的阿莉阿德尼，還是在婚床上的忒提斯，一層疊著一層，遮蔽和揭露的行爲，是那些撒謊和喜愛撒謊——不是喜愛神女的赤裸現身——的人間男子的事。珀琉斯看到神女赤裸著乳房浮出水面，自我現身，神仙們很少在凡界男人面前這麼做。但忒修斯卻是健忘而且盲目的（有人說這是狄俄尼索斯造成的），他並沒有看到阿莉阿德尼裸身站在海濱。

> 從那兒開始，從此有了安全，頗多可嘉，折回
> 他轉身移步，用細細的一根線
> 矯正可能迷失的路徑，以免這宮室迷幻莫測
> 使他不能逃離這彎彎曲曲的迷宮。

阿莉阿德尼的結局：無花果樹葉

傳說阿莉阿德尼被拋棄之後，正站在海邊詛咒忒修斯，卻遇上了狄俄尼索斯和他身邊的一群酒神的信女祭司，並加入他們的隊伍。當時情況可能是這樣：由於距離很遠，阿莉阿德尼將狄俄尼索斯誤認作是忒修斯回來，這個錯誤也許是由於她特別專注凝神而造成的。阿莉阿德尼說：

看一群薩蹄爾(Satyr)①在跳舞
在亂哄哄的人群中，
號角和笛子刺耳的噪聲
確實讓他們盡興狂歡，
玫瑰是他前額上的冠冕，
他的前額又爲花兒增光，
他走來走去
他把沙漠變成涼亭：
　常春藤和葡萄葉
　掩蓋而不是裝飾了他的體形。
綠葉遮住了他揮舞的手杖，
他要麼是忒修斯，要麼是某位神明。

摘自威廉．卡特萊特，〈被忒修斯拋棄的阿莉阿德尼〉

① 薩蹄爾，希臘神話中的森林之神，半人半獸，性好色，後常用以比喻好色的男人。

第二個結局，關於忒提斯

神女袒露苗條的青春，
珀琉斯凝望著忒提斯。
她的四肢像眼瞼那樣精緻，
愛情以淚水使他盲目；
但忒提斯的腹部在聆聽。
沿著山上的城牆
從潘(Pan)居住的山洞那邊①
難以卒聽的樂聲傳來。
骯髒的山羊群，獸類的手臂出現，
肚子、肩膀、臀部，
像魚一樣一閃；一群神女和薩蹄爾

①潘，希望神話中阿耳卡狄亞的森林和叢林女神，雅典衛城上有一個洞穴是奉祀潘的，據說她有預言才能，並將預言術傳授給阿波羅。——譯注

正在水沫中交媾。

摘自葉慈，《阿波羅神諭的消息」》①

紡織物中的教訓

當一個設想從你心靈的隱密之處選擇好主題之後，那就讓詩歌來給你的原材料穿上言詞的服裝。既然她是來服務的，就讓她做好準備，準備爲她的女主人服務；就讓她提高警惕，以免因爲一頭亂髮、一個衣著襤褸的身體，或者一些細枝末節而不討人喜歡。

溫索夫的杰弗里(Geoffrey of Vinsauf)，《新詩學》(約一二一〇年)②

當詩歌開始關注遮蔽和揭露的時候，詩歌本身似乎也把某些更肉體的東西、某些有裸露意圖的身體包裹起來。衣服是詩歌的一個古老喻象，而這喻象本身有如一塊窗帘，在心靈

---

① *The Collected Peoms of William Butler Yeats* (New York: Macmillan, 1956), p. 324.

② Geoffrey of Vinsauf, *The New Poetics*, trans. Jane Baltzell Kopp, in James Murphy, ed., *Three Medieval Rhetorical Arts* (Berkeley: University of California Press, 1971), p. 35.

「隱密之處」發生的一切都掩起來。溫索夫屬於如今實際上已經絕跡的那一群人，他們懷疑在極其華麗的外表下的是一個身體骯髒而且毫無吸引力的女娃。她的身體修飾得越完美、遮掩得越嚴實、越好。

但是，對隱藏在衣服背後的身體因爲掩藏得太好以至於銷聲匿跡的恐懼則較此更爲古老。爲了抗拒這樣的恐懼，衣服應該包含一些能讓其自身解體的空間——針線崩開的折口，扣不緊的緊身內衣。身體和身體的行動都需要「證據」，正如在這首阿那克里翁體詩中對畫師的那幾行指點一樣：

讓她的其他外衣
與紫色的披肩一齊垂下，
但是要讓一點點肉
露出來——身體的證據。

或者，在這首更耳熟能詳的英語詩中：

服飾上甜蜜的混亂

在衣服上煽起了放蕩；
細麻圍巾甩在肩上
帶來美妙的心煩意亂，
一道縫錯的蕾絲花邊，它處處
勾住深紅色的胸衣，
一個沒有用心修飾的袖口，
紛亂飄動的絲帶，
一道迷人的波紋，引人矚目，
出現在亂糟糟的襯裙上，
一根漫不經心的鞋帶，在它的結子上
我看到一種野性的端莊，
這一切確實更能迷惑我，勝過當
藝術每一部分都過分精確時。

羅伯特・赫里克(Robert Herrick)①

① 羅伯特・赫里克(一五九一——一六七四)，十七世紀英國詩人，通常被認爲是最偉大的騎士派詩人。——譯注

這是一篇修飾得很好的小詩，在避免完美之時，宣告了修飾的完美。但是，這首優雅的小品已經在不知不覺中變成了一篇教人思考詩歌究竟是什麼的典範之作，它已超出了詩歌解釋的常規觀念。若干個世紀以前，羅伯特·赫里克就發現女人在服飾上某種程度的疏忽大意對人具有性刺激作用，坦率地說，這一點沒有什麼新聞價值。我們觀察到，對於實質上每一個衣裳齊整的文明來說，這樣程式化的疏忽已經成爲一種艷情的表達符碼，這種觀察可以表達得更簡潔、更精確。

這首詩重申了一種時尚的常規，在赫里克那個時候，這已經變成了詩歌的常理。我們怎樣才能解釋這首詩特有的彈性？我們懷疑，在經典和編選選本的惰性表面下，有某些重要的事情正在這裡進行。無論這是些什麼事，它既不是顯而易見的，也不是深藏不露，完全看不到。就像穿著衣裳的女人身體一樣，它永遠是顯山露水，給人一個意義曖昧的教訓，或者是關於自然本性如何打破束縛，或者是關於自然本性的爆發怎樣受到了壓制。

就詩歌中的審美教育而言，赫里克的小詩可以與視覺藝術中的裸體雕像和裸體繪畫相提並論。它是一篇完美的選本佳作，鼓勵讀者去觀察那些在遮掩顯露的身體時捉襟見肘的空文虛飾和形式。在一幅畫的畫布上，用顏料塗抹成的身體遮住了畫布，而畫布又把一堵普通牆面上的一段空白空間遮擋起來。但是，詩歌中的這個身體是以文本和有裂縫的紡織物爲遮蔽的。身體及其孿生遮蔽物——藝術和紡織物——唇齒相依。身體需要衣服，以便顯露自己（否則，它就要淡出，退回到不受人注意的伊甸園的動物群中）；而沒有身體的衣服便不再是衣服。如果遮蔽的藝術「過分精確」，無論身體還是藝術都不會引起我們的注意。

這種遮蔽和揭露的詩歌往往是命令式的、勸告式的，或者至少是教導式的。男性詩人們表現出一種令人不安的傾向，報導女人們在何時以及以何種方式穿衣和脫衣，設計呈現慾望的場景。對於促使多恩博士詳細指點其妻子脫衣的那種衝動，我們可以毫不費力地理解；但是，自動的裸露則會令人心煩意亂，可能促使詩人發號施令讓女人把自己裹藏起來，不管這號令多麼形同遊戲。當新拉丁詩人喬萬尼·彭塔諾（一四二九—一五〇三）「對赫耳彌俄涅（Hermione）[①]說，遮住她的乳房」（*Ad Hermionen, Ut Papillas Contegat*）時，她展現於假想的遮蔽行爲中的裸露，與展現在暴露之舉中的裸露是一樣多的，這種對體面的遮掩的要求，比多恩要女人脫衣的命令還要聳人聽聞。歸根結底，詩人們需要的只是處於遮蔽與裸露之間的那種運動——不管是朝哪個方向——即處於抵制慾望和回應慾望之間的那種運動。

即使這一類詩歌只是對煽動慾望的通則進行報導，就像赫里克的詩所做的那樣，它們仍然帶有言說者身體意向的印記。然而，赫里克對慾望通則充滿自信的陳述是與這種情況的事

① 赫耳彌俄涅，希臘神話中斯巴達國王墨涅拉俄斯（Menelzus）與海倫（Helen）之女，嫁給俄瑞斯忒斯（Orestes）爲妻。——譯注

實相對立的：因爲慾望往往頑強地隨機而變，無法預料；儘管有利條件會出現，慾望會被激起，但愛神厄洛斯在伏擊時才射出他最致命的一箭。

當赫里克向我們精確地描述慾望起因的物理過程時，我們知道，這是對在自然與藝術之間、或者在人力控制範圍之內的事物與身不由己的事物之間的那場歷史悠久的爭論的一個評述。在身體和遮蔽身體的關係這個問題上，自然和藝術爭論不休；但在慾望與依靠身體和遮蔽來控制慾望之間，也同樣有爭論。在這一首詩的每一行中，我們都能讀到要求控制和要求掙脫控制這兩種相互衝擊的聲音，而這場較量至今勝負未決。

如果我們把赫里克所寫的煽動慾望的通則置於某種具體情境的假想性爆發之中，我們就會發現有一大堆可能性，每一種可能性都爲詩的行爲與激情、藝術與自然制訂了一種截然不同的關係。假設這首詩是根據特定的慾望事例而得出的一個結論，而這種慾望是可能在詩歌產生之前的那段寂靜中發生的。這個遊戲的、機智的聲音，在發現那個左右毀滅性細節的法則的同時，也爲它自己找到了距離：是的，它是這樣發生的：它是服裝上一種甜蜜的混亂……但是，反過來，讓我們假設這首詩是猜想性的幻想，它盼望著慾望的爆發。這種機智表達了由一個包裝打扮得過分完美的世界和一種對外在強制的渴望所帶來的痛苦——因爲這

裡有一種焦慮，惟恐由於我們溫文爾雅、彬彬有禮，身體完全消失不見①。這首詩中的聲音

---

① 對自然本性完全從男人和女人身上消失這種可能性，我們一向有深刻的擔憂：這種擔憂正是遭遇到女人／頑石或男人／頑石的結果。產生激情的能力以及對自然本性的行動保持開放的態度，這通常被認爲是屬於其他國度，屬於比較炎熱的氣候，以及更古老的時代，比起我們自身所處的這個極其文明開化的世界來說，他們眞是太野蠻，太有誘惑力了。我們這種溫文爾雅，這種自覺的抑制約束，亦即赫里克之所謂「藝術」者，發揮到極致，也有可能帶來全然滅絕自己本性的威脅；而「栩栩如生的表現」也可以是身體的替代，而不僅僅是一種遮蓋。邁克爾·德萊頓的〈有感〉第二十七首明確提出：

是否這裡的愛不像別處，
它與好多國家都不相同？
是時光使它失去了淳樸，
還是在島國上隨俗而從？
　是我們的情比不上他們，
而他們較少做作的表達？
是自然較少影響其後人，
對我們的先輩更多傾軋？
　我相信我嘆息發自心底，
像以前所有人一樣眞心，
我對你敬重願爲你效力，
一如那個最眞摯的愛人。
肯定是自然對我有偏心，
只有你敢違背她的禁令。

聲稱它願意受到迷惑，然而，它的聲調以及那精心操縱的暴露過程都說明有一種距離，使他未被觸及，也許還遙不可及。我們無法決定怎樣理解這對矛盾：既盼望被慾望淹沒，被爆發出來的自然本性征服，又試圖擺脫強制，將爆發出來的自然本性壓制下去。

或者，假設這首詩的求歡本身也是一種「過分精確」的藝術，是對對方的一個招引，是關於如何表演慾望場景的指導。最後這種可能性總是存在的。這首詩是教育性的；它指引年輕男人應該到何處去尋找女人的野性被壓抑的證明，同時又指導年輕女人如何在總體控制的表面邊緣留下野性的印記。這首詩是，或者說想要成爲，一個精確的關於疏忽的藝術的榜樣，是一條精心布置的花邊，自然本性就在這裡透過掩蓋它的公開的表面來展示它自己。

也許這首詩的效果就在這裡：與那些危險的力量遊戲，使它們保持平衡。詩人的聲音一直在情欲和機智的距離之間保持巧妙的平衡。他的語氣默默地表明，由於理解了自然本性的作用過程，他就能夠與其同行而不致被其席捲而去；然而，他的注意力被過多地吸引到女人的身體方面，以至於他對自己是否無懈可擊也不確信了。在這場較量中，我們既不能夠、也不願意完全歸屬於任何一方，我們只能投身其中，讓雙方較量下去。

（續）

〔譯者按〕邁克爾·德萊頓（Michael Drayton），一五六三—一六三一，英國文藝復興時期詩人，〈有感〉是其代表作之一。

這裡必須遵守嚴格的服飾規則。正如列奧·史匹策所敏銳地注意到的，赫里克的詩絕不是對於懶散混亂的讚美詩；它要求普通的秩序以表達和限制若隱若現的野性的蛛絲馬跡。另一方面，任何想徹底壓制本性的企圖不僅惹人討厭，而且有可能是自欺欺人的，因爲明智的人都很理解：

但是不要讓任何人過分相信他能戰勝自然本性；因爲自然本性可以埋藏很長時間，一旦時機成熟，或者受到誘惑，它還會復活的。

培根，〈論人的自然本性〉

因爲自然本性不會受到嘲笑。對她的偏見從來不會持續很久。她的法令和本能是強有力的，她的感覺是與生俱來的。她在外面有強大的作用，在我們體內也一樣有強大的作用；她只要受到一點點輕視，就會立即對其對手的鑒賞和評判橫加責備，大肆報復。

安東尼·庫柏（舍夫茨別利伯爵），《人、風俗、意見及時代的特徵》（一七一一）

然而，我們也不可能僅僅是自然本性，這一點也並沒錯，而且可能煩人得多：如果沒有不由自主的微笑和眨眼，赫里克就沒有辦法把他的痴迷表現出來。

他同樣不能勝利地擺脫自然本性或者勝利地回歸自然本性，只能用言詞把自己裝扮起來，這言詞正如想像中的女人的服裝。他精心安排了這場展示，既列舉又給衣櫥裡的各種東西一一配套。他從對服飾這一範疇的總體看法和一般描述開始，接著縷述衣服的細節（從頭到腳縷述，像喜歡鋪敘的詩人常做的那樣）。但是即使當他逐項列舉時，這種系統性的巡游也威脅著要將衣服拆開：他的目光跑到衣服的邊緣，伺機進入。

服裝形成了一種盾牌似的防護空間，詩人描繪其細節，是爲了從中尋找一些饒有意味的缺口。正是在這些邊緣之地，自然本性露出原形──披肩、胸衣（罩住乳房）、袖口、在裙邊底下露出的襯裙，還有鞋帶──在這些邊境之地，服裝似乎已做好準備越境而進入肉體世界。這是圍繞著雜亂無序的邊緣進行的一套整齊有序的花言巧語，是一次與隱藏的力量的巧妙周旋，是冒險。

每一件微微凌亂的衣服都會激起人的慾望，因爲它是某些內在的東西的證明，既包括女人的裸體，也包括她心底的野性。假如我們專心致志地尋找那些頗有破綻的壓抑，所有的表面都會變成被壓抑的深層的標記。詩中的言詞也同樣如此。我們意識到這些花言巧語背後藏著如飢似渴；人的自然本性可以顯山露水，只要先經過包裝，然後再在凸起的部位、在褶邊以及綳緊的地方被人發現。正是在有破綻、褶邊破裂、線縫崩開的地方，藝術臻於完美無缺；在這種時候，它喚起了既受到約束又失去控制的自然本性。

我們既不喜愛自然本性的清白無瑕，也不喜愛我們的墮落，而只喜愛吞食禁果的那一瞬間。我們喜愛的是這場爭奪較量——也許是因為在這場較量中雙方始終處於我們力所能及的範圍之內。這個時有破綻而又臻於極致的藝術既不效忠於自然本性，也不向禮制約束俯首帖耳；為了保持雙方不相上下難分勝負的狀態，它會借力給其中任何一方。這樣一種破綻的藝術，總是使控制與失去控制在言詞上針鋒相對。它講述的是一種「美妙的心煩意亂」，給破壞判斷的那種環境提供了一個評價性的、既花稍又精確的判斷。它漫不經心地指出，胸衣「處處」被褶邊綳得緊緊的，雖然詩人的目光並沒有像他們所聲稱的那樣到處亂飄，而是被吸引到乳房、凸起的布料中敞開的地方以及裡面的通道。「引人矚目」／「亂糟糟的襯裙」：冷靜地評判其好處，不動聲色地吸引人們去注意綢緞上的凌亂。但是，尤其重要的是，這樣一種藝術歸根到底在「野性的端莊」這樣一個矛盾修飾法中得到了概括，而這「野性的端莊」具體表現在那個起繫結作用而又面臨被放鬆、被「解開」、被拆散之危險的「結子」上。

結尾

嬌情因曲動

弱步逐風吹。
懸釵隨舞落，
飛袖拂鬟垂。

蕭綱（五〇三—五五一），〈詠舞詩〉

這個女人身體柔軟，她受到自然本性力量的驅動，這種力量既作用於她的外表，又作用於她的內心。舞蹈這一形式藝術及其形式裝飾展現了它們的自我消解。而這首詩以其自身受到控制的形式藝術慶賀自然本性的勝利，或許是慶祝——這裡有不確定的因素——舞者巧妙地表演了自然本性的勝利，慢慢進入癲狂的境界，直到最終的鬢亂釵垂。

在身體力量與掩蓋身體的藝術力量之間，有一些相互感應的節奏音律。歌曲的技巧推動著情感，而情感又推動著身體，這個穿著鮮艷衣服的身體彷彿一朵落花，隨著每一陣風搖擺。動作的強化，使舞步變得雜亂無序，並且搖鬆了頭髮上緊扣的釵鬟。於是，艷情的強度回到了歌與詩的形式秩序之中，而運動正是由此開始的。它是對在身體和藝術之間那場可愛的衝突中某種勝利的慶祝——但我們根本無法知道勝利究竟屬於哪一方。儘管這些南朝宮廷貴族們對激情的這個巧妙表演讚嘆有加，但是，在這場表演底下隱藏的一切都是一種不可能實現的渴望：渴望變成那朵落進春風裡的花。

枉費的痛苦

傷高懷遠幾時窮？
無物似情濃。
離愁正引千絲亂，
更東陌，
飛絮濛濛，
嘶騎漸遙，
征塵不斷，
何處認郎蹤？

雙鴛池沼水溶溶，
南北小橈通。
梯橫畫閣黃昏後，
又還是斜月簾櫳。
沉恨細思，

不如桃杏，
猶解嫁東風。

張先（九九〇—一〇七八），〈一叢花〉

中國的曲子詞藝術是一種後起的程式化的藝術。在詞中，我們經常聽到一種慵倦的聲音，對所有日常事物包括詩歌和世界都感到慵倦。離開了沒有季節輪迴、沒有變化的伊甸園，我們進入了一個輪迴更替循環往復的世界，與伊甸園那種年復一年的生活常規相比，這個世界的程式化毫不相形見絀，但人們卻有截然不同的理解；現在我們充分地意識到我們正被這些循環往復的機制驅使著。更糟糕的是，在這個循環往復的世界裡，詞人們發現自己甚至在重複這樣一種看法，即這個世界及其詩歌最終是不斷重複的。

幾乎在張先作這首詞之前一個世紀，末代皇帝兼詞人的李煜曾在他最著名的一首詞的開頭，寫下了這樣一種對循環往復的自然的看法：「春花秋月何時了？」此時此刻，張先在這句恰恰是模仿他的前輩句式的詞中，發現人們的反應也是彼此相似、相互重複的：「傷高懷遠幾時窮？」這個看法，與張先類似的詩人和詞人們以前曾經說過一千遍：離別以及其他各種長久的失意惆悵驅使人們登高望遠。也許是因爲詩人對這一行爲姿態寫得太多了，詩歌的讀者們，當他們個人失意頹喪或希冀盼望的時候，也會登高遠望；而且，當後代詩人們發現前代詩人們的看法已在當代人普通的感覺與行爲中得到印證，他們就繼續描寫同一種行爲動作。假如他們對這種重複感到不安，也可以改變反應的方式，可以花樣百出：他們可以宣稱不願意登高凝望，或者告訴別人不要這麼做；他們可以登臨高處，眺望遠處，然後告訴我們，他們無動於衷，只有冷淡漠然；他們甚至也可以評說這一類登高凝望是多麼陳舊老套。但是，每一次改變都只是爲了再一次證實這一範式化的行爲，直到它在人類精神中彷彿獲得某種自然本能的地位，剩下的惟一要說的話就是「何時窮？」——這話更多是指那些失意頹喪和希冀盼望，而不是指那種程式化的反應。這句話也將被一遍又一遍地覆述。不僅人的自然本性後先重複，人類的境遇以及由這些境遇所引起的種種情感也是重複性的。

奧斯卡·王爾德(Oscar Wilde)[1]曾嘲笑他的同時候人對自然的阿諛奉承冗長乏味，他提出，藝術創造可以補償想像力貧乏的自然。但是，一百年後，我們發現他的提法被簡化爲藝術的最低級的陳詞濫調；我們還沮喪地發現，即使標新立異以及標新立異這一思想觀念本身也會因爲不斷重複而令人厭煩。

有一種普遍流行的懷疑看法認爲，太熟悉的東西缺少力量；針對標新立異而言，這話可

---

① 奧斯卡·王爾德(一八五四—一九〇〇)，英國小說家、劇作家、詩人，十九世紀末英國唯美主義的主要代表作家。——譯注

能是對的，令人遺憾的是，針對人類感情而言，它就不對了，引人注目的是，人類情感中那些最陳腐老套的悲歡離合，對我們在這種陳腐老套面前所感到的難堪居然漠不關心。「無物以情濃」。本書譯爲「dyes deeply（染成深色）」的「濃」字，描寫的是某些強烈並且富有滲透力的事物：顏色的濃郁、酒的濃烈、激情的濃厚的影響力。張先這首詞作中司空見慣的角色，是一個期盼著那並不在場的男人的女子，她不僅聲言要體驗這種情感，而且明白自己正在體驗著它，並對此感到厭倦：在心靈的紡織物中，還有一些未染過色的絲線，她可以藉此來評說這份濃情平淡無奇，也可以評說這份濃情具有折磨人的力量。

這樣的曲詞是一齣齣情感的小戲劇，但是，被戲劇化的情感並不是濃清，就這一具體例子而言，也並不是對愛情的期盼，而期盼愛情只是這首詞表面上的主題。相反，在激情本身與那個自我意識的細小空間之間有一種更加錯綜複雜的關係，戲劇和情感正存在於這種關係之中，這個自我意識的空間還沒有被情的純潔所薰染。這首詞並沒有講述情，而只是以詩歌的方式、以個人的口吻，講述她對情的厭倦；她對自己受到那個已成老套的慾望機制的壓迫也感到厭煩，這個不同尋常的事實一點也沒有削弱慾望的力量。最重要的是，她對她自己的厭倦也已感到厭煩了。

這場戲劇中所表演的情感是一種很強烈的情感，但它又是第二位的、反省性的情感，是所有強有力的感情所擁有的那些游移不定的伴侶之一。對自己在不知不覺間「陷阱」這種第一位的情之中有自知之明，其結果便產生了這類反省性的情感。這些第二位的情感是由情感引發的；它們絕不是第一位的情的蒼白反映，而是被如此增強放大，以至於它們常常會湮沒第一位的情。而且，這些也許就是我們對我們本身作爲自知自覺的人的惟一眞確的感覺。從它們的力量中，我們可以推知第一位的情的威力，但我們永遠無法與其眞正接觸。以對某個毫無投桃報李之意的人的情爲例：愛人可能會對他或她不能擺脫吸引感到惱怒；或者對他或她行爲的痴愚感到尷尬難堪；或對被愛的人給他或她帶來這麼大的痛苦感到憤怒；也有可能，到了最後，爲沒有得到滿足的慾望而厭煩至死。我們就是這樣的人，從不知道味道，而只知道回味。

這些第二位的、反省性的情感是隨著我們對那股存在於自我身上並對自我發生作用、而我們卻根本無法眞正控制的力量的覺察而發生的。我們只有這些對策：採取某種態度，或者自願自決和爲情所役的相互衝突中某些不太相干的動力的作用，從來不會得到預期的結果。這些反省性情感的變形錯綜複雜，將各種第一位的情感團團包圍住，雖然我們對它們理解得十分清楚，這種理解卻並不是那種能夠讓我們獲得自由的理解。這是上帝對伊甸園的園丁、我們的祖先的一個大玩笑，那蘋果只是把理解裝在一個動物的身體之上，然後就驅使它一路同行。

在詞體作品中，第一位的情感常常是清晰而且穩定不變的；第二位的反省性的情感則難以捉摸，並圍繞著第一位的情感，沿著飄移不定的軌道，變動不居。我們無法精確地觀測並找到它們，因爲我們就沿著它們的軌道馳行。在張先這首詞中，反省性情感的動力不是期盼，而是一種厭倦的惱怒，因爲身體和心靈是被那些同樣古老的動作所驅使的，而這一切無論在人類心靈中還是在較早的詩歌中都已屢見不鮮。這聲音並不仗著情的力量而吶喊；它敘述著這種情，這種情使頭轉動，使眼睛定神，使身體走動起來。這聲音感到沮喪，它作出了這樣一個比較判斷：在所有事物中，情的影響「最濃」。

心物相應的詩的古老機器開始運作了：這個女子注意到了外部世界的種種事物，通常認爲這些事物能夠反映並煽動情感，昆蟲的亂絲，飄揚的柳絮，在人心中引起情感的「千絲亂」。在檢視一個熟悉的園地的時候，張先詞中這個女主人公一項一項地清點著她意料之中的那些事物。對今天的我們來說，這種特別的心物相應和特殊的姿態顯得很陌生，它們只是在很久以前的那個時代、在另外一個大陸所慣用的表達情感的程式；但是，這種反省性的情感至今依然爲我們所有。

德國浪漫主義作家亨利希·馮·科萊斯特(Henrich van Kleist)①在他那篇關於牽線木偶劇的著名文章中，讚揚木偶雖然毫無知覺，卻能表演出完美的動作；與此相反，他也注意到，

---

① 亨利希·馮·科萊斯特(一七七七—一八一一)，德國浪漫主義詩人，劇作家。——譯注

人類的動作反而有一種不易察覺的笨拙難看，因爲人類一直是自身動作的觀察者。但是，有一種可能性科萊斯特沒有考慮到。那就是：木偶也許完全有自知自覺，它有能力觀察，只是全然無力中斷自己那搖搖擺擺的完美動作。

這個歌唱著特殊的情感與行爲被吸引納入那個反覆出現的模式中，就在她所遇到的情景中，這種情況又進一步重複出現，每個個體性的事物彷彿都消失在集體性的重複之中。

嘶騎漸遙，
征塵不斷，
何處認郎蹤？

在所有行人揚起的征塵中，這個行人消失不見了；他的蹤跡迷失於所有人的蹤跡之中。

我怎樣才能認出你忠實的愛人？
我遇見過許多人
我來自那個神聖的地方，
有的人來到這裡，有的人去向遠方。

未完成與缺席，使情及其對象都降低到僅僅是一些範疇；在特定的案例和不定的範疇之間有一個反抗的空間，反省性的情感即在此應運而生。

她是個珀涅羅珀式的人物，她困在對一種藝術儀式的表演之中，她既在編織同時又在拆除這件織錦的同一部分；她先是演出「花園那一場」，昆蟲的游絲和成雙成對的水鳥激起了期冀；接著，她演出「夜晚那一幕」，她躺在閨房中，徹夜難眠，她望著月光，尋思她的愛人是否也在想念著她而沒有入睡。「又還是斜月簾櫳」：她在這一場景中的表演很有規律，就像月亮圓缺那樣週而復始，也如同以前詩歌中其他那些不可勝數的愛人一樣有規律。「又還是」：她知道這一點，而且厭煩這一點。

除了這首詞的最後幾行，這個女子一直只是在重演中國人渴望愛情的全套表演路數——不過，這渴望是加引號的，她唱得越來越充滿反抗的緊張，我們可以分享這種反抗，儘管她藉以表明其反抗的手勢和物體是我們缺少共鳴的。這裡寫到重複的世界，只是爲了使我們能夠學會對其恨之入骨，爲了使我們能夠培養這種反抗，從反抗中產生逃脫重複的幻想。我們會夢想顛覆所有這些重複：

沉恨細思，
不如桃杏，

猶解嫁東風。

在演出了常規的渴望場景之後，這聲音認識到她自身的憾恨，只好求助於一個伊甸園似的時刻，作爲一種失去了的可能性：如果你「細思」，你就會看出這是一個多麼消磨人的浪費；不如像一朵花在春天消耗了自己。那個墮落的重複的世界產生了反省性的情感，而反省性的情感又竭力要完成自我的毀滅——擺脫自己所知道的在情的方面軟弱無力的局面，使反省性的情感變化爲濃情，拋開自己心中那個一直在注視自己的騎馬行人。這種想消滅自我意識的慾望對其自我毀滅性了解得一清二楚：這一行將帶著我們越過人性的邊緣，變成不是半自然而是完全自然的東西。那將是一個沒有未來的時刻，從漫長的重複的時間中解脫了出來——這是一個死亡、自由和性結合的瞬間。

但這個想終止時間的慾望只有在時間的內部才能發生。我們從來不會忘記她發言時所處的位置，她對前景深切怨恨，是由於這一前景不可能實現。在跳躍的慾望和跳躍本身之間有一個空間；這個空間甚至使跳躍也變成了一種反省性的情感，並且與它最終期望顛覆的那個重複的王國一樣重複出現。因爲在這個最終的慾望——像花一樣消耗掉自己——之後，隱藏著一條更早時代詩歌的脈絡。這條線索可以追溯到李賀(七九〇—八一六)，他曾這樣描寫花兒：「嫁與春風不用媒。」[1]這裡，花兒的無意義的毀滅也變成了一個在激情中自我毀滅的自由行為。

舞者的動作旋轉得越來越快，直到舞袖拂到扎得很緊的鬟髻，它們墜垂了下來。我們無法確定這究竟是身體掙脫了藝術的控制，還是表現身體解放的一套得到有效控制的藝術造型。但是，即使它只是裝扮出來的一次爆發，我們仍然知道是什麼力量促使它對藝術產生了興趣（或者裝做沒有興趣），這一點可以在我們凝神屏息的欣賞中得到證明。再者，我們也無法確定究竟是這些力量以某種方式控制了裝扮表演，還是在裝扮表演中受到了控制。

脫衣

因而，那無花果樹葉所展示的理性，比起在較早的發展階段所表現出來的理性要大得多。其中一個只是表現出有能力選擇對行動起作用的範圍；而另一個——由於從感覺中消除了它的對象，從而有了一種更內轉也更穩定的傾向——已經反映出它知道理性對衝動有某種

① 字面意義就是「不用媒人作合。」所有合法的性結合都必須先提出來，經過安排並得到批准才行。〔譯者按〕此處所引詩句出自李賀〈南園十三首〉之一：「花枝草蔓眼中開，小白長紅越女腮。可憐日暮嫣香落，嫁與春風不用媒。」

程度的控制。從單純的感官吸引發展到精神吸引，從單純的動物性的慾望逐漸發展到愛情，與此同時，從單純的愉悅感受發展到對美的一種品鑒，最初只是對人身上的美的品鑑，最終發展到對自然中的美也有一種品鑑——這一切的發生都是由於有了拒絕。

艾曼紐埃爾．康德(Immanuel Kant)，《推測人類歷史之開端》①

無論創作的是什麼，都是罩在一塊面紗之下的，……都是詩，而且只能是詩。

薄伽丘，《異教諸神譜系》第十四章

祈願上帝讓我活得足夠長久
有朝一日我的手能伸進她衣底。

貝都伯爵吉耶姆（一〇七一——一一二七），〈來自新鮮季節的甜蜜〉

在詩歌中，衣服和對裸露的承諾是彼此聯繫在一起的，因爲裸露正是出現在衣服突起的

---

① Immanuel Kant, "Conjectural Beginning of Human History," trans. Emil L. Fackenheim, in lewis White Beck, ed., *On History* (New York: Bobbs-Merrill, 1963), p. 58.

部位和輪廓線上，或者在邊角位置和褶縫中，抑或在衣服的凌亂和漂亮的脫衣動作之中。這種得到承諾的裸露可以自稱是任何我們認爲有價值的東西：它帶著誇飾告訴我們它就是意義，或者告訴我們它只是一個想法，或者是被隱藏起來的動物的身體，或者是心靈的秘密；它有時是他者，有時是自我，有時我們實在無法分辨是哪一個。如果我們傻乎乎地急著去解開衣服，我們一定總會感到失望——不管我們希望發現的什麼。解開來的東西被無情地忽視了，或者又再次被遮了起來。我們每一個人都是 *immemor*（沒有記憶的），都會忽視或忘記曾經覬覦過的東西。我們並沒有想面對這種局面，即誘惑的強度取決於暴露的形式；不管這簡單的伊甸園式的裸露有什麼價值，它比我們的期望要蒼白得多，與我們所夢想的也不大一樣。但是，我們所預期的這種快感要求有這樣一種信念，即我們要的就是這一東西本身，而不僅僅是解開衣服這一動作。如果沒有這樣的信念，解開衣服就沒有意義。它是一個難題。幸運的是，我們的希望和我們對於快感慾望總是使我們再一次被誘惑所吸引，這正是詩歌和所有偉大藝術所做的事。解開來的衣服一直被晾在一邊，任其在我們房間的衣架上和我們的心上沾滿灰塵。

但她對不在場的東西有一股深情——
一種感動了許多人的感情——

人類中有一種至為愚蠢的人，
羞於看近在手邊的，卻遙望遠處，
尋找隨風飄來的東西，這希望卻永遠不能實現。

平達，〈皮提亞頌歌〉①三，一九—二四

她所代表的那種「至爲愚蠢的人」可能是這人世上存在的唯一的一種人。

詩歌試圖將我們帶回到吞食蘋果的那一瞬間：急切的暴露終於結束了，接下來的就是淡忘和再次遮蔽。很難將我們羈束在那裡；詩歌處於兩種形式的時間之間：伊甸園恆定不變，而我們這個墮落的世界則經常重複輪迴。板滯的伊甸園只能提供那種像遮蓋得過於嚴實的身體一樣看不見的暴露。另一方面，最終的危險是身體及其詩歌都消失在華麗的外衣之中，這外衣已經忘記了自己的目的就是遮掩，因而也允許我們忘記藏在外衣下的身體。這裡，詩歌消亡了，變成了一件藝術—物品：即任何人都可以偷走並穿上的衣裳。

① 皮提亞(Pythian)：原爲阿波羅神廟的預言女祭司，此處指皮提亞競技會，這是古漢諾威紀念阿波羅戰勝皮同的慶祝會。——譯注

我把我的詩變成一件外衣
用古老的神話
繡成紋飾
從腳踵遮到喉嚨。
但愚人們將它拿去，
當著世人的面穿上它
彷彿是他們的精心製作。
詩歌，讓他們拿去吧，
因爲在裸體行走中
有著更多的功業。

葉慈，〈一件外衣〉①

葉慈這個詩人總是談論把掩藏起來的東西暴露出來，還許諾要掀開紗罩，並向我們展示在事物的內心究竟隱藏著什麼。最初，他試圖展示他希望從這首詩的表面構成中直接找到的

---

① *The Collected Poems of William Butler Yeats* (New York: Macmillan, 1956), p. 125.

那種美——卻不知道這種精緻的服裝也可以從身體上脫下來，掛在一根竿子上，它作的暴露的許諾也消失了，變成一個自鳴得意的設想。

而現在，我們看到了，把詩歌的外衣看作是他自己的外衣、把他的身體當成是藏於衣服下面的身體，這一點對他來說是多麼重要、多麼不可或缺。這是他以前允諾袒露「事物的內心」的時候從來沒有承認過、也許永遠也不會完全理解的東西。但假如我們細心地傾聽早先的那些詩歌，就會注意到他在操縱他的每一副詩的面具時所表現出來的那種緊張的均衡。此刻，當我們回溯往昔，我們就會看出這種緊張。

他告訴我們：「我把我的詩變成一件外衣。」他現在要我們知道（他懷疑我們先前有所誤解）他了解自己創作這些詩歌時究竟在做什麼，他要我們知道他能夠自我控制，要我們知道他不是因爲不知道別的詩歌才在早先的那些詩集中使用那些「古老的神話」；對詩歌外衣的設計出於他自己的選擇，是他自己所爲。更重要的是，他要讓我們眞眞切切地認清他的藝術是什麼——一件外衣——以及我們應當從藝術的外衣下面發現什麼——他本人。

也許我們已經錯誤地相信那些可愛的詩歌根本沒有「內在」，相信它們只是爲了美的藝術——純粹是刺繡者的手藝的對象，是掛在牆上的一件刺繡，是令人豔羨的表面。此刻他有力地提醒我們，他既是工藝大師，又是隱藏於這藝術條件中的人物。他製成這個作品，穿著它展示給人看，這樣他就會被看到，被羨慕，並且成爲慾望的對象。

「從腳踵遮到喉嚨」——他加上這一行是爲了押韻，但這種形式上的需求往往從詩人那裡抽走他所儲備的某些東西，這些東西至關重要，其重要性超過了他們本來打算說的。事實上，他完全知道我們何以沒有注意到他躲藏在外衣之下：它把他遮蓋得太嚴實了。身體一點也看不到，除了位於喉嚨之上而且處於衣裳範圍之外的那一張嘴，這張嘴外在於身體的「內在」，這張嘴曾編織出第一件詩歌外衣，現在又編織出全身赤裸的皇帝所自稱的那套新衣。

但愚人們將它拿去，
當著世人的面穿上它
彷彿是他們的精心製作。

對於此刻正在傾聽的我們，他相當明確地申明了他的所有權，並且將已然發生的情況稱爲偷竊。我們更清晰地聽到他要他的詩歌做些什麼：這東西既然出自他的手，就應該爲他服務，爲他所有，打上他有權控制的印記。他企圖讓它成爲一種不同尋常的占有，既能明確無誤地指向他，同時又能將他掩蓋起來，但不幸的是，它表現出來的只是一件東西，而且沒有版權，還可以從其主人裸露的自我中剝離出來。由於它僅僅是「藝術品」，它就成了一件可以被偷走的物品。他已經發現當有人穿上同樣的這件藝術品，作爲藝術品創作者的他便不再附於其身。他已經注意到他的身體不在此處；而其他人並沒有察覺。

他嘲笑其他那些人：「愚人們」，他這樣稱呼他們，也這樣稱呼「世人」。他們就是其他詩人及其讀者們，他們只看見精美的刺繡，卻看不到內在的東西——這類藝術品可以屬於任何人，這一點也許他們看得太清楚了。多年以前，他曾告訴我們，他只關心最一般最普遍意義上的美；確實，這一類的美應當爲任何懂得到何處才能找到它的人共同擁有。現在，看到他原先的衣服被大批人穿在身上，他覺得受了傷害，他發現這一類普遍的美根本不是他的目的。他展示自己製作的那些美麗的事物，只是爲了讓我們能看一看他。

他以嘲笑來威脅我們。我們熱誠地期望他不要將我們劃入那個完全沒有什麼分別的世界中的愚人之列。他假裝根本不是在對我們言說：

詩歌，讓他們拿去吧，
因爲在裸體行走中
有著更多的功業。

他被這一群人的誤解傷害了，他用一副自尊的面具把自己打扮起來；他裝做沒有注意到我們在聆聽，而繼續對著他的「詩歌」言說。但我們知道，僅僅是因爲他的自尊受到傷害，才使他轉向別處，正如我們知道他所傳送並且致語的這首詩歌悄悄地引誘我們，使我們自己與愚人們以及這個世界分道揚鑣。他和他的詩歌誘使我們成爲精挑細選的少數人中的一員，能夠看出他的本來面目。關於這一招引的親密性不會有任何誤解——去觀看他赤身裸體。不知用什麼方法，他已經將一種文學的偷竊——被扒掉了衣服——轉變成一種暴露和脫衣的勇敢行動。而在他祈求被人「了解」的呼喚聲中，蘊涵著各種性的暗示。

我們承認他的成功，不是表現在他變得赤身裸體這一方面(它僅僅是作爲一個許諾才在言詞中占有一席之地)，而是表現在他找到一件新的言詞外衣，更能完美無缺地凸顯內在身體的曲線。不，我們並沒有把人與人擺出的姿勢混爲一談；姿勢這樣的東西是不存在的，有的只是一個複雜的擺姿勢行爲，它是受慾望、傷痕以及焦慮所驅動的。假如對於誤解了他，他會再次有所舉動，並擺出一個新的姿勢，指向他所留下的空蕩蕩地懸於空中的那個先前的形狀。這種主動擺出來的姿態在企圖掩蓋眞相的行爲之中有所暴露；此時它表現得極爲複雜：它是一個裝腔作勢的關於裸露的謊言，但卻依然揭示了裸露。他用一件自尊的外衣把自己打扮起來，裝做沒有注意到他已被人看見。而且，他還用嘲笑將我們趕走，他知道，他那盛氣凌人地驅趕人的姿態會吸引我們回轉來看他。他並沒有裸體；那只是聲稱而已，但是這聲稱就是一件很薄很薄的衣裳，暴露了可以從這件新的詩歌外衣背後看到和了解到的他那強烈的慾望。

在語言中徹底赤裸要麼是虛假的聲稱、虛幻的記憶，要麼是引誘。裸露就意味著沈默；儘管詩歌在其不滿足之時，也會強烈地渴望靜默，但那是無法做到的。不管個中障礙如何輕如蛛絲細如薄紗，它卻是一個絕對障礙。假如除去這一層障礙，則所愛的人既會得到又會失去，從視聽中消失，變成一種奇怪地「完美」(已經完成)的觸覺；在這一過程中，觸摸別人絕對不可能與本人被觸摸分離開來。在詩歌中不存在實現這種完美的危險：「急急忙忙地消除所有間隔並不能帶來絲毫接近。」①而且，每一個猛烈的力量都發現自己遇到了阻礙，或者遇到了一個同等強度的反向運動。

脱掉衣服，親愛的，相互貼近
裸露的身體與裸露的身體纏繞在一起：
二者之間一無阻隔——即使
你穿的是最薄的輕紗
對我來說

---

① Martin Heidegger, "*The Thing*," *in Poetry, Language, Thought,* trans. Albert Hofstadter (New York: Harper and Row, 1971), p. 165.

就像巴比倫的牆；
胸貼胸，唇對貼：其他一切都在靜默中
隱藏。我不喜歡
喋喋不休的舌。

保羅斯（六世紀），《希臘文選》V.二五二

這是一篇很能反映晚期希臘之機智的作品：保羅斯彬彬有禮地拒絕向他人訴說觸摸的完美性；不過他的彬彬有禮不是靠什麼內在的矜持，而是通過雙唇緊貼，使得愛人和被愛的人都緘默無言。只要有哪怕最薄的一點點紡織物存在，舌頭就不會停下來，詩歌就會延續，大聲宣告著慾望並期盼著詩歌自身的終結。

他並不是眞的有這個意思。這只是一個詩句遊戲。而且我們知道，即使——這一點是難以想像的——這個老於世故的晚期希臘人準備對某位博學的姑娘朗誦他的這篇雋言詩，其結果肯定不會是那姑娘充滿激情地寬衣解帶，而只會對他的機智聰明報以一笑。這首詩延滯了激情的碰撞並使其轉移了方向，而不是使其躍進到彼此的聚合歡會。

詩歌的物理學有其精確的均衡式，可能就是操縱人類心靈慾望的那些均衡式：所有公開的動力都受到來自詩中某個其他地方的、某種勢均力敵而又背道而馳的動力的牽制而處於靜

態平衡的狀態。這種靜態平衡並不是靜止的一個點，它是一個平面（正如覆蓋的紡織物也是一個平面），隨著相反相持的兩股力量而抖動、鼓起並裂開。所有靠近的動作都會被一個離開的動作拽回來，所有離開的動作都因受到極其強烈的招引而撤銷。葉慈說得既驕傲又充滿輕蔑，但又懇求我們去看去愛；保羅斯招引我們回到伊甸園，同時又用一種老於世故的微笑來敗壞伊甸園。

他看到了所愛的人；爲了能夠注視她，他必須不讓她發現自己在注視她。接著，他所愛的人發現了他的慾望。她察覺了注視她的目光；他再也不能掩蓋自己的注視了。於是她將自己掩蔽起來。

自從你知道了我最大的希冀，
它將我心中其他的心願一掃而光，
我就再也不曾見你，女郎，
撤下你的面紗，無論是在陽光下，還是在陰影裡。
只要我藏起這些親愛的想法——
它們總是讓我想到了死亡——

我看到你臉上裝點著友善；
但一旦愛情使你看出我在身旁，
你的絡絡金髮從此被遮掩，
你愛憐的注視也就此撤下。

我最期望於你的都被你拿完，
你的面紗，無論天氣冷暖，
遮住了你可愛的眼光，
也就帶來了我的死亡。

彼特拉克，《詩集》第十一首

彼特拉克詩中之美在於它的那種純潔，它用這種純潔來書寫欲望最其本的法則。這首詩揭示了這些關於注視和遮掩的法則；假如詩歌中這一類揭示也實實在在地介入人際關係，它就有可能打破平衡，打破情感的僵局。但是，這個詩人充滿激情地向他所愛的人訴說，與此同時又從來沒有讓她來讀這首詩的意思，由是他維持了這種靜態平衡。

他不可能跨過那個掩蓋面容的紡織物的平面去觸及他所愛的人，但是他至少可以想像詩歌介入並改變這種關係的可能性。他想像正在編織一個詞藻的紡織物，這一編織過程將映射出她那煽動慾火的面紗；她會觀看並被點燃。如果做到了這一點，他受抑制的慾望的痛苦也就會變成她的痛苦。如同米開朗基羅所構思的那尊所愛的人的心靈塑像一樣，這樣的一首詩也是將慾望強加於他人的藝術品。一旦她的深情突然之間反映了他自己的激情，我們無法確定在這種時刻會發生什麼事。也許，他會像那喀索斯一樣，躍過那個可以滲透的鏡面，達到兩相會合和水乳交融的完美接觸。也許，逆向運動的物理學還依然有效：那喀索斯正在觀看，突然看到一張臉充滿飢渴地回望過來，他急忙撤退，讓深情的雙眼的影子永遠困在池塘水面之上，而無法看到其所愛的人，將其視爲對他的痛苦的報償。也許，最奇怪的是，雙方將一直相互注視，卻無法接觸，只能在共同的受苦中獲得一種間接的會合。

假如這些消耗我的念頭——
它們是那麼強烈那麼牢固——
是由合適的顏色裝扮而成，
也許那個人把我點著並且逃走，
他會感受到一點這種熱度，
愛情會在其沉睡的地方驚醒；

這時它會少一些孤寂冷清

我的足跡隨著路程而疲倦
穿過草地翻過山嶺，
我的眼睛不會那麼經常濕潤，
把冷冰冰的她點燃，
什麼都不要留給我，
除了燃燒的火。

然而愛情的壓力
剝奪了我所有的技藝，
我寫的是粗糙的詩行，沒有絲毫甜蜜……

彼特拉克，《詩集》第一二五首

他的那些念頭燃起一團火將他淹沒：假如他能夠把這些念頭用漂亮詞藻的紡織物裝扮起來，他所愛的人也會被點燃起來的。這是一個幻想，沒有任何寧靜平和的承諾，只是擺脫了分享痛苦時的孤寂而已。但是，這只是一個構撰出來的幻想：他的詞藻受到被抑制的慾望的影響而變得粗糙，這些詞藻沒有得到有效控制，也就是說不能用引人注目的色彩將自己打扮起來。愛情既激發了對強有力的詞藻的幻想，又使實現這種幻想變得渺不可期：他被困在反省性的感情、氣憤和挫折之中。藝術總是「我的藝術與預期效果對抗」。

讓我們從另一種方面來講述這段紡織物的故事。那個被愛的人是貞婦珀涅羅珀，她竭力使自己衣著端莊嫻雅，靠不斷地編織，又不斷拆掉織好的東西，從而使繡織的故事和求婚者都處於一種靜止狀態。她織好了又拆掉了的那件紡織物是萊耳忒斯（Laertes）[①]的裹屍布（他的「殮衣」）。這件東西一旦織好，就等於舊的愛情終結了，等於承認奧德修斯死了——因爲他是一個「蕩子」，而「空床難獨守」。

她讓所有人都懷著希望，她答應每個男人，
她把我們全部召來，愛的表演毫無保留，
可是她的心裡卻藏著另外一個念頭。
此外，正如她的手藝、她的織機那樣稀奇

---

① 萊耳忒斯，奧德修斯的父親。——譯注

她布置了一個羅網，很難躲避，
她這樣對我們說：「覬覦我床的年輕人，
既然我那神聖的夫君已經在鬼錄上登名，
你們不要太心急，最多一直到
我織完這件殮衣，以免織好的又失掉。
此外，我打算，當痛苦的死亡、
嚴酷的命運把英雄萊耳忒斯
席捲而走，這殮布將裝飾
他尊貴的屍體，否則所有普通婦人
都會對我說三道四，
一個富有的人死後居然要蒙受羞恥。」
她說完這番話；這番話確實立即打動
我們這些溫柔的心。但是她的這個工程
實在曠日持久，到夜裡，對著火把，
她把在大白天織就的成品全都拆下，
三年裡她的騙局逃過了我們的眼睛，

讓我們相信她所有的僞裝都是眞情。

《奧德修斯》第二卷，第一四三——一六三行（據查普曼英譯本）

靠一邊編織一邊拆除，珀涅羅珀實現了自己的願望；但是還有其他編織者。那些向她求婚的人，那批抱怨她在作假的荷馬筆下的粗人，在文藝復興時代卻變成了彬彬有禮的引誘者，他們把自己的慾望隱藏在精美的服飾和華麗的詞藻底下：「精確的詞語，如綾綢，如絲」，貝羅因在其《愛之努力的失落》中這樣稱呼它們。紡織物不僅掩蓋——求愛者可以用來「求愛」的詩歌「套服」①——而且以那些薄絲蛛網似的形式，顯露肌膚，它是一個羅網，心靈纏結於這個網中，既不能前進，也不能後退。

珀涅羅珀，爲了她的尤利西斯，
設計一個羅網來欺騙那些求愛者；
於是白天她完成了多少活計，
到晚上她就要如數拆撤：

① 此處原文爲「suit」，兼有「套服」和「求愛／求婚」的雙關意義。——譯注

我的姑娘也想出這般狡猾的巧計，
　對付我的慾望糾纏不休的求愛：
我花了許多天織成的一切東西，
　我發現頃刻間都已被她破壞。

這樣，當我想結束我所開始的事，
　我卻必須開始，永遠別想完結：
她一眼就毀掉了我長時間的編織：
　她一句話就把我整年的成果撕裂。

我發現這種工作與蜘蛛織網相同，
　一絲微風就能使它勞而無功。

斯賓塞，《小愛神》，二三，〈他所愛的人如何像珀涅羅珀那樣讓他前功盡棄〉

在「爲了她的尤利西斯」而演戲時，她的話就像突然颳來的一陣狂風，吹走了他的求愛的蛛網。他把自己描繪成那個未遂的通姦者，企圖占據一個空位卻徒勞無功，他明白他所編織的網是脆弱的。這些根本不是「優雅而牢固的網」，不像當年克婁巴特拉俘獲安東尼的那張網，而是像蛛絲、游絲。他是藝術家，是後代那些沒能像皮格瑪利翁那樣取得成功的眾多藝術家中的一位，他困在他的藝術的表演中，陷在重複之中：那個偉大的拆解者珀涅羅珀，從來不許他完成他的「求愛／套服」，不許他完成這種將會役使她的慾望的藝術完美，就這樣，她保住了權力。

言詞和瞥視

言詞是一把扇子！——從扇骨間
一雙可愛的雙眸正向外張望。
扇子只是撒落的一層漂亮花朵，
它確實遮住了面孔一張；
但並沒有藏住花下的姑娘
因爲眼睛是她最漂亮的地方
正在我的眼睛裡閃亮。

摘自歌德，〈標記〉，見《西東合集》

他對夏娃
開始有色慾的眼光，她也
報以放蕩；……

《失樂園》

遮蓋有許多種名稱（或者說，我們賦予許多事物以遮蓋的功能）：它可以是言詞，在這裡它變成了那把扇子，那個表達曖昧動機的舞台道具——渴望被僞裝成羞澀，羞澀又被僞裝成矜持。於是這把扇子就變成了「一層花朵」（*Flor*），變成了一束葉子和花朵，那就是伊甸園中的無花果樹葉，是遮藏面孔的。另外有個人就躲在它後面，被遮住了；樹葉和花朵、或者遮蓋臉部的紡織物、或者文本介入了。這時候，在縫隙之間，有一隻眼睛，只有一隻眼睛。這是介於我們已經墮落的人間世與伊甸園之間的時刻，正是這一個時刻將這兩個世界分開，並使二者截然分別開來，提醒我們這兩個世界的不同：一個是裸露，一個是隱藏。同時，言說了兩個世界的這一時刻也是我們跨越邊界的唯一希望。

也許他是一個有窺視癖的人，透過紡織物的縫隙偷看，希望能看見肉體。突然之間，這個正在偷看的人發現他反而被人看見了。目光與目光相遇對視，並且有一種相互淹沒的趨勢，就像池塘中的那喀索斯既是自我，又是那個被愛的人。或者雙方都再次掩蓋起來；她的目光退縮到扇子的那層紡織物之後；他轉眼看著別的地方。無論作的是哪一種選擇——相互淹沒或是轉移目光——相視只能持續短暫的瞬間；然後，就是黑暗。

有一種舊的看法認爲詩歌能夠將伊甸園復原給我們（當歌德講到「言詞」的時候，他指的是詩的言詞，是一個*Beiname*，亦即化名，它就像扇子一樣，通過遮蔽而將所愛的人的眼睛展現出來）。也許這意味著在詩歌中我們有那麼一個辨識和慾望的時刻——這個時刻本身並沒有因爲已經墮落的人間世而變得不那麼複雜，但卻仍然能夠讓我們看到並了解從複雜中逃脫出來會是什麼樣子。詩人就像一個親切和藹、寬大爲懷的神靈，爲我們安排了一次與重訪伊甸園的邂逅，如同錫德尼〈爲詩辨護〉那個著名段落中所說的：

> 也不要以爲把人類心智的最高點與自然力相比就有多麼出格；而是要給予創造那個創造者的天上的造物主以充分的敬意，因爲造物主按照自己的模樣創造了人，使人超越並高出那個第二自然[①]的所有作品：他在任何其他東西上所表現出來的都沒有在詩歌身上所表現出來的多，他憑借神性氣息的力量所創造出來的東西超過了她所

①「第二自然」，在本文此處指詩人所創造的自然，與眞正的自然即第一自然相對。下一句中「她」所指即是第一自然。——譯注

做的一切——一點也不要懷疑亞當遭人咒罵的第一次墮落是出於輕信，因爲我們挺直向上的才智使我們知道什麼是完美之境，同時，我們受到污染的意志又使我們無法達到那種境界。

但是，目光與目光的相遇，即離開又回到伊甸園的那個時刻，必須「通過」文本才會發生，因爲文本是一層遮蓋。這就是我們覺得最難以接受的——對中介的需要，文本、外衣的介入，或者時間間隔。文本本身總是給我們講述掀開面紗以及令人滿意的最終暴露這樣的甜蜜故事。正在埋頭閱讀的眼睛抬起來，於是兩雙眼睛相遇。這始終是我們最衷心的願意——像一朵花一樣銷毀。但奇怪的是，我們只能在文本中遇見它，一如弗蘭齊斯嘉(Francesca da Rimini)[①]在〈地獄篇〉(Inferno)[②]中所說的：

曾有一天我們在愉快地閱讀

---

① 弗蘭齊斯嘉，義大利拉文納大公之女，被迫嫁於G·馬拉泰斯塔，因與夫弟保羅相愛，而被丈夫殺死，其故事見旦丁《神曲》。——譯注

② 《地獄篇》，但丁所作《神曲》的第一部。——譯注

蘭斯洛特（Lancelot）[①]受愛情驅使的故事；
我們沒有猜疑，我們單獨相處。
但閱讀使我們的目光好多次
相遇，我們的臉也變成了紅色，
但只有一瞬間我們不能自持。
當我們讀到被愛者的笑如何
受到了這樣一位愛人的親吻，
這個男人絕不可能離得開我
他這樣顫抖地吻了我的嘴唇。
加里奧托是作者也是那書名：
那一天我們失去了讀它的心。

〈地獄篇〉，五·一二七—一三八

我們每一個人都單獨將這首詩一直讀下來，我們知道了在很久以前在另外一個國家他們

① 蘭斯洛特，英國亞瑟王傳奇中最英勇的圓桌騎士，是王后格溫那維爾（Guinevere）的情人。——譯注

如何停止了閱讀。那一瞬間那些目光與我們的目光相遇，然後又飄移而去，掩藏起來①。那個水果可能被吃掉，甚至被眾人分享了，但是某些東西就此介入，比如面紗和文本，比如在冰箱上留給所愛的人的一張字條：

這是告訴你
我吃掉了
放在
冰箱裡
的李子

① 在我們的報告中，我們經常假裝我們完全是獨自一人，假裝我們的伊甸園是孤獨而又端莊的，並被轉換成房子背後的一處幽靜的花園，在那裡，知識之樹結出了「智慧的果實」，這裡用的是「智慧的」這個形容詞的新的昇華的意義。因此，愛德華．揚格(Edward Young)在《原創寫作臆說》中說：「從這個忙碌而又無所事事的世界的擾攘之中，它開啓了一扇後門，由此通往長滿道德與智慧的花果的那座芬芳宜人的小花園；這扇門的鑰匙絕不給其他的人……他怎麼能獨立於這個世界之外呢？在他心靈的那個小世界，在那一微小而富有成果的創造物中，他每天都能認識新的朋友，他們既給他帶來娛樂又使他得到提高。

也許
李子本是你
留作
早餐的

原諒我
它們眞好吃
很甜
又很涼

威廉・卡洛斯・威廉斯（William Carlos Williams）①

亞當第一個到來，並吃下了整個蘋果。這種本來可以與人分享的快感卻拒絕讓她分享，而只是通過文本傳達出來。她幾乎可以體味他所品嘗過的滋味——但只是幾乎，肉體透過言詞若隱若現。這首詩是一次致詞，不過它是一種最爲奇怪的致詞：言詞中說的是道歉，但也

① William Carlos Williams, *Collected Earleir Poems* (New York: New Directions, 1938, 1951), p. 354.

炫耀了那種她沒分享到的快感；這些言詞是那種快感得到了中介的替代物。而我們，就像先前趴在多恩博士的臥房門上諦聽一樣，也會順便對那張字條瞥上一眼，並對那些已經不在冰箱裡的李子的經歷作一次猜想。

花園裡有果核，這一跡象表明所愛的人曾經在這裡，而現在已經離開；有口信留下來——彼此有交流，但卻從來沒有會面。我們總想再靠近一些，更多的面紗被掀開，但卻總是見不到肉體——只見到一隻回望的眼睛：「一切高雅的詩歌都是無限的；它就像那第一顆橡子，其中可能包含了所有的橡樹。面紗一層又一層揭去，藏於最深處的赤裸的意義之美卻從來沒有暴露過。」（雪萊〈詩辯〉）

我們永遠不可能再現伊甸園神話中的這一時刻（如同保羅和弗蘭齊斯嘉曾做的那樣——文本經常用這種可能性來揶揄我們）。我們一遍又一遍地嘗試，但總會在某些地方出錯，莫名其妙地就迷途而返。每一次努力都必須從吃水果開始，或者至少從吃的慾望或意圖開始①。我們就像坦塔羅斯（Tantalus）②一樣，飢餓難當，總要不斷地嘗試。不要以爲你可以安靜地坐

---

① 「他們在其作品中運用了與潛藏在水果之中的一切東西相當的最深刻的思想，以及與果殼和樹葉相應的美妙動聽富麗堂皇的語言。」見Boccaccio, "The Life of Dante," in Allan H. Gilbert, ed., Literary *Criticism: Plato to Dryden* (Detroit: Wayne State University Press, 1962), p. 211.

② 坦塔羅斯：希臘神話中的人物，因犯罪而被打入陰間被罰站立在沒頸深的水中，當他想去飲水時水即流

在一邊看著它：靜物畫中的那些蘋果是飢餓的提示，而不是形式的提示。一個人必須伸手去拿，以承受這種不可避免的失敗，這失敗將隨之發生的沉思的距離變成了一個美麗的謊言。「一首詩應該是可觸知的和沈默的／像一隻球狀的水果」，麥克利什(Archibald MacLeish)告訴我們[①]。但是你必須試圖品嚐。這首詩拿在手裡也許會像一面「古老的獎章[②]」那樣難以辨識，但它必須被輕輕地撫摸。

而這就像，在書裡，偶然碰到
某些詞語被人劃掉——
僅僅因爲它們被劃掉
人們更加渴望將它們讀到。

卡爾德隆(Calderon de la Barca)[③]，〈兩扇門的房子難看管〉

（續）失，其頭上懸有果樹，當他想摘水果時，果子即離開。——譯注

① Archibald MacLeish, *The Colleced Pomes* (Boston: Houghton Mifflin,1962), p. 50.

② 此處用典。此外所引麥克利什這首題爲〈詩藝〉的詩的下一行，把詩比做「獎章」，在手裡捏弄。——譯注

③ 卡爾德隆(一六〇〇—一六八一)西班牙著名劇作家。——譯注

總是圍著詩歌說三道四的那些道德家們是很對的；在他們心裡，他們聽見塞壬們正對著他們歌唱，將他們引向舟毀人亡。所許諾的快樂都是些原始鮮活的快樂，儘管這些快樂往往得不到，往往被中介，從來就沒有眞正實現過。

水果

并刀如水，
吳鹽勝雪，
纖手破新橙。
錦幄初溫，
獸香不斷，
相對坐調笙。
低聲問：向誰行宿？
城上已三更，
馬滑霜濃，
不如休去，
直是少人行。

周邦彥（一〇五六—一一二一），〈少年遊〉

這裡向我們提出了一種可能性：相對而坐，充滿慾望地望著另一雙充滿慾望的眼睛。不管對這個男人還是這個女人而言，慾望都是克制、有掩蓋的，並對表露慾望感到惴惴不安。兩人都不大會發展到說出這種慾望，但慾望卻泄漏出來，滲透進各種事物、各種關注的力勢、諸種行爲以及諸多含糊曖昧的言詞之中。

我們知道這首曲子是爲一個男人演奏的，即使僅僅是因爲要擺脫相對而坐時的那種緊張的沈默局面，這個女人也要首先打破僵局，開口說話。她的話是有掩蓋的，但只蓋了一層薄紗，低低的聲音表明了她的躊躇遲疑。她披露了隱藏在對他的關切背後的她自己的慾望——現在回去很不方便，夜很冷，路很滑。她的關切有著里爾克對上帝的關切的那種透明度。她做了詩歌所做的事：勾畫一個外部世界，以展示一個內部世界，同樣，詞中這幕「室內的」場景正是人的內心的外在表現。

他們的心一直在慢慢融化，朝著這個時刻，朝著這個遮遮掩掩的留宿的邀請。他們就這樣相對而坐，房間似乎變得暖和起來，香氛越來越濃，笙的樂聲更令人陶醉。慾望雖然被激了起來，卻總是難以啓齒。問題往往在於對方是否在回望，以慾望回應慾望，兩對目光是否能夠相互呼應。他發現回應的目光穿過表示現實關切的經過掩飾的語言向他凝視。證據就是他發現有另外一個人：不僅有表面，而且是既有表面又有深度。

水果啓動了整個過程。儘管我們吃橙子的時候不用鹽，盡管中國根本沒有把吃水果這一行爲神聖化的伊甸園傳說，但是這一行爲並沒有在翻譯中失落。在這裡，歷史是無關緊要的。詞中寫到冷冷的并刀，水和雪的形象，手指和嘴唇上沾的橙汁，這一切在屋裡濃郁的香氣和暖氣的烘托之下，散發著對人的招引。并刀隨著眼光閃爍，刀光如水，就像漢語中用「眼波」一詞形容女人的慾望神情一樣。外面天黑了；屋裡正籠罩著濃重的香霧；在屋子中央，有一道白光閃過，那是白色的鹽。這裡有撕開，有剝皮，混合著香味以及對甜美滋味的期待，還有笙的樂聲。每種主要的感官都被依次調動起來，只有觸覺被延滯，一直推延到詩歌完結之後的靜默之中。

橙子絕不是一個審美對象，不管它多麼像一個審美對象那樣凝聚並限制了人們的注意力。慾望，無論是濃縮的還是抑制的，滲漏到肢體動作之中；它通過圈住並且框住這個「東西」的那雙手滲漏出來。這個東西就是水果，它長得豐滿結實，正等著被人剖開。它的硬殼被劃出一道口子，刀子剖開它，露出裡面的形狀，就像雕塑家從大理石塊中發現了裸露的人體一樣。隱藏的形狀漸漸地被各種感官所發現，它既是慾望的結果，又是慾望的置換：它是皮格瑪利翁的雕像，本來就是供人消受的。

這裡有一個東西和一個將其剖開的行爲——一次切割和對一個堅硬殼面的明顯毀損。它要求打破障礙，打破那牢靠的遮蓋物。這個東西和她放在上面的那雙纖手隔在他們中間，吸引他們的注意，延宕他們的身體相遇。但也許，這就是他們能夠相遇的唯一地點——在水果與詩的語言裡。這是一個獨立的、界限分明的空間，心靈雖然被等量的吸引與畏懼維持在一種靜止不動的狀態，卻可以跨越這個空間。

結語

尾聲一（假出口）：對身體毀損的縷述

那一天，我們走進博物館，按照旅行指南，我們沿著長長的一排又一排彼此通連的房間一路走過去，巡視那裡面所收藏的各種藝術品。形形色色的身體、各種神祇和女神裸露的形體，當我們路過的時候，都被提供給我們仔細審查，我們被弄得筋疲力盡。我們早已被告知，這裡有一些我們應當吸取的教訓，我們力求從中找到某種能夠涵蓋其不同的隱密秩序，找到某種博物館的秩序。我們密切注視著，同時將形體與形體相比較，我們還閱讀了所有解說詞。當我們圍聚在每一個雕像的基座四周，我們感覺自己使用第一人稱複數很安全：我們的注意力凝聚在、我們的眼光集中在這個雕像上。我們是有窺視癖的人，我們窺視別人，卻不被別人窺見。而就在這時，透過石頭的破裂之處，神對我們報以回視。

我們不認得他那沒人聽說過的頭，
兩隻眼睛蘋果就在那兒成熟。然而
他的軀幹仍像大柱台一樣閃耀著
他注入其中的目光，剛剛被迫收回，

抑制自己只發微光。否則胸部弧線
就不會讓你花了眼，在優美的臀部
曲線中，就不會有什麼微笑能進入
到其中心那個曾有生殖力的地點。

否則這石像將以毀損的身軀而立
距肩膀明顯的凹陷只有一點距離，
不會像野獸的毛皮那樣閃爍發光，

也不會從它的邊界四處迸裂炸破
像一顆星星：以至於沒有一個地方

看不到你。你必須要改變你的生活。

拉伊納・馬利亞・里爾克，〈一座阿波羅神的軀幹雕像〉①

這首詩在開始其敘述時，將這一事件移置到過去，這是一種適合於作匯報的時態：「我們不認得他的頭。」然而，當我們第一次來到那個大廳並定睛凝視這座神像大名鼎鼎的軀體之時，我們並沒有注意到他沒有頭。我們沒有注意到是因爲我們以前都見過軀幹雕像，其中既有由時間所造成的簡化性毀損，也有藝術對這一類不可避免的簡化所作的故意模仿。積習使我們對這一類殘缺視而不見。只是到後來，當我們震驚於我們的凝視匪夷所思地得到回應之時，我們才意識他的頭已經失去了。觀看所有這些殘破之處及缺失，已經成爲這個神給我們的某種禮品，成爲神給我們的一種令人不安的祝福。

在這篇詩歌的敘述中，我們通過稱引名稱而復原了缺乏的部位：這個頭，以及最主要的，它的依然能夠以這樣或那樣的方式注視的眼睛，這雙眼睛不僅是石頭所缺失的形體，而

① 軀幹雕像(Torso)，沒有頭和四肢，只有裸體軀幹的一種人體雕塑。Torso一詞也用來指殘缺毀損的作品。——譯注

且是「眼睛蘋果」（Augenäpfel[1]，即「眼珠」）。這些眼睛是以前就生長成熟的水果，是使眞實的注視和「認得」變得可能的伊甸園蘋果。這種蘋果還沒有被我們吃掉，我們可以看著雕像的裸體卻一無所見。看來這樣的眼睛不會再呈現在我們眼前了，因爲它們已經被簡化的習慣和時間這個 *Edax rerum* 即「萬物吞食機」所吞食了。

當然，讓我們感到驚奇的是，一旦這些眼睛蘋果被吃掉，整張臉如何經受了一次變形並退縮到身體的其餘部位中去，這部分身體盯著我們，用那種注視使我們變得盲目，並朝我們微笑。也許這種微笑是一種色迷迷的微笑，其中心是神折斷的腹股——失去的其他一些身體部位都收回其力量退到身上的其餘部位中去。但是，在身體邊界的日漸毀損壓縮中，同時還存在著一種凝聚，它作用於那些沒有心理準備的觀眾，同時消解了用第一人稱複數時所具有的那種集體安全感，並使我們每一個人在神的面前都變成了單個的「你」。

讓我們設想對於神來說這一過程是怎樣發生的：他從他的基座上向外注視，試圖向這樣一群茫無表情的聽眾致辭，這些第一人稱複數卻視而不見，聽而不聞。這時，他向人群看過去，他專注地盯住一個人，說道：「你。」突然之間，彼此的關係改變了，這不只是針對被他挑選中的那個人而言，其他人也是如此。他們明白，就在那一瞬間，他們自己已經失去了

---

① Augenäpfel，德語詞，意爲「眼珠」、「眼球」，由Augen（眼）和Äpfel（蘋果）合成。——譯注

那種具有保護性的匿名身分。沒有一個人曾經像這樣一個時刻那樣是一個完完全全的單個的「你」，那無法逃避的致辭行爲使其陷在人群中而不能自拔。

我們都一直站在這塊石頭周圍，我們參觀博物館的習慣和審美距離使我們感到安全，我們一面對此一時期的藝術風格作些筆記，一面對這座軀幹雕像表現出的原始活力評頭論足。突然，這個神朝外面看過來，並說道：「是你！我說的就是你！」當日亞當在伊甸園中的感覺也正是這樣：剛剛吃下蘋果，就發現自己被所愛的人或者神看見，從而被揪離了賴以藏身的動物群：「是你！」眼睛蘋果被吃掉了，腹股也折斷了。

這首詩不是這樣。女神再也沒有像當初爲皮格瑪利翁所做的那樣，把石頭軟化變成有生命的人；而神也不從詩歌中向外張望。某些層面總是掩蓋藝術作品，不讓其露出伊甸園中的身體。這首詩只能列舉所失去的東西。我們永遠無法知道面對這種注視這首詩是畏縮閃避，還是渴望著這種注視所具有的令人局促不安的力量，但我們確實知道這首詩並沒有在這樣一種注視之下成形，它也沒有向我們展示這種注視：它只是指示道路並且說明這段距離遙不可及的一個路標。在詳細描述那些並沒有因毀損殘缺而失色的每一點時，詩人提示我們注意這個東西確實破損了；他提示我們注意從這裡到那裡的距離。正是這面文字藝術品中反映毀損的鏡子，逐漸退出雙方的遭遇，允許詩人在這首詩中用現在式取代過去式。一開始心裡感到的震驚和驚奇，由於神確實有可能看見你，現在變成了放心和安適。

最後，詩人給了我們一句道德教訓，彷彿要告訴我們這個遭遇僅僅是關於我們的教養和教育(*trophe*)的一個寓言：「你必須要改變你的生活。」這句話將作爲我們刻在博物館裡軀幹雕像基座上的題詞。這也是一顆定心丸——我們有了一個立腳之地，在那裡，我們可以自由地聽取神的教導，而且，假如我們接受了這種指揮，我們就的確可以變成某種東西。這題詞是眞正的形象化的詩歌語言，是我們畏縮迴避神的注視的後果，它不是神的命令式的語言，而是我們自己的語言，想要牢籠這樣一種注視的力量。神向我們致詞，我們甚至也許被改變了，但並不是按神所指揮的那種方式改變。我們是以那種完全超出我們的控制、不爲人察覺的方式而被改變的，我們現在正掉頭而去，鑽進這個博物館的迷宮裡，越鑽越深。

尾聲二(此路不通)：防止逃離的條例

沿著並且通過理性的軌道，人類藉助藝術認識到理性究竟從記憶中抹去了什麼。

阿多諾(T. W. Adorno)，《美學理論》①

因此，我們當前這個時代就總體條件而言是不利於藝術發展的。甚至正在從業的藝

① T. W. Adorno, *Aesthetic Theory*, trans. C. Lenhardt (London: Routledge & Kegan Paul, 1984), p. 99.

術家，不僅被包圍著他的那些反映反省性思想的洪亮聲音引入歧途並受到污染，而且也被對於藝術的看法與判斷的普遍傾向所左右而誤入歧途，從而將更多的思想引人到他自己的作品中。更確切地說，精神文化的整體是這樣的：他自己處於這樣一個反省的世界之間，處於這個世界的各種關係之間，無論如何不能靠意志或決心將他自己從中抽離出來，也無法爲他自己設想出並回復到一種獨特的與世隔絕的狀態，這種隔絕，或者是通過一種獨特的教育過程，或者是通過與生活中的各種關係保持距離，使他能夠找回那些已經失落的東西。

黑格爾，《美學講演錄》

黑格爾用這些話剝奪了藝術最大的希望和前途，並給歷史貼上了他的封條：它是一個封閉的過程。在黑格爾這個縱橫交錯的體系中，藝術是精神賴以得到感性體現的模式；它屬於精神史上的一個特殊階段，這個階段的時代已經過去，它將不可避免地被自覺的、反省性的思想所取代。黑格爾堅決主張反省性的思想之所以在現代藝術中出現，是因爲藝術家根本上是這個時代的一部分，而藝術的本質在這個時代也正在被迅速地排擠掉[1]。歷史的盲目機制

---

① 「現代」是從黑格爾的觀點而言的，包括黑格爾時代以來的各種藝術。

腐蝕了現代藝術家的作品，並損壞了它，不管藝術家多麼煞費苦心。這裡沒有逃離之路：只有一些破碎的雕像和一堵破碎的牆上的形象，除了其表面，根本沒有第三維空間。

黑格爾的歷史秩序中這些特殊的階段比起在上引段落中變得異常清楚的那個假說來，也許不那麼重大。這個假說處於黑格爾思想的中心位置，已經變成了我們這個現代世界中最不被人質疑的老生常談之一。根本上，我們「屬於」我們的歷史位置和歷史時刻；我們棲息於其中，而且在各個重要的方面都爲其所決定。任何移居他處或者採用別的方式的企圖，就像藝術家的企圖一樣，都是注定要失敗的，而且毫無意義的。黑格爾所說的歷史是極權社會的原型，在這種社會中，個體是由他在整個體系中所處的確定關係所構成的。它是一個有力的假說，但是，究竟是什麼力量促使他在這裡將這一點陳述得那麼赤裸裸那麼不加掩飾呢？

這裡存在著另外一個問題。黑格爾對現代藝術家的觀點究竟只不過是我們基本的「歷史性」的普遍原則的一個事例呢，還是在這種普遍原則與這個特殊事例之間存在著某種獨特的聯繫，由於這種聯繫極爲不確定，而迫使哲學家厲聲地、連篇累牘不厭其煩地否定了藝術本身有後退運動的可能性？黑格爾敏銳地意識到，這正是藝術家有可能企圖做的，即，「爲他自己設想出並回復到一種獨特的與世隔絕的狀態，這種隔絕使他能夠找回那些失落的東西。」這種可能性受到冷嘲熱諷，這種企圖被嚴令禁止。但是，黑格爾用以描述這種不可能性的方式回應了，也許是無意地，那麼一段漫長的歷史，在這段歷史中，藝術家所主張的正是這樣一種孤獨：既不從屬於群體，也不反對它，而是以這樣或那樣的方式與之分離。

黑格爾賦予藝術家的這種後退的行動，亦即企圖找回那些已經失落的東西的慾望，似乎是黑格爾對藝術處境所作的一個必然結果，這一衝動或慾望在這個已經將其遺棄的世界、在這個被趨向反思的自覺的世界裡繼續存在，但日益削弱。在黑格爾的體系中，各種前進的精神力量都會阻止這一類的後退運動。然而，「現在且當遊戲，趁我們還沒有認眞」，我們可以提出這樣一種可能性，即這一特殊事例不是這一體系中推出來的，相反，整個體系是作爲對這一特殊事例的回應而建立起來的——易言之，這個斷言藝術最終必定爲反省性思想所取消的體系，可能是一個恰恰是爲了取消藝術的後退運動的可能性而樹立的建構。它是一個過於大膽的假設，但它僅僅是遊戲而已。我們提議藝術中這個假定的後退衝動與阻止它的那個體系同時成立。藝術不是展示被反省性的哲學思想所超越的那種精神的一種古老模式，相反地，它與哲學總是互構共生的，它總是具體表現哲學想要壓制的這種特殊的衝動或慾望。歷史辯證法觀念變成了一個巧妙的發明，用以摧毀了那個暗藏的孿生兄弟，將他置換到過去，並告訴他他已經過時了，死亡了而且仍然處於死亡狀態。但是，實際上，藝術對於孤立(從現有的關係中孤立出來)的要求，是伴隨著歷史決定論的觀念一起產生的；藝術的後退衝動是與前進的觀念難解難分的。藝術對於疏離的要求(或者至少是藝術中表現出來的對於疏離的強烈慾望)，是在哲學的極權性衝動和極權主義文化中打開的一個缺口。它必須囚禁於博物館之中，必須封存在畫框之內。

黑格爾準確地判斷出危險究竟在什麼地方：他意識到藝術企圖找回那些已經失落的東西。藝術關注著這些損失，而且它這麼做，實際上就是對當前以及當前的趨勢作無聲的批評。黑格爾知道，藝術的後退是一個居心險惡的反抗，而不僅僅是尼采(Friedrich Nietzscher)所描繪的那種文過飾非的力量：

> 藝術順帶完成了保存甚至修飾那些已經絕跡、已經淡出的思想的任務，當它完成了這個任務，它就編織一條飾帶纏繫於各個時代之上，並召喚它們的精神回來。當然，只有那彷彿具有生命的幽靈，比如說那些遊蕩於墳墓之上的，或者從一個死去的愛人夢中重返的，會這樣應召而來，當然，至少有片刻的時間，古老的心情復活了，心臟也有節奏地跳動起來，要不然，這節奏就要被人遺忘了。正因爲藝術具有這種普遍的益處，所以，如果藝術家沒有站在人類前進性成熟的最前排，人們應當原諒他。終其一生，他都好像一個孩子，他站在那裡一直不動，任憑藝術的衝動向他襲來；但人們公認，來自生命最初階段的情感，比起當前這個世紀的那些情感，是更接近於早先時代的那些情感的。不知不覺中，他承擔的任務使人類返老還童：

> 這是他的榮耀，也是他的局限。①

像柏拉圖一樣，尼采對藝術的這種力量既敬畏又輕蔑，但在解釋爲什麼這種力量有這麼大的吸引力的時候，他顯得比柏拉圖還要無能爲力。

那麼，讓我們繼續遊戲，並假設只有在現代藝術的後退運動中才眞正可能有辯證的運動。隱含在藝術對損失的承認之中的慾望，亦即黑格爾試圖加以壓制並由此使歷史臻於一個完美的停頓境界的那種慾望，是與他人遭遇的一個標誌。我們據之設想未來——我們的烏托邦、社會計劃以及「自覺意識」的種種運作——的那種僞辯證法（換言之，即對辯證法的一般看法），只不過是根據一個具有限定性的現在所作的草草僞裝的推斷而已。在這種僞裝的希望和自由意志之下，我們的設想屈服於我們的被限定性，陷入一種已經取代了悲劇的憂鬱宿命論。只有與一個已經實現了的他性、與一個實實在在的未被吞併的他處相遇時，才可能有眞正的辯證運動；我們可以在其他人、其他文化和其他時代發現這些東西，但我們卻不能從我們自己的頭腦中、從我們自覺意識到的現在中製造出這些東西。如果我們以過去的例子作

---

① Friedrich Nietzsche, *Human, All Too Human*, trans. Marion Faber(Lincoln: University of Nebraska Press, 1984), p. 104.

爲範例（既然藝術的歷史性後退衝動會引起黑格爾最大的不安），我們就放心大膽地承認我們所遇到的過去根本上已經被我們具有限定性的現在所調和了；但是在這麼說的同時，我們也承認有一些既具有限定性又具有他性的東西被調和了，我們也許會試圖解釋這些東西，而它們卻頑固拒絕被完全包容。

在利用思想體系和輕蔑嘲笑與那種後退衝動作鬥爭中，黑格爾試圖鎮壓反抗引起的有力騷動。如果這種後退運動有可能，我們就有可能在某種小的方面站在「他處」，與歷史給我們限定的關係之外的一些東西發生接觸。這樣一種可能性有可能粉碎歷史的那種決定性和整體化的力量，以及通過主張歷史的必然性來證明自己的合法性的各種壓制性的社會力量。藝術要求自我孤立的慾望對於集體的控制來說是一個威脅，因爲，正如黑格爾所深知的，這樣的孤獨任何人都可以利用。如果一個人能夠成功地拒不接受黑格爾對歷史的看法，那麼，轉瞬之間，全體人員都將隨波逐流漂過這些裂口，發現「那些已經失落的東西」，並帶著危險的不滿足感以及慾望回到歷史性的現在。

黑格爾批評藝術有可能逃離那種具有限定性的歷史性現在，其最有力的方面即是後來變爲現代老生常談的：也就是說認爲我們每一個人以及我們這個世界的每一部分都是由一個

「現存關係」（*Lebensverhältnisse*[1]）體系所決定的；而且認爲我們在這一整體體系之外根本沒有立足點。社會以及我們思想的傳統結構都被整體化而納入一個巨大的人文生態系統之中。不像那些小的社會生態系統，比如家庭或團體之類，在這些小的社會生態系統之中，每一個個體成員既塑造整體，也被整體所塑造；這種關於歷史性現在的整體化人文生態系統是極其巨大的，它能夠決定個體，但人們卻察覺不到它受到個體的限定。一個整體化的歷史性現在也不可能完全與現代國家中的那些極權主義的方面截然分開，在這裡，人類生活中各種小的組合都被打碎了、削弱了、貶損了，目的在於強化個體在任何社會關係中的虛弱無力感。這是卡夫卡式的世界，在這個世界中，個體透過一層又一層的社會生態系統冒出來，尋找一個地方讓權力和影響發揮作用，結果卻發現那權力還隔著好幾層高高在上，或者已經擴散到某些不可企及的空間去了。

認爲我們都是一個由眾多關係構成的體系中被限定的一分子、而我們自己卻不能影響這個體系，——這種看法從整體上看很正確，因爲我們整體都被勸說這種說法是對的。這不是一種可以論證的關於我們的存在的情形，而是一種詮釋學，一種煞費苦心的闡釋結構，在這種闡釋結構中，所有與眾不同的事物都可以簡單解釋爲離經叛道或者只是漠不相干。

---

① 德語，意即「現存關係」。——譯注

藝術依然是對上述那種勸說的一種威脅；它表面上很安全，因爲，正如尼采所說的，它只是提供了某些可選擇的權力的影子，但它依然令人不安地體現了那些未被鎭壓下去的反抗和那些非法的慾望，這些反抗和慾望拒絕被闡釋結構所包容吸收。藝術能夠將我們納入像所有歷史性現在的現存關係一樣活躍的那些關係之中，這些關係不僅活躍，而且更有誘惑力，因爲藝術致力於誘惑我們，而不是征服我們。

任何憑藉經驗以反對壓制性力量的努力，也只能在經驗上取得這樣一種程度的成功，即它自身也感染了這種壓制性和極權性的力量：治療助長疾病，而且使疾病永久地拖延下去。藝術放棄權力和有效的控制。它在這麼做的時候也就占據了一個特殊的位置，即既與這個壓制性的社會同流合污，同時又只有它眞正對這個社會奮起反抗。只有在一個壓抑的極權性世界裡，這個自相矛盾的實情才令人煩憂不安。

黑格爾清楚地看到這種威脅就在現代藝術的後退衝動之中，這種衝動對歷史提出了一種不同的解釋。提出後退的可能性，或者拒絕繼續往前走，或者走向他處（藝術只能將這些作爲可能性提出來），通過上述這些做法，藝術創造了一種歷史觀，這種歷史觀不是靠替換和取而代之，甚至也不是靠周期循環性，而是靠一種沒有和解的盲目聚合來發揮作用；它是在每個秩序結構的某一點上出現的混亂。藝術不能拒絕時間性——如果它拒絕，那就將沒有任何他性的可能，因而也就沒有任何慾望——藝術不是廢除和抹煞過去，而是把過去作爲一種得到確認的失落，因而也是作爲一種可能性，包括於現在之中。

結語：走向他方

大王亶父居邠，狄人攻之。事之以皮帛而不受，事之以犬馬而不受，事之以珠玉而不受。狄人之所求者土地也。大王亶父曰：「與人之兄居而殺其弟，與人之父居而殺其子，吾不忍也。子皆勉居矣！爲吾臣與狄人臣奚以異？且吾聞之：不以所用養害所養。」因杖筴而去之。民相連而從之，遂成國於岐山之下。

《莊子・讓王》

徵引文獻

文森特・亞利山大(Alexandre Vincent)：引自《渴望光明：文森特・亞利山大詩選》(*A Longing for the Light:Selected Poems of Vincent Aleixandre*)，劉易斯・海德(Lewis Hyde)編，一九七九年，版權屬於Harper and Row Publishers, Inc.。

愛米莉・狄金森(Emily Dickinson)：引自《愛米莉・狄金森詩全集》(*The Complete Poems of Emily Dickinson*)，托馬斯・H・約翰森(Thomas H・Johnson)編，一九二九年，版權屬瑪莎・狄金森・比安琪(Martha Dickinson Bianchi)，一九五七年版權延期，屬於瑪利・L・漢普遜(Mary L. Hampson)。蒙Little, Brown and Company惠允引用。

賀拉斯(Horace)：引自《賀拉斯頌詩十五首》(*Fifteen Odes of Horace*)，塞德利克・惠特曼(Cedric

Whitman)譯，一九八〇年，版權屬於安妮・M・惠特曼(Anne M.Whitman)。

魯斯・P・M・雷曼(Ruth P.M.Lehmann)：〈米迪爾召喚伊丹飛向仙境〉(*Midir Summons Etain to Fairyland*)，引自《早期愛爾蘭詩》(*Early Irish Verse*)魯斯・P・M・雷曼奧譯編，一九八二年，版權屬於得克薩斯大學出版社。蒙出版者惠允引用。

巴勃羅・聶魯達(Pablo Neruda)：引自《二十首情詩和一支絕望的歌》(*20 Poemas de Amory Una Cancion Deseperada*)，蒙巴勃羅・聶魯達基金會惠允引用。

西爾維婭・普拉斯(Sylvia Plath)：引自《西爾維婭・普拉斯詩集》(*The Collected Poems of Sylvia Plath*)，特德・休斯(Ted Hughes)編，一九六〇年、一九七一年、一九八一年，版權屬於西爾維婭・普拉斯遺產，蒙Harper and Row Publishers Inc.惠允引用。

拉伊納・馬利亞・里爾克(Rainer Maria Rilke)：引自《拉伊納・馬利亞・里爾克詩選》(*The Sleceted Poems of Rainer Maria Rilke*)，斯蒂芬・米切爾(Stephen Mitchell)翻譯並編輯，一九八四年，版權屬於Random House Inc.

魯米(Rumi)：引自《魯米神秘詩集》(*Mystical Poems of Rumi*), A・J・阿伯里(A.J.Arberry)翻譯，一九八六年，版權屬於A・J・阿伯里。

威廉・卡洛斯・威廉斯(William Carlos Williams)：引自《詩集，卷一：一九〇九—一九三九》(*Collected Poems, Volume I:1909-1969*)，一九三八年，版權屬於New Directions Publishing Corporation，蒙Carcanet Press Limited惠允引用。

威廉・巴特勒・葉慈(William Butler Yeats)：引自《詩集》(*Collected Poems*)。《一件外衣》(*A Coat*)，一九一六年，版權屬於Macmillan Publishing Company，一九四四年版權延期，屬於伯莎喬吉・葉慈(Bartha Georgie Yeats)。《一個活的美人》(*A Living Beauty*)，一九一九年，版權屬於Macmillan Publishing Company，一九四七年版權延期，屬於喬吉・葉慈。《阿波羅神諭的消息》(*News for the Delphic Oracle*)，一九四〇年，版權屬於喬吉・葉慈，一九六八年版權延期屬於伯莎・喬吉・葉慈、麥克・巴特勒・葉慈(Michael Butler Yeats)和安妮・葉慈(Anne Yeats)。蒙A.P.Watt Ltd.代表Michael B.r Yeats和Macmillan London Ltd.惠允引用。

譯者後記

翻譯這本書，對我來說，是偶然，更是冒險。

記得是一九九七年冬天的某個下午，突然接到一個從北京打來的電話。打電話的是三聯書店的編輯馮金紅女士。說突然，是因爲那時我還不認識她。在電話裡，她直截了當地言明她的來電之意：三聯書店有意將哈佛大學宇文所安教授的《迷樓：詩與慾望的迷宮》一書譯成中文出版，她輾轉找到我，希望我能擔任此書的譯者。說實話，對於這本書以及它的作者宇文所安教授，我並不陌生，但是說到翻譯，事關重大，我頗感躊躇。

早在一九八〇年代後期，我就翻譯過宇文所安教授一本論文集中的一篇論文，一九九〇年代以後，又陸續讀過他的另外一些著作，包括《初唐詩》、《盛唐詩》以及《追憶》等，這些書與我個人的專業方向相近，而且先後都譯爲中文出版了。這些書新穎的視角，清暢生動的文筆，爲一九九〇年代中國古代文學研究界吹來了一股清新的風，使讀者興味盎然，給我本人也留下了深刻的印象。所以，一九九五年到一九九六年間，當我在哈佛燕京學社做訪問學者時，就留心尋找他的其他著作來拜讀，同時也利用這樣的機會，與宇文所安教授作當面的請教和討論。承他的好意，我得到了他題贈的幾種著作，其中包括這部《迷樓：詩與慾望的迷宮》。

這部書一九八九年由哈佛大學出版社出版，屬於哈佛大學比較文學研究叢書中的一種。作者斯蒂芬·歐文(Stephen Oween,1946-)，漢名宇文所安，耶魯大學東亞語言和文學博士(一九七二)，歷任耶魯大學講師、副教授，現任哈佛大學中國文學教授、比較文學教授，美國藝術科學院院士。宇文所安教授擅長中國抒情文學、詩歌歷史與理論、比較文學等領域的研究，他在唐詩方面的研究成果尤其引人矚目。他的著作以視野開闊、思維靈活見長，分析立論出入不同學科、時代和文化，常常給人意想不到的啓示。本書即最顯著地體現了這些特點，表面上，它討論的是一個古老的話題——中西詩歌中的慾望問題，實際上，作者從那些很常見或者不經見的詩作中，敏銳地發現了新的問題，從那些看似風馬牛不相及的、屬於不同文化和歷史時期的中西詩作之中，發現了最動人的聯繫。通過未必有歷史聯繫的文本的比較對讀，他創造出一種新的閱讀經驗和研究結構，從而實現了古今中西詩學和文化的眞正對話。引誘與推拒，希望與失望，暴露與掩蓋，替代與逃避，妥協與失敗，詩歌中對於本位主義的各種不同的表現模式，千門萬戶，繁複曲折，猶如一座迷樓，讓人目迷五色，迷離恍惚，迷失津渡，迷途忘返。作者以導引讀者遊覽這座迷樓來組織全書的結構，他帶著我們巡歷中外古今詩學之迴廊，從《伊利亞特》、〈陌上桑〉，到白居易、蘇東坡、里爾克、聶魯達，從《莊子》、《禮記》到康德、尼采，逶迤走來，移步換景。它不僅是別出心裁的比較詩學論著，也是一部見解獨特的詩歌理論。

我現在還清楚地記得粗讀此書的印象：旁徵博引，出入中西詩歌文本，筆致精微，靈思歧出，頗多勝義，但涉及文學典實很多，或明或暗，頗有我不甚了了之處，好在只是泛覽，可以「不求甚解」。但如今說的是翻譯，就完全是兩碼事了。我支支吾吾，不知怎樣推卻才好。

也許是潛意識中對三聯書店的好感和信任，也許是因爲馮金紅提到她與我有北大校友之誼，也許是因爲不願意拂了向她舉荐我的那個老朋友的面子，總之，說著說著，我的語氣漸漸鬆動了，我答應再考慮考慮。一九九八年五月，我到北京參加北京大學的一次學術會議，馮金紅來看我，再次談及此書的事宜。此後我一退再退，竟至答應了下來。隨後三聯書店開始與哈佛大學出版社洽談購買版權，到最後簽下譯書合同，已是一九九九年初了。我只提了一個附加條件：充足的時間，不能催稿。話是這麼說，其實自己心裡也很清楚，總不能沒有限期吧。

可以說，對這項任務的艱鉅性，我一開始就有心理準備，況且宇文所安教授也早已提醒過我。及至一九九九年初正式動手，我才體會到，此書的難度大大超出了我的預期。可是那時與出版社已經簽了合約，眞正是騎虎難下。我一鼓作氣，做到那一年暑假結束，居然完成了前言和頭兩章，可是後面的似乎越來越難對付，最初的勇氣受挫，使我意興闌珊。接下來兩三年一直很忙，不斷有別的事半路殺出來，逼得我先騰出手來處理，其間到牛津大學訪學又去了四個月，翻譯的事就這樣時譯時輟，拖拖拉拉，後面三章連同尾聲直到二〇〇二年秋天，才最後宣告竣工。算起來，從頭到尾經過四年多時間，我自己都感到不好意思。面對編輯的催促，我甚至後悔當日莽撞接下這個任務。我們拖拉肯定給她的工作造成很大不便，在這裡，我向她道歉。我想說，這絕非我的本意，要怪就怪我水平不夠，而且分身乏術。同時，對她的耐心和理解，我也在此表示眞誠的感謝。

此前，我曾從英語、日語翻譯過學術論文十來萬字，但總的來說，那些都是單篇的漢學論文，沒有一部專著。本書的情況完全不同：首先，它是一部比較文學(比較詩學)著作，理論性頗強。它不是一部純粹的漢學著作，儘管作者本人是著名漢學家，而且書中涉及漢語詩歌文本及其闡釋，對於漢學研究也極有啓發。其次，書中引證了許多西方詩歌，從荷馬史詩到西爾維婭·普拉斯，翻譯起來也很費力。需要說明的是，所有這些詩作都是譯者此次重新翻譯的。眾所周知，詩歌難譯，難在傳達原詩的意味，難在保持原詩的形式。詩歌翻譯本無一定之規。我個人認爲，對待不同形式的詩應該用不同譯法。格律詩尤其是格律謹嚴的十四行詩體，本書一般都用嚴謹的格律體來翻譯，在用韻位置、每行音節數相同（譯文中處理成每行字數相等）等方面，盡可能與原詩亦步亦趨。對極少數韻式比較複雜多變的詩作，本書則靈活掌握，有的即採用漢語詩中常見的偶句用韻的形式來翻譯，例如原書第八六—八七頁的維加詩，每八句一節，句子都比較簡短，譯文中也盡量用短句，每句用三頓或四頓來譯，基本上兩句一韻，一韻到底。原書徵引的詩歌，很多附有法語、德語或西班牙原文，這給譯者提供了一個便利：可以對照原文，準確把握原詩的形式特點；可以參考原文，比對揣摩原詩的意思。爲了使譯詩在內容和形式上盡可能與原詩吻合，我字斟句酌，「斤斤計較」，有時候忙碌一天，還搞不定一首詩。在譯詩過程中我自己制訂了一套規則並遵而行之，這無異於自套枷鎖自找苦吃，但我希望因此能夠給讀者帶來一些閱讀和欣賞的快樂。同時，爲了幫助讀者理解原文，對書中涉及的重要人名以及文學典實，譯者附加了一些注釋，爲了區別於原注，這些注釋一概以「譯者按」標明，未加標注的一概是原注。

這本書能夠譯成，要感謝宇文所安教授的支持。不僅出版社在洽商本書版權購買過程中曾得到他的支持，我在翻譯過程中遇到的疑點難點，也多虧他及時指點賜教。更使我感銘的是，當這部譯稿全部完成之後，他不僅欣然撰寫了一篇中文版序，而且爲我約請其夫人田曉菲博士和其高足王宇根先生從頭到尾進行校閱。田曉菲校閱前言及第一、二兩章，最後三章及尾聲先由王宇根校閱，再經田曉菲校訂。他們爲我糾謬訂訛，潤飾文字，工作極其認眞細緻，其功匪淺。我謹在此對田曉菲博士和王宇根先生致以深摯謝忱。至於譯文中還存在的理解有誤、譯述不準確與不明晰之處，則理當由我個人承擔責任。我也期望讀者諸君不吝賜教。

程章燦

二〇〇三年六月於秦淮河西之龍江

迷樓：詩與慾望的迷宮

2006年11月初版 定價：新臺幣320元

著者 宇文所安
譯者 程章燦
發行人 林載爵

出版者 聯經出版事業股份有限公司
台北市忠孝東路四段555號
編輯部地址：台北市忠孝東路四段561號4樓
叢書主編電話：(02)27634300轉5226
台北發行所地址：台北縣汐止市大同路一段367號
電話：(02)26418661
台北忠孝門市地址：台北市忠孝東路四段561號1-2樓
電話：(02)27683708
台北新生門市地址：台北市新生南路三段94號
電話：(02)23620308
台中門市地址：台中市健行路321號
台中分公司電話：(04)22312023
高雄門市地址：高雄市成功一路363號
電話：(07)2412802
郵政劃撥帳戶第0100559-3號
郵撥電話：26418662
印刷者 世和印製企業有限公司

叢書主編 沙淑芬
校對 陳龍貴
封面設計 翁國鈞

行政院新聞局出版事業登記證局版臺業字第0130號

本書如有缺頁，破損，倒裝請寄回發行所更換。
聯經網址：www.linkingbooks.com.tw
電子信箱：linking@udngroup.com

ISBN 13：978-957-08-3079-8（平裝）
ISBN 10：957-08-3079-4（平裝）

國家圖書館出版品預行編目資料

迷樓：詩與慾望的迷宮/宇文所安著．
程章燦譯．初版．臺北市：聯經
2006年（民95）；432面；14.8×21公分．
譯自：Mi-Lou：Poetry and the Labyrinth
of Ddsire
ISBN 978-957-08-3079-8（平裝）

1.詩-評論

812.18 95021035

聯經出版公司信用卡訂購單

信用卡別：　□VISA CARD　□MASTER CARD　□聯合信用卡

訂購人姓名：＿＿＿＿＿＿＿＿＿＿＿＿＿＿＿＿＿＿＿＿

訂購日期：＿＿＿＿＿年＿＿＿＿＿月＿＿＿＿＿日

信用卡號：＿＿＿＿＿　＿＿＿＿＿　＿＿＿＿＿　＿＿＿＿＿

信用卡簽名：＿＿＿＿＿＿＿＿＿＿(與信用卡上簽名同)

信用卡有效期限：＿＿＿＿＿年＿＿＿＿＿月止

聯絡電話：日(O)＿＿＿＿＿＿＿＿夜(H)＿＿＿＿＿＿＿＿

聯絡地址：□ □□＿＿＿＿＿＿＿＿＿＿＿＿＿＿＿＿＿＿＿＿

訂購金額：新台幣＿＿＿＿＿＿＿＿＿＿＿＿＿＿＿＿元整

（訂購金額 500 元以下，請加付掛號郵資 50 元）

發票：□二聯式　　　□三聯式

發票抬頭：＿＿＿＿＿＿＿＿＿＿＿＿＿＿＿＿＿＿＿＿

統一編號：＿＿＿＿＿＿＿＿＿＿＿＿＿＿＿＿＿＿＿＿

發票地址：＿＿＿＿＿＿＿＿＿＿＿＿＿＿＿＿＿＿＿＿

如收件人或收件地址不同時，請填：

收件人姓名：□先生

＿＿＿＿＿＿＿＿＿＿＿＿＿＿＿＿＿＿＿＿□小姐

聯絡電話：日(O)＿＿＿＿＿＿＿＿夜(H)＿＿＿＿＿＿＿＿

收貨地址：＿＿＿＿＿＿＿＿＿＿＿＿＿＿＿＿＿＿＿＿

・　茲訂購下列書種・帳款由本人信用卡帳戶支付・

書名	數量	單價	合計
		總計	

訂購辦法填妥後

直接傳眞 FAX：(02)8692-1268 或(02)2648-7859

洽詢專線：(02)26418662 或(02)26422629 轉 241

網上訂購，請上聯經網站：www.linkingbooks.com.tw